李鸣生，当代著名作家。1956 年生于四川简阳。1974 年入伍。1991 年毕业于解放军艺术学院文学系。中国报告文学学会副会长。中国作家协会报告文学委员会委员。中国文字著作权协会常务理事。

1981 年发表第一首诗歌。1982 年发表第一篇小说。1984 年发表第一部中篇报告文学。1990 年创作第一部电视剧剧本（中央电视台播出）。1991 年发表第一部长篇报告文学。主要作品有：《李鸣生文集》（十六卷），李鸣生“航天七部曲”（七卷），李鸣生“走出地球村”系列丛书（七卷），中篇小说、电视剧、电视专题片、电影纪录片多部，共约九百万字。

作品曾获三届鲁迅文学奖、三届国家“五个一工程”奖、三届中国报告文学奖，以及中国图书奖、中国改革开放三十年优秀报告文学奖、中国长篇广播金奖、北京市优秀文学作品奖、上海重大文艺工程精品图书奖、《当代》文学奖、首届《中华文学选刊》奖、冯牧文学奖、徐迟报告文学奖、全军文学作品特等奖、全军文学作品一等奖、中国人民解放军文艺奖等二十二项。

有作品入选《21 世纪中国文学大系》《21 世纪中国最佳纪实文学》《中国报告文学精品文库》《共和国作家文库》《新中国 60 年文学大系》《30 年文学典藏》《中国优秀报告文学读本》《中国报告文学精选》及大中专院校教材等数十种文本。

李鸣生微信公众号：lms6668

博客中国李鸣生专栏：limingsheng.blogchina.com

李鸣生新浪微博：@ 李鸣生

作者采访手迹

李鸣生文集

中国 863

天地出版社

图书在版编目（CIP）数据

中国 863/李鸣生著. —成都：天地出版社，2017.2
（李鸣生文集）
ISBN 978-7-5455-2152-8

Ⅰ. ①中… Ⅱ. ①李… Ⅲ. ①报告文学-作品集-中国-当代 Ⅳ. ①I25

中国版本图书馆 CIP 数据核字（2016）第 179823 号

ZHONGGUO 863

中国 863 李鸣生 著

出 品 人 罗文琦

选题策划 张 京
选题组稿 谭清洁 漆秋香
责任编辑 谭清洁 漆秋香等（本书责任编辑：谭清洁）
装帧设计 冠腾文化
电脑制作 四川胜翔数码印务设计有限公司
责任印制 田东洋

出版发行 天地出版社
（成都市青羊区槐树街 2 号 邮政编码：610031）
网 址 http://www.tiandiph.com
http://www.天地出版社.com
电子邮箱 tiandicbs@vip.163.com

印 刷 四川经纬印务有限公司
版 次 2017 年 2 月第一版
印 次 2017 年 2 月第一次印刷
规 格 168mm×240mm 1/16
总 印 张 330（本书印张：18.25）
总 字 数 4700 千(本书字数：253 千)
总 定 价 698.00 元
书 号 ISBN 978-7-5455-2152-8

即使一场世界大战把人类的全部物质财富都摧毁了，但只要人类的精神财富——科学技术还存在于人脑之中，那么人类用几十年、几百年的时间，就能把现代化世界重新建设起来。但是，倘若连人类的全部精神财富也摧毁无遗，那么，人类重建现代化世界，就要再走一遍人类万年乃至几万年所走过的历史。

——英国科学家 K. 波普尔

序

有思想的非虚构：李鸣生报告文学论

丁晓原

尽管我们有《左传》《史记》这样久远的文学纪实的传统，但具有特指性的报告文学还只是一种只有百余年历史的后起文体。建构晚近三十年中国报告文学史的优秀作家有许多，其中特别重要的是一批穿越上世纪70年代末至新世纪的资深报告文学家，我们称之为跨世纪报告文学作家。但真正具有文体史意义的，或其创作参与了文体建设的报告文学作家，并不是很多。李鸣生是其中不可或缺的一位，他的写作对报告文学文体具有典型意义。这位写作了《飞向太空港》《澳星风险发射》《走出地球村》《中国“长征号”》《远征三万六》《千古一梦》《发射将军》“航天七部曲”的“太史令”，以其独特的创作，为我们书写了新中国航天的悲壮历史。它们既是航天的壮美诗史，也是国志，是文学。作家的地位是由作品的品位决定的，作家的个人史由其创作史建构。李鸣生以其高水准、大规模的航天作品，铸就了他在文坛作为中国航天首席报告文学家、中国航天文学领军者的地位，即使在世界航天文学的书写中也可作如是观。此外，《走出地球村》《中国863》和《震中在人心》三部作品分别获得第一届、第二届和第五届鲁迅文学奖。获得三届鲁迅文学奖的作家很少，尽管获奖不是评价作家创作的唯一尺度，但李鸣生的这些作品摄取独特，叙事宏阔，思考深广，语言表达颇具个性意味，是完全配得上鲁迅文学奖这一荣誉的。

我们对作家的创作进行价值评估，需要超越作品某种应时而生的新闻性，获得必要的时间间距和空间背景。时间是最有信度的批评家，空间也为批评提供了更多的参数。基于这样的认知，我们将李鸣生个人的报告文学创作史，推置于晚近三十多年中国报告文学史中加以观照考察，解析作家创作的特质，探索其何以并在多大程度上实现了对报告文学文体的有效诠释，这应该是很有意义的。

一

我以为，报告文学是一种个人化的社会写作。从作者主体角色的存在视之，这是一种典型的知识分子写作方式。对此，李鸣生也是认同的。他在鲁迅文学院第二十届中青年作家高级研讨班的研讨会上，就明确地告诉他的青年同道："我认为，真正的报告文学作家是典型的知识分子。"①

知识分子的范畴具有多种义项。这里所说的知识分子不是"知识"的知识分子或者是"专业"的知识分子，而是公共知识分子。这种知识分子的基本特点是介入社会；作为社会良知，基于独立思想而向社会发言。因此，报告文学的写字间是整个社会，它拒绝一厢情愿的私人写作。并且从根本上说，作家的思想品位决定着报告文学作品的品质，而有品位的思想需要作家秉持独立的人格。在李鸣生看来，"知识

① 李鸣生：《报告文学作家要人格独立》，中国作家网 2013 年 7 月 2 日。

分子最大的特点就是他的人格的独立，这点，作为一名优秀的报告文学作家必须具备”。由此李鸣生给出“报告文学作家和新闻记者的区别”的关键之处在于，“新闻记者是要在现场报道，要在第一时间内把最有价值的信息传达出去（**深度报道另当别论**）；报告文学作家是要在这些新闻事件的基础上作出自己的独立思考，最终传递和表达的是你对这个世界的思考，而你的思考要与众不同。所以，在所有的社会问题上，作为报告文学作家必须建立起自己独立的思想体系，进行与众不同的思考，最终发出与众不同的声音”。[①] 由此可见，思考、思想之于报告文学作家李鸣生所具有的特别意义。“一个民族光有空间的高度是不够的，还必须要有思想的高度。唯有拥有了思想的高度，其眼光、胸襟、境界才大不一样，甚至说话的气派、分量也大不相同；而天天看到、想到的，就不仅仅是秦砖汉瓦、巍峨长城，滔滔黄河、滚滚长江，还有五洲四海、辽阔世界，万里长空、茫茫宇宙！”（**《千古一梦·尾声》**）这是李鸣生长篇报告文学《千古一梦》中一段具有主题性意义的表述。根据这一表述，结合体现作者追寻思想自觉的创作实践，我们可以获得观照、读取李鸣生报告文学特质与价值的一个优选的视角。在我看来，李鸣生的报告文学体现为一种有思想的非虚构写作范式。

思想为美是报告文学写作美学中的一条重要原则，这是这一文体作为知识分子写作方式的一种内在规定。著有《西部在移民》的麦天枢曾经说过：“当思想的深度构成读者对报告文学的普遍要求的时候，思想性就表现为一种美；思想性通过文学手段来承载，思想性就变成了文学性。”[②] 优秀的报告文学是作家卓异思想的产物，同时它又如思

① 李鸣生：《报告文学作家要人格独立》，中国作家网 2013 年 7 月 2 日。

② 参见《太行夜话——报告文学五人谈》，《光明日报》1988 年 9 月 23 日。

想的“发生器”，能够激活读者的关联思考与叩问。《哥德巴赫猜想》在新的历史时期首次正面叙写讴歌科学工作者的业绩和科学精神，在拨乱反正之初具有显然的思想先锋意义。《人妖之间》直击现实严重的腐败，开创了新时期以批判为价值取向的“问题报告文学”的先河。作者感于世相而提出的“人们啊，要警惕”的告诫，危言醒世，启人深思！李鸣生初入文坛，就浸润着新时期报告文学的文学精神。在其后的写作中，他奉持“独立人格、独立立场、独立思想、独立写作”的原则。这一原则来自他长期写作实践的真切体悟，也视为他对报告文学理想写作的一种诉求。出版文集时，这一原则被赫然印在文集的封面上，这充分说明作者对这诸多“独立”的特别看重。

我以为，四个“独立”的核心在于“独立思想”。“独立思想”是我们解读李鸣生报告文学的“文眼”。李鸣生是一位对思想有着执着认知的作家。他以为：“一个作家的思想非常重要，无论你是写什么的。思想决定作品的高度，决定作品的品质，甚至说思想决定一切。而这种思想，必须属于自己。”① “思想”在李鸣生报告文学写作中是一种整体性的存在，它涉及选题与格局、价值取向和叙事设置、思想表达和语言策略，等等。特别与众不同的是，思想于报告文学家李鸣生而言，更可贵的是体现为思考的方法、思维的智慧。我们读李鸣生的作品，很容易获得一种直观的感觉，就是大题材、大视野、大构架、大叙事、大主题、大气场。同样是科技题材的报告文学，徐迟的《地质之光》《哥德巴赫猜想》《生命之树长绿》等可谓是精致的诗，而李鸣生的《飞向太空港》《千古一梦》等作品是一种史诗的创制，即便是

① 参见杨鸥：《李鸣生：中国航天史诗的书写者》，《人民日报·海外版》2010年8月6日。

《发射将军》这样的人物报告文学，也注意将个人史与国史的叙事有机融合，体现出别有意味的史性。我以为李鸣生写作中显示出的种种大观，从根本上说是来自作家的大思维。其中具有李鸣生原创性新思维的，是其关于“星际文明”“宇宙文明”的发明与阐释。这是李鸣生卓然有成、自立于文坛的思想前提。

二

航天书写于李鸣生而言是一种宿命，一种天作之合的情缘，是个体生命史的建构，也是作者贡献天地文明的事业！“十五年的发射场生活，使我比一般人更有条件看到天空，也更有机会随着火箭卫星的一次次升腾，对我们居住的这个星球以及顽强地活在这个星球上的同类进行立体的思索，从而改变了我跪着看待人生的姿势，获得了一个与众不同的审视世界的角度。”（《**飞向太空港·后记〈天空让人想起使命〉**》）这位结缘于航天伟业的作家，是以航天人的姿态入轨报告文学天地的。从李鸣生的话中，我们可以获知作者不仅具有得天独厚的熟稔题材的条件，而且更重要的是由此衍生出的心理优势和写作智慧。“发射场成了我的精神牧场”（《**千古一梦**》）。在对象主体化的领悟之中，李鸣生开启了辽阔宽广的思维空间。这种思维空间早在写作《飞向太空港》时就已形成了。《飞向太空港》叙写的是中国“长征三号”火箭发射美国“亚洲一号”卫星的故事。这样的题材在当时极易写成高度意识形态化的主题，但李鸣生显然并没有为思维定式所囿。有作品“题记”可证：“谨以此书，献给创造空间文明、寻找人类新家园的航天勇士们！”这里所说的“空间文明”为李鸣生首先提出，在作品后记《天空让人想起使命》中，作者对此有具体的阐释。这篇后记中，作者从容地挥洒着沛然的才情，演绎着飞天想象的迷人：在宇宙文明的时代，“也许，宇宙公民们还会从各自的星球走来，手牵着手，肩并着肩，欢聚一堂，嬉笑打闹，谈天说地。而地球人回忆的话题一定是：在很久很久以前，我们如何艰难、痛苦地挣扎在地球上”。这不只是凌虚的想象，更有对科学逻辑的预知。李鸣生认为：“从区域文明到地球文明，从地球文明到星际文明，从星际文明再到地球文明，应该是一个无法抗拒的自然规律。航天时代带来的宇宙意识，导致了人类认识的飞跃，从而把人类的思想与情感引升到一个辽远而广阔的大境界。”这一表述中所包含的卓异的宏大思维，表明了作者思维的开阔与大气。而正是这样的思维建构，促成了《飞向太空港》得以大起高开，使李鸣生此后能以高水准的创作在充满竞争的报告文学领域中步履稳健地登堂入室。

《飞向太空港》的主题不只是此类题材通常会有的爱国主义精神。它的主题是复调式的。作者将中外航天合作置于中国改革开放的大背景之中，《周游列国的中国专家们》等章节极其真实地反映了开放之初始，人们在观念、能力、文化以及适应国际规则等方面所面临的种种问题。从这一点而言，这部作品可以说是为中国的开放史留存了一段生动而珍贵的侧影。而更富创意的是作者基于空间文明的思想，将不同文明的交流设置为一个叙写重点，以开放、包容的姿态，使作品超越政治叙事，建构起一个更为宏大的文明叙事。作品共六章，其中第四章《火箭，另一个伟大的文明》、第五章《我们都是地球人》和第六章《跨越国界的飞行》都直接关联了不同文明交流的叙事。正如作品中作者在与美方技术专家交流时所说，中美火箭与卫星的合作，“不单单是一次空间技术的合作，也是两个民族、两种文化、两种感情的一次交流与沟通；不光是发射一颗卫星，也是中美两国科学家在一起共同创造空间文明。因为开发宇宙，造福人类，是全人类的共同使命”。这里给出的正是《飞向太空港》的核心价值。李鸣生在《中国“长征号”》中有一段关于“长征号”意义的表述凝练而到位：“‘长征号’其实就是中华民族的一种象征，它象征着力量，象征着智慧，象征着精神！‘长征号’从封闭走向开放、从靶场走向市场的历史，就是中华民族从传统走向现代、从国内走向世界的历史；‘长征号’与世界接轨的历史，就是中华民族与世界融合的历史。”我想，这一表述用于对《飞向太空港》多维主题的解读，也是非常合适的。

如果按照“主旋律”作品的写作制式，李鸣生的《澳星风险发射》自然无法进入“主旋律”的“轨道”；而若是按照“问题报告文学”的写作要求，则这一作品需要设置为“批判”的模式。《澳星风险发射》由作品题目就可知晓所写重心，但这里的“风险”并不是作为一种“问题”来作否定性报告的。航天是一种高风险的科技，因此，失败也是航天史的一种真实。作者将1992年3月22日“澳星”发射失败视作一种客观存在，以一种中性的叙事立场，在中国航天文学中第一次直面失败，并对此作全展式的报告，“本来，人们对那个春天的夜晚寄予了再大不过的希望。结果，那个春天的夜晚回报给人们的却是天大的懊丧和无尽的遗憾；中华民族的自尊心受到了空前的刺激，火箭子孙的感情遭到了莫名的戏弄”，“失败似一道无形的阴影，笼罩在发射场的上空；失败像一个看不见的幽灵，潜伏在人们的心底”。作品以真实而很有故事性的叙写，凸显了极具中国特色的失败心理和失败文化。但显然，李鸣生并不是因为“懊丧”与“遗恨”而言说失败，而是因为真正领悟了诗人惠特曼所说的“当失败不可避免时，失败也是伟大的”的深意。作者以为：“一个民族，如果不光会欢呼成功，而且还能正视失败、接受失败、超越失败，甚至达到一种欣赏失败的境界，那这个民族该是多么地伟大而不可战胜啊！”由此，作品既展示“澳星”发射失败后种种中国式的反应，也不吝笔墨实写了中国航天人艰辛负重、超越失败的壮美精神。这样颠覆常规的写作，在当代中国报告文学史上也是少数的典型个例。作品这种有意义的立异，正是建立在作者独立思想、独立写作的基础之上的。从这个角度而言，《澳星风险发射》是有思想非虚构的一个典型样本。

如果我们仅仅关注创作了航天及其他高科技题材作品的李鸣生的存在价值，是不够的，也是不完整的。我们还应当关注他的另一部作品——《震中在人心》，关注这部作品的写作怎样“避免概念化，避免传统的主流叙事”，又怎样将“传统的‘主流’叙事转化为作家个性化的作品叙事”[①]。李鸣生的这一表达实际上涉及了公共的“主流叙事”和作家个人的“作品叙事”这个重要的话题。真正的报告文学需要作家在面对重大的公共写作题材时，善于将新闻写作常设的“主流叙事”有效地转化为文学创作别异的“作品叙事”。这里的“作品叙事”，就是基于主体独特感受、独立价值判断、独立思想的具有个人色彩的非虚构的文学叙事。在这一点上，《震中在人心》尤显其意义。这部取材于汶川特大地震的作品，在第五届鲁迅文学奖终评中以名列第一胜出。有意思的是，在初评时因为作品思想的某种“异调”、主题的非主旋律而差一点遭淘汰出局。这是很值得我们思考的。我们需要反思何为地震非虚构作品的终极价值。我以为钱刚的《唐山大地震》和李鸣生的《震中在人心》，在某种角度上对此作了例说。《唐山大地震》就是一部具有多功能的皇皇之作，它“是作者为今天和明天的人类学家、社会学家、地震学家、心理学家……为我们整个星球上的人们留下的一部

① 《李鸣生在〈千古一梦〉研讨会上的发言》，中国作家网2009年5月22日。

关于大毁灭的真实记录，一部蒙受了不可抵御的灾难的人的真实记录”①。《震中在人心》不仅有通常的对抗震救灾的感人场面的描写，而且更有对人类遭遇重大创伤的生命之痛的感悟，还有对地震灾害作出的深刻反思。作品不仅观照地震的视角独异，而且在情感与思考的深度上超越了同类作品。作者曾说，“面对灾难，作家不应缺席；面对死亡，文学不该沉默”。大地震的写作有很多可能性，应该有对一方有难、八方支援，以人为本、抢救生命等主题的表现。但大地震终究是对人类的重创，因此大悲悯应该是此类写作不可或缺的元素。“我只为真相，只为实情，只为血印，只为泪痕，只为记录，只为见证。我不想把废墟变成大厦，把悲剧变成喜剧；我不想把谎言变成真理，把哭泣变成歌声；我不想把反思变成庆典……公示汶川大地震灾难的真相，传递废墟的气息，留下亡灵的心声，定格人心的表情。”正是有了这样的思考，作者不仅独异地摄取地震的镜头，而且在叙事处理、情感书写和思考深度以及批判性等方面超越了同类题材的作品。

有思想的非虚构，需要达成报告客体的本真、呈现主体自我的元真，从而实现报告文学文体有自我且真实的文体性。真实是报告文学的生命，是其文体力量生成的支点。报告文学的真实说到底需要作家独立地思考和判断，不违心，不唯上，不唯书，不唯权威名家，而能唯实，尊重并敬畏叙写对象本身的历史存在。作为一个有思想的非虚构作家，李鸣生是严格持守这样的写作原则的。其作品里有一个关于钱学森的个例可以说明这一点。钱学森是名满世界的杰出科学家，“钱学森的脑袋比一般人的大，略呈方形；尤其是额头，非常宽阔，而且发亮。你很难说清他的脑袋具体哪点与众不同，但给你的印象就是与

① 徐怀中：《唐山大地震·代序》，《解放军文艺》1986年第3期。

众不同，似乎藏有一座智慧的金山，又像装着一组成功的密码，满脑袋都长满了天才的花朵与知识的森林，甚至连每根头发丝都像是一棵智慧的大树”。（《走出地球村》）可是就是这样的科学家，当年却坚持航天飞船“五人舱”的设计主张。“钱学森解释说，这五个人的分工是：一个是指令长，一个是航天员，一个是随船工程师，一个是随船医生，再加上一个政委。”（《千古一梦》）就是“再加上一个政委”的极简叙说，意味无限地实写了当时中国航天发展的复杂的政治生态。尽管科学的“钥匙”可以开启政治的“后门”，但科技的研发需要盖上“政治的印章”。“再加上一个政委”并不是钱学森的非科学，而是政治异化下一种集体无意识的表达。这便是历史的真实，也是一个关于钱学森的真实的插曲。

三

研读李鸣生的报告文学，我以为他的最大优势，并不在于新闻性，而体现为作品思想性的整体生成和他对非虚构文学性的自觉追求。这是决定李鸣生报告文学写作能在较高水准上长期可持续发展的关键因素。而这对新常态语境中的报告文学写作，更具有切实的意义。所谓“新常态”，取自经济学界的一个热词，报告文学的“新常态”就是全媒体或融媒体的存在。全媒体时代的报告文学，它原有的“新闻性”红利大为减少，文体一般的新闻优势已不存在。这就需要报告文学基于非虚构原则，通过有深度有个性的思想表达和非虚构文学的美学建设，激发文体内在的活力，有效强化非虚构叙事的优势。

文学性不高，是制约报告文学作为审美文体而发展的一个重要因素，也是影响读者阅读的一个基本问题。尤其在全媒体时代，报告文学文体的新闻性优势已经失去，报告文学的写作并不能简单依赖新闻性，在此背景中，文学性的意义就显得特别重要。报告文学的文学性是什么？烦琐的学院派式的论证最终也许还是无解。在美国非虚构作家杰克·哈特的《故事技巧——叙事性非虚构文学写作指南》中，“叙事性非虚构文学”命题及其展开的思路，对于报告文学文学性的研究和达成，或许能给我们一些有意义的启发。

我以为作为一种叙事文学样式，将报告文学定义为“叙事性非虚构文学”，是符合这一文体逻辑的。报告文学是真实的叙事，小说是虚构的叙事，它们共同的要求是叙事。叙事构成报告文学写作的本体，它既承载着作品思想情感等价值表达，同时又是写作本身的重要目的。

李鸣生的作品具有强烈的叙事意识。《中国“长征号”》是中国火箭发射美国卫星的大叙事，作品以事件演化为叙事线索。这是作品建章的目录：第一章《怪圈》、第二章《变轨》、第三章《推销》、第四章《天机》、第五章《谈判》、第六章《碰撞》、第七章《发射》、第八章《草图》、第九章《保险》、第十章《贷款》、第十一章《合同》、第十二章《失败》、第十三章《检讨》、第十四章《发愤》、第十五章《官司》、第十六章《爆炸》、第十七章《阵痛》、第十八章《反省》、第十九章《雪耻》、第二十章《代价》。由章目设置可见，作者十分重视作品的叙事构篇，贯穿其中的线索主干清晰而又跌宕曲折，故事性很强，对读者别有一种牵引力。《发射将军》是一部人物报告，作品以“发射将军”与发射相关的人生历程为叙事线索，具有某种纪传体的特征。作品从第一章《军委令》将主人公由战场奉调至发射场作为故事的发端，以人物离休生活“晚年赋”作结，突出了“故事性”人物的叙事。吸引读者的是将军的传奇和在传奇中蕴含的伟大精神。

一个叙事优化的文本，首先需要建构一个与之适配的叙事结构。

李鸣生能根据客体本身内在的逻辑和主题思想表达的需要来配置这样的结构。《走出地球村》写的是“东方红一号”卫星飞天的故事。卫星的研制动议于1958年，发射成功在1970年。这是一个具有特殊的政治生态的时期。根据这样一种特殊的存在，作品设置卫星叙事和政治叙事双线叙事结构。政治叙事在《走出地球村》中是充分的，从开篇“苏联第一颗卫星上天，艾森豪威尔总统手中桥牌落地”，到“美国人造‘小月亮’挂到天上，周恩来午夜拿起直通毛泽东的电话”，一直贯穿到收结“卫星功臣登上天安门”。而“‘小弟弟’找‘老大哥’学放卫星”“忍着饥饿的肚子，中国从八公里起飞”“‘东方红一号’人造卫星方案诞生”“马灯前钱学森坐卧不安”“火箭司令神游戈壁”等则为卫星叙事。这种双线并置反映的正是“东方红一号”卫星的一种特殊的历史真实。这样的安排一方面强化了对科学家忍辱负重、刻苦创造、献身科学光辉形象的再现，另一方面对非科学的政治对于科学的干预、对于科学家的摧残，进行了深刻的反思和批判。

一般来说，李鸣生的报告文学叙事构架是宏大的，这是因为叙事对象具有先在的宏大性。但是单纯的宏大无法抵达文学叙事所需要的细部深层的景致，宏大叙事需要有具体叙事作坚实的支撑。李鸣生也有作品如《发射将军》，表面看不是宏大题材，书写的只是某个人物。但对于这样的作品作者并不就小写微，而是注意将人物推置时代与历史的宏大背景中加以表现。在历时演进的纵轴上融合将军的个人叙事、导弹部队的集体叙事和共和国历史的大叙事。作为文学的非虚构叙事，在李鸣生报告文学中大叙事与小叙事是相生的，而小叙事的核心则是具体的人物叙事。“叙事需要三大支柱：人物、动作和场景。排在第一位的是人物，因为人物能够推动动作和场景的发展。”[①] 对于人物叙事的意义，李鸣生是充分认知的。他说自己的作品“希望通过人物把我们的历史，一个非同寻常的历史写出来”[②]。李鸣生把人物作为历史叙事的要素，而在我看来人物就是历史的本身，作者笔下的许多人物，航天人、科学家等，正是他们创造了作者叙写的历史。不仅如此，作者再现的人物，许多是中国脊梁式的人物而又具有常人情怀。作品的感染力来自于这些走近读者的真实而感人的人物。

李鸣生报告文学的人物叙事，颇多性格叙事、精神叙事。《中国863》是一部题材重大的长篇，作品首章《悄悄发生的革命》格局甚大，由美国“星球大战计划”、欧洲“尤里卡计划”、日本“振兴科学技术政策大纲”叙述领起，导出中国的“863 计划”。这是典型的宏大叙事。以后的全部篇幅从第二章到第七章都为具体的人物叙事，其中第二章《科委来了个“厉害的老太婆”》，是作品重点写作的一章。“厉害的老太婆”是朱丽兰。“厉害”是其作为管理者的主导性格，改革创新，敢于担当。但作品没有将她写成一个单面的概念人物，而是运用细节集成的方法，还原朱丽兰既“厉害”又和蔼；既是工作狂，又会理发、织毛衣、弹钢琴的圆形立体的本真。而李鸣生航天系列中的航天人的形象，是最烙印在心底的、难忘感人的。作者叙写这些人物，不只写他们的科学智慧、科技才能，而更重于对他们作精神性叙事。赵廉清是创建西昌发射场的指挥者，在非常年代，知其不可为而为之，积劳成疾。他留给这个世界最后的镜头是：“他手上紧紧揣着一样东西。这样东西不是别的，就是他生前一直随身携带的那个军用挎包！

① 杰克·哈特：《故事技巧——叙事性非虚构文学写作指南》，第 74 页，叶青、曾轶峰译，中国人民大学出版社，2012 年。

② 《李鸣生在〈千古一梦〉研讨会上的发言》，中国作家网 2009 年 5 月 22 日。

而护士打开挎包后，只看见两样东西：一份皱巴巴的施工图纸，一个被啃了小半的冷馒头！”（《千古一梦》）从这样的细节中我们可以看到，一个瘦小羸弱的生命里，升华出一个伟大的精神形象。

四

故事是什么？乔恩·弗兰克林在《为故事而写作》中为我们给出了“定义”之一：“当人物遇到错综复杂的情况，而他又不得不面对和解决时，行动就发生了，故事正是由一连串这样的行动所构成的。”[①]这一表述中关键词是冲突，是矛盾。故事存在于冲突、矛盾之中，冲突、矛盾推衍出故事。非虚构的报告文学作者无法依靠想象力制造故事，但是他可以从对真实客体冲突、矛盾的存在中，选择并呈现其中的故事。李鸣生说，在他的作品中，“我希望呈现大的矛盾”[②]。《走出地球村》中有极“左”政治与卫星科技的矛盾，《中国“长征号”》中有开放与保守、体制与市场、国力基础与航天发展、中外文化等之间的矛盾，航天人存在的价值就是“面对和解决”“错综复杂”的矛盾冲突。这些形成了李鸣生叙事的基本构架和基础。这样的矛盾构篇也决定了李鸣生报告文学叙事的丰富性和复杂性。在总体的矛盾叙事基础上，作者再相宜地采用悬念式叙事方法，就更有效地强化了作品叙事的故事性。悬念不是虚拟的，而是实际发生的状况，也是航天高风险的一种表征。作品一环扣一环的悬念叙写，渲染了其时其地其情的紧张感。而报告文学所需的现场感就在这紧张感之中，特别扣人心弦，

① 杰克·哈特：《故事技巧——叙事性非虚构文学写作指南》，第6页，叶青、曾轶峰译，中国人民大学出版社，2012年。

② 《李鸣生在〈千古一梦〉研讨会上的发言》，中国作家网2009年5月22日。

使人身临其境，强化了故事性叙事对读者的吸附力。

李鸣生报告文学的叙事方法是富有变化的，他能根据不同的报告对象运用相应的方法。在他的作品中读者可以分享到多种叙事艺术所产生的叙事之美。在《千古一梦》中，作者设计了“双声叙事”，即作者（采访者）叙事和人物（被访者）叙事的结合，特别是导入当事人的自述，以人物的亲历亲验，真实地还原出特定时空中人物和事件的现场情状。这是一份珍贵的活的航天档案。《发射将军》则注意在“实体叙事”中有机地穿插“软性叙事”。所谓“实体叙事”是指与作品主人公“发射将军”直接关联的主干内容的记写，而“软性叙事”则如对导弹部队饥饿、文艺生活极度贫乏等的叙说。《震中在人心》则是一部运用镜头观察和叙事的作品，“用镜头定格真相，让文字留下思考”，大量的照片极具视觉冲击力和情思震撼力，不只是为文字的叙述提供了直观的背景，而且照片本身也成为作品的一种独特的叙事元素，生成了超越文字的叙述力量。

五

文学是语言的艺术，报告文学也是。语言是作品思想的现实，也是叙事生成的工具，还是作为审美的报告文学的要素。报告文学创作中语言的问题，主要是缺乏主体鲜明个性的语言新闻化，另一个是小说化的语言絮叨铺张。李鸣生的报告文学大多为长篇，但语言凝练具有表现力，诚朴简约不过度藻饰，并且具有自己鲜明的个性，许多语言表达有意味、情味、趣味，有效地增强了他作品的文学美感。在这里，我不打算对李鸣生报告文学的语言艺术进行全面的解析，只就他的“智慧语言”和“软语言”运用之美作一解读。

所谓“智慧语言”，是指形象生动、意含新异别致、具有特殊表现力的语言。比如“已经点火的火箭竟然无视天下众生，老练得如同一位千岁老人，打个盘腿坐在那儿，连动都懒得动弹一下”。(《澳星风险发射》)写卫星发射的失败，作者用拟人化的手法形容，以独特的冷峻与幽默，写意地写出发射失败的状态和航天人的尴尬，用语非常新颖。作者以幽默笔法言说失败，正与作品正视失败、超越失败的主题相关。幽默的语言是典型的智慧语言。在李鸣生的作品中已不是偶尔为之，而是一种个性的语言景观。“在国际市场上，美国人早就大把大把地捞着美元，中国人为什么不能去弄点‘零花钱’？在国际空间俱乐部里，美国人可以大口大口地喝着‘咖啡’，中国人为什么就不能去喝上一杯‘清茶’？”(《中国“长征号”》)这一表达的语境是，对于中国航天进入国际市场，国内以为冒险，西方设置障碍。这里的美元与“零花钱”之喻，客观地表示中美航天科技实力和航天市场份额的差距，“清茶”之类意含走中国自己的航天发展之路。整体的表意是非常清晰的，就是中国应该进入国际航天市场进行竞争，只不过用“李式语言”表达，意味意趣就大不一样了。“已经欠着一屁股账的中国专家当然拿不出这笔钱来，他们只有一个价值连城的传家宝，这就是：自力更生！”(《中国“长征号”》)“一屁股账”与“价值连城”对举，极简地实写了中国航天发展的境况，高度凝练了中国航天的伟大精神。

李鸣生幽默的语言可分为“麻辣幽默”和“冷幽默”。“这一年，‘反右斗争’刚刚过去，‘大跃进’的旋风又骤然卷起，中国人像被灌了一桶大剂量的兴奋剂。”(《千古一梦》)“据说，两年前一所中学考试时，发生过这样一个故事——试卷问：爱因斯坦是谁？学生答：美国当代著名歌星。”(《飞向太空港》)这种幽默让我们无法轻松说笑，其间的麻辣唤起读者对非常年代的反思与批判；是对过度娱乐化，忽视科学世相的揭露和讽刺。“美国人把这条山沟称为‘神秘的峡谷’，而当地彝族老人则说：‘什么神秘不神秘，这山沟就是我们过去放羊的地方！’故此，当地人称‘赶羊沟’。”（《飞向太空港》）这样的文字可谓冷幽默，读起来会忍俊不禁。报告文学拒绝虚构，但它同样需要作家具有丰富的想象力。想象之翼可以飞扬智慧的语言。“世界各国许多中学的少男少女们，每晚相聚在迷人的星空下，像谈论童话似的，长时间不知疲倦地谈论着卫星、卫星、卫星。仿佛苏联的这颗人造卫星，成了他们嘴里一块永远嚼不够的口香糖。”（《走出地球村》）以“口香糖”喻说人类第一颗人造卫星发射后对各国学生的影响力，新颖生动，可意会，也可言说，体现了李鸣生语言表达的一种智慧。

软语可人，是我阅读李鸣生作品时的一种直觉。我这里无法给出“软语”的标准解释。所谓软语，是一种“闲语”，它不属于主干叙事，但与主干叙事有所关联；在表情表意方面偏于柔细，静安之中，可入情入心。“将军家的院门是双扇的大铁门，夕阳照在斑斑驳驳的门上，给人暖洋洋的感觉。每当这时，将军便坐在门外一张自制的小折椅上，像一位坐在长满颗粒饱满的庄稼地边的老农，静静地守候着儿孙们的归来。夕阳在他眼角的皱褶里绣着陈年旧事，时光在他花白的头上写着岁月沧桑。”（《发射将军》）将军从战场到发射场，军人形象刚硬，棱角分明。而此时进入晚景的将军没有了豪情、霸气，却有人间的亲情和慈祥。“夕阳在他眼角的皱褶里绣着陈年旧事，时光在他花白的头上写着岁月沧桑。”我们从诗一样的句子中，可以读出将军人生种种的况味。

李鸣生的报告文学有种种特点和优点，而我最为看重的是他的作品有思想，也很文学。有思想，也文学，这就是我所希望读到的报告文学。

2015年8月28日

目　录

引 言
回想五千年

历史，是个最值得玩味的东西。

考古学证明，科学技术的萌芽，是与人类同时降生在我们这个蔚蓝色的星球上的。即是说，人类的历史开始之时，便是科学技术的起步之日；中华民族拥有五千年的文明史，也就拥有五千年的科技史。

众所周知，中华民族是个早熟的民族。在公元前 21 世纪的夏朝，由原始社会过渡到奴隶社会，商朝进入铜器时代；在公元前的东周，进入封建社会。所以，从人类学的角度来说，中华民族跨进先进社会的门槛，比欧洲早约千年！

再从科学的角度来看，也许是我们的老祖宗独具慧眼，选择了东方这块最适合生长智慧的土地，因而堂堂中华大国不仅千百年来每天都比地球上任何一个地方最先看到太阳，而且古代科学技术一开始便在这块土地上得到了长足发展；尤其在秦汉和唐宋时期，还出现了中国科技史上两个所谓的“黄金时代”。尽管后来人发现，地球上首先形成文明中心的国家除中国外，还有埃及、巴比伦和印度。但历经春秋风雨、沧桑巨变之后，巴比伦、埃及和印度文明都如同流星般先后陨落了，而唯有中国的古文明，千年不败，如日中天。于是，一个举世公认的事实便永远镌刻在了人类的历史碑上：15 世纪之前，中国的科学技术在世界上一直处于遥遥领先的地位。正如英国科学家李约瑟所言：“中国在公元 3 世纪到 13 世纪之间，保持着一个西方望尘莫及的科学知识水平。”而且中国科学家的发明和发现，“往往远远超过同时代的欧洲”。

因此，提起中国古代伟大的科学家，我们对如下名字肯定如数家珍：祖冲之、李时珍、张衡、沈括、毕昇……若是再问到中国古代的科技成果，我们也不会不知道《齐民要术》《九章算术》《伤寒杂病论》《本草纲目》，以及都江堰、大运河、浑天仪、万里长城……

当然，我们更为熟知的，还是指南针、造纸术、活字印刷和火药。这“四大传家宝”不光令我们中国人得意了上千年，而且让千年后的马克思也兴奋不已——他老人家说：中国的“火药把骑士阶层炸得粉碎，指南针打开了世界市场并建立了殖民地，而印刷术则变成了新教的工具，变成对精神发展创造必要前提的最强大的杠杆”。而英国的另一位哲学家培根说得更干脆：中国的“四大发明”，“改变了全世界的面貌和一切事物的状态”。

非常遗憾的是，当中国科技历史的脚步走到15世纪中叶时，却莫名其妙地拐起弯来；世界科技的中心，由东向西，开始了默默地大转移。本来，从5世纪到15世纪这一千年里，东方的中国科技蒸蒸日上、一跃千里，西方的科技却在一条陡峭的“斜坡”上和封闭的“山谷”中缓缓爬行。但是，从15世纪下半叶起，起源于意大利的文艺复兴运动蓬勃兴起，西方冲破了中世纪千年的黑暗。当中国的“四大发明”把欧洲的封建制送进监狱、把资本主义迎上殿堂时，现代科技的种子便在欧洲的土地上快速生长起来了。

此后，随着欧洲科学革命、工业革命、政治革命“三大革命”的发生，世界科技的中心先后从意大利转移到英国，从英国转移到法国，再从法国转移到德国，最后又从德国转移到美国。于是在短短的四百年时间里，此前一直落后于中国的欧洲，一跃而成为世界文明的中心。而中国的科学技术却江河日下，一蹶不振，昔日东方人那充满雄性的科学精神日渐萎缩下来，从此再也没有出现过一个科学巨子的身影，赫然镌刻在历史碑上的，尽是外国人那一个个光芒四射的名字：

波兰：哥白尼

英国：牛顿

德国：伦琴

法国：居里

德国：爱因斯坦

意大利：伽利略

俄国：门捷列夫

美国：费米和爱迪生

…………

这群伟人的出现，曾使历史老人备受感动，也令我们至今仰慕不已。可惜，在这一长串科学巨匠的名单中，没有一个是中国人。

于是，一个奇怪的问题不得不令人长久深思：本来科技基础相当雄厚的中国，为什么没有产生近代科学？先前一直落后的欧洲，为何反而一跃成了世界文明的中心？而且，几百年前从中国传入欧洲的火药，几百年后为什么被英国人用来制造了炮弹，而后选择了1840年那个没有太阳的日子，再用这炮弹轰开了中国锈迹斑斑的大门，将一颗耻辱的种子永远种在了中国人的心里？

诚然，指责历史是可笑的。然而作为今天的国民，我们至少有权质问的是：我们的国家本来是个雄风万里、世人仰望的泱泱大国，我们的民族也曾是顶天立地、聪慧过人的大汉民族，可到了近代，为何一败涂地，不堪一击?!

所幸的是，鸦片战争终于惊醒了一代民族精英。于是便有了林则徐、魏源的“开眼看世界”和“师夷之长技以制夷”；便有了曾国藩、李鸿章的洋务运动；同时也就有了一大批仁人志士的强国梦！

这一梦，便梦了整整一百年！

一百年来，为了这个浸透了辛酸与泪水的世纪苦梦，为了这个沉重而悠长的百年老梦，无数的中华精英们承受着历史的巨大压力和艰辛使命，在充满战火、血污和泪崩的岁月里苦苦挣扎着，奋斗着。他们身心憔悴，满面尘土，挫折和失败成了他们唯一忠实的伴侣。可他们依然怀着强国的梦想，在历史的小道上跌跌撞撞地追寻着希望的微光。他们既选择了属于自己的人生，又选择了属于整个民族的命运，并为此耗去了一百年的努力与艰辛——有的历尽人世沧桑，在接近绝望的时刻可能意外地发现了光明的出口；有的误入歧巷，永远无声地消失在了历史的胡同深处；而还有一类学子，则怀抱着“科技救国”的梦想，漂洋过海，踏上了异国求学的风雨之旅。

从 1900 年起，中国首批学子开始东渡日本，留学东洋。1906 年，仅在日本的中国留学生便多达七千人。1909 年，清政府利用美国退还给中国的庚子赔款，创办了一所留美预备学校，即后来的清华大学，从而又让更多的中国学子踏上了留学美国的艰辛之路。此后，利用庚子赔款留学的中国留学生逐渐增多。

这批庚子赔款留学生回国后，一批人跨进了大学的门槛，开创了中国现代教育的诸多新学科；另一批人则直接进入科学领域，创建了中国最初的科学研究机构，使科学的种子在中国这块已经荒废了几个世纪的土地上重新生长发芽。

1919 年，五四运动爆发，中国的知识分子首次提出了“民主与科学”的口号。于是“科学”这面旗帜重新开始在我们这个文明古国的上空缓缓飘扬。1920 年，创办于美国康乃尔大学的中国科学社移居回国，中国的科学家们终于接过了迟迟点燃的科学火炬。1928 年，中央研究院成立，辛亥革命元老、教育家蔡元培先生出任第一任院长。1929 年，北平研究院组建，留欧回国的科学家们也有了自己的殿堂。从此，中国的科学一南一北，遥相呼应，彼此促进。

然而，随着卢沟桥一声枪响，日本鬼子的铁蹄在 1937 年那个漆黑的夜晚惊醒了中国科学家们强国的梦想。中国科技在熊熊的战火中，不得不再次停下了脚步。

为了拯救灾难深重的祖国，一批科学家和学者集合在春城昆明，在炮火声中坚持办起了一所世界教育史上罕见的流亡大学——西南联合大学，并在极其艰苦和简陋的条件下，为中国乃至世界培养出了杨振宁、朱光亚、邓稼先、李政道等一批第一流的科技人才。

八年抗战结束了，正当中国的科学家们准备用自己的智慧之光重新点燃科技的圣火时，却痛心地发现，在二次世界大战中本来获胜的祖国，却沦落得比战败国还要悲惨！

新中国成立后，当中国人还在医治战争创伤时，世界上一些主要大国，却已经开始进入了“原子时代”和“喷气时代”。1949 年 11 月 1 日，中国科学院宣告成立。接着一大批海外留学的科学家闻讯即动，义无反顾地回到了祖国。1956 年 1 月，中央召开关于知识分子问题的大会，发出了向科学进军的号召。于是一场规模巨大、声势浩荡的进军科学的热潮在全国很快掀起。

遗憾的是，中国“左”的政治路线，总是与中国现代科技的发展形影不离，胡搅蛮缠。“大跃进”，“自然灾害”，还有“史无前例”的“文化大革命”，这一个个人造的政治运动，一次又一次地将中国科学家们强国的梦想惊得粉碎。

“文化大革命”终于结束了，当中国的科学家们带着累累的伤痛和不死的梦想，走出“干校”、走出牛棚、走出牢狱，而后迫不及待地打开面向世界的窗户时，这才猛然发现，封闭多年、自以为是的中国，早就被世界远远甩在了时代的屁股后面；世界科技的中心不仅早就从德国转移到了美国，连日本这样的弹丸岛国，也一跃而成了世界科技的巨人！于是，几乎所有的中国人都开始意识到了一个严峻的问题：中国若是再不奋起，迟早有一天会被开除球籍！

1978 年 3 月 18 日，全国科学大会在北京隆重召开。邓小平在会上作了重要讲话，首次提出：“科学技术是第一生产力”。

进入 80 年代后，以高技术为中心的新的技术革命浪潮席卷全球。由于高科技对生产力的发展和人类创造力的发挥起到了前所未有的巨大作用，越来越多的国家和地区便把主要的精力、人力、财力集中在了高科技领域，从而使高科技成为下个世纪各国争夺的制高点，同时也成为国家与国家之间、特别是大国与大国之间最主要的竞争手段。

面对这一新的历史机遇和咄咄逼人的世界发展趋势，已经拥有了太多的过去的中国，如何重新拥有更好的未来？已经沉没了数百年的古文明的太阳，怎样才能再现昔日的辉煌？而在古文明的历史小道上已走过了五千年沧桑岁月的中华民族，又将如何吸取历史的教训，用新的气魄、新的胆略、新的计划、新的构想，去迎接即将到来的一百年？

当然，在新的一百年就要到来之际，我们无法忘记即将过去的一百年，应该记住即将过去的一百年。

应该说，即将过去的一百年，也是在希望中诞生的，它同样起始于一个相对祥和的氛围之中。当1900年的元旦降临时，各个大国首都的主导情绪，充满的都是积极和乐观；人们普遍认为，他们苦苦盼来的新世纪、新的一百年，肯定是个鲜花盛开、阳光灿烂的新世纪，肯定是个歌舞升平、吉祥如意的一百年。然而谁也没想到，20世纪居然成了人类流血最多、痛恨最深的一个世纪，成了一个惊心动魄、骇人听闻的大屠杀的世纪！在20世纪里，爆发了两次世界大战和八百多场局部战争，司空见惯的残暴达到了空前的程度，杀人是用大规模的生产手段进行的，全球性的无处不在的屠杀是历史上从未有过的，持续不断的从事肉体消灭更是旷古未闻的。仅死在希特勒手下的人数，就高达一千七百万！据统计，在20世纪里，共有一亿七千万人因人为的原因而无辜丧生！

这一令人毛骨悚然的数字，显然超过了人类有史以来所有敌对战争、内部冲突和宗教迫害的死亡人数。难怪美国著名学者布热津斯基说：20世纪是大死亡的世纪！美国前总统尼克松也说："20世纪是人类历史上最血腥和最辉煌的时期。"而法国前总统密特朗则感叹道："20世纪是一个奇特的世纪，它是一个科学技术方面飞跃的世纪，但也是一个兵营和兽性的世纪！"

而地球人类，正是在这个“大死亡的世纪”里走过了一百年；我们中华民族，更是在这个“大死亡的世纪”里熬过了一百年！

那么，即将跨进的21世纪，又会是一个什么样的世纪呢？活在地球上的人类，能否将一个曾经是“大死亡的世纪”，变成一个“大幸福的世纪”呢？曾经创造了灿烂古文明的中华民族，能否在这个新的世纪里再创辉煌呢？

好在中国科学家们的血还是热的，好在中国科学家们强国的梦想依然百年不忘。于是，为了我们的生存与发展，为了中国在下个世纪不被开除球籍，为了我们能拥有一个比过去更好的一百年，1986年3月3日，四位老科学家大胆上书邓小平：为了中国人的21世纪，请尽快发展高科技！

第三天，邓小平作出批示：此事宜速决断，不可拖延。

接着，中央政治局批准了《国家高技术研究发展计划纲要》，即“863计划”，并拨款一百个亿！

于是，一场旷古未有的科技大革命，在古老的中国大地上悄悄发生了。

那么，东方的中国，能否重卷往日的盖世雄风？古老的民族，能否再现当年的汉唐气魄呢？

第一章
悄悄发生的革命

20世纪60至70年代，是世界高科技迅速发展的年代，美国、日本、西欧以及亚洲的“四小龙”等正是依靠了高科技的力量，先后实现了经济的重振或腾飞；而中国却陷入十年动乱，丧失了一次极为宝贵的发展机会。

历史跨进80年代后，世界高科技的发展跃入了一个狂飙突进的时代。发展高科技和高科技产业，抢占世界竞争的制高点，成为众多国家谋求经济发展的战略重点。在此次高科技大战中，美国雄心勃勃，提出了“星球大战计划”；西欧不甘示弱，提出了“尤里卡计划”；日本咄咄逼人，制定了振兴科学技术政策大纲。于是高科技成了衡量一个国家综合实力的重要标志，谁占有高科技的优势，谁就等于掌握了政治、经济、军事和社会发展的主动权；反之，便意味着失败、落后、贫穷、受气！

面对这一新的挑战和新的机遇，中国“863计划”适时出台，拉开了中国历史上规模最大的发展高科技和高科技产业的序幕！

A. 里根发表电视演说

要说中国的863，得先从美国的“星球大战计划”说起。

无论做皇帝还是当总统，一生中肯定有许多既让自己激动又使别人兴奋的非同寻常的夜晚。据美国情报局提供的可靠资料表明，1983

年 3 月 23 日这个夜晚，对美国总统里根来说，就是一个绝对非同寻常的夜晚。

后来的事实证明，这是一个没有战争的夜晚。这天夜晚的华盛顿很美，也很静，似乎到处都呈现出一派和平安详的气氛。里根总统草草用过晚餐，并对自己的着装稍作整理后，便神情庄严而又风度翩翩地跨进了那间被无数前任总统坐过的椭圆形办公室。

里根是在三年前出任总统的。刚上任时他心里就很清楚，白宫的这把总统椅当轮到他的屁股放在上面时，美国的局势并不十分理想，不少残局都在等着他上台后慢慢收拾。第二次世界大战中，由于美国垄断资产阶级趁机大发战争横财，因而战后美国的经济实力急速增加，其工业生产和出口贸易曾分别达到世界的一半和三分之二的水平，从而使美国一跃而成为世界经济霸主。但此后的几十年时间里，美国政府到处伸手，推行扩张政策，如 40 年代后期支持中国的蒋介石打内仗，50 年代出兵朝鲜，60 年代开始对越作战，70 年代支持以色列第四次中东战争等，其结果使美国的对外政策四处受挫，经济发展大受影响。故从 70 年代后，美国的经济危机持续不断，在同苏联的军备竞赛中，处于越来越不利的守势地位。

而此期间，苏联趁美国到处插足世界事务之机，悄悄大力加紧发展自己的军事实力，到 60 年代末至 70 年代中期，战略核武器力量便基本达到了与美国势均力敌的水平；到 70 年代末期，洲际导弹的弹头数量便优于美国，且质量还在不断提高。如，苏联的第四代洲际导弹的命中精度和美国先进的洲际导弹已相差无几，而且这一阶段苏联的常规武器装备比美国发展还快。于是美苏军事力量的对比便发生了有利于苏联而不利于美国的变化，在美苏全球争夺中，出现了苏攻美守的战略形势。这样一来，美国国内公众对其政府在对苏联政策方面的软弱退让，更是表现出了明显的不满。

里根就是在这样一种被动局面下步入白宫的。

一上台的里根，便把重振国威、军威作为他施政方针的出发点，力图恢复美国对苏联的军事优势。然而，里根也清楚地看到，随着航天技术、定向能技术和微电子技术的迅速发展，一个新的太空军事时代正在到来。未来的世界大战，将是大范围的立体战争，太空作战将同地面、海上、空中连成一体，制天权的掌握，将对战争的胜负起着决定性的作用。在美苏核力量大致相等的情况下，美国如果只单纯依靠加强战略核武器，是很难打破这种僵局的。尤其是面对苏联一千八百多个陆海洲际导弹基地、两百多架战略轰炸机、三百多枚中远程巡航导弹以及九千五百枚战略核弹头，美国在防务方面所暴露出来的劣势，是显而易见的。

对此，里根所领导的美国，三年来为摆脱这种被动局面，上上下下都在探索一条新的出路。

早在 1977 年 10 月，六十一岁的航空工程师亨特在他长达十七页的《战略动力与空间激光武器》这篇论文中，曾首次提出：美国不要总是依靠核恐怖平衡，而要设法在苏联的弹道导弹到达美国之前，就将它们从空中击毁。新技术在这方面是大有可为的。1981 年 4 月，美国政府成立了反导技术评审组，对反导技术进行了科学的评审，为政府的决策提供了科学的依据。里根上台后，于 1982 年 3 月又委托美国前国防情报局局长格雷厄姆组织了数十名战略家、科学家和航天工程师，制定了一份“高边疆”计划，以作为美国新战略计划的蓝本。此计划认为，利用现有技术，美国能在 80 年代末或 90 年代初建成一种包括地面和天上两层的反导弹系统。并宣称：“美国已经获得了重新掌握自己命运的历史性的、然而又是短暂的机会。哪个国家在宇宙空间获得领先地位，哪个国家将会在这个战略高地取得决定性的重大收益。”

在这些“新战略思想”的影响下，里根经过权衡利弊、审时度势的缜密思考，认为美国要进行这种战略的转变不仅是可行的，也是必要的。美国只有横下一条心来，不惜花费巨额资金，凭借美国在科学技术和经济实力方面的优势，去发展一种新的防御苏联战略导弹袭击的反导系统，方能使美国在与苏联的较量中，既有一把攻击对手的利剑，又有一块防御入侵者的坚强盾牌。

于是，里根总统决定今晚发表电视演讲，借此拉开美国新的战略计划的序幕。

此时此刻，离华盛顿电视节目黄金播放时间还有几分钟。为了做好今晚的节目，电视台相关的工作人员早将各项工作准备就绪。当里根总统那充满活力而又颇有节制的脚步声刚刚在大厅门口响起时，一种平常少有的严肃气氛顿时在大厅弥漫开来。

电视节目播放时间到了，里根严肃而又随意地坐在了总统椅上，面对摄像机，开始了他那激动人心的演讲：

> ……苏联自60年代初到现在，二十多年来一直在全面加强它的军事实力。在过去十五年时间里，苏联建起了庞大的新战略核武器库，这些武器能直接打到美国。现在，苏联已经拥有了一千两百多个可以随时发射的导弹弹头，而美国一个也没有。这正是今晚我要对你们发表讲话的原因——必须继续恢复我们的军事实力。
>
> 在这间椭圆形办公室的前任总统们，曾在其他时机，在你们面前介绍过苏联力量造成的威胁并提出过对付这种威胁的步骤，但是自从核武器问世以来，那些步骤的方向日益冲着借助报复的前景来遏制侵略。三十多年来，我们同盟国一起成功地防止了核战争。然而最近几个月来，我的顾问们，特别包括参谋长联席会议在内，一直在强调冲破单纯依赖进攻性还击求得安全的必要性。
>
> 在同我的顾问们，包括参谋长联席会议进行磋商之后，我相信事在人为。我要同你们一起看看一种能给我们大家带来希望的未来的前景，那就是制定一项计划，用防御性的手段来对抗令人生畏的苏联导弹威胁……现在，我号召我国科学界那些给我们造就了核武器的人们，把他们的伟大才智转向人类和世界和平事业，

向我们提供使这些核武器失去作用和过时的手段。

里根总统讲到这里，突然停顿下来，用他那极富感召力的大手在空中用力一挥，然后又郑重宣布道：

> 我正在采取重要的第一步。我正指示进行一项综合而紧张的努力，制定一项远期的研究和发展计划，以着手达到我们消除战略导弹威胁的最终目标。我相信，我们今晚着手进行的努力，有希望改变人类历史的进程。

里根演讲刚一结束，美国舆论界一片哗然。西方各国的电台和报纸，也随即传播了这一信息。美国国防部的全体官员和众多公民对此更是兴奋不已。

是的，任何一个时代，人们最大的愿望，就是渴望有一个极具感召力和创造力的领袖出现。美国的公众多年来都在盼望着这一天，盼望着美国能在他们的头号敌国苏联面前重新昂起头来。现在，里根总统的这个电视讲话，无疑给美国的电视听众注入了一支兴奋剂。它像一道横空扯响的闪电，让两亿美国公众在似明似暗的天空中突然间仿佛又看到了一束新的希望之光。

三天后，里根即令国防部长温伯格和国家安全顾问克拉克，负责组织力量着手制定一项落实其讲话精神的具体计划。接着，白宫又发出指令，责成国防部在十天之内提交两份报告，对里根提出的战略防御倡议的战略影响和政策意义作出评估。随后，国防部于 1983 年的 4 月和 5 月先后成立了由五十多名著名科学家和工程师组成的“防御技术研究组”“未来安全战略研究组”以及由克拉克本人为首的高级领导小组，对有关问题分别进行了长达几个月的研究论证，而后于 1983 年 10 月正式向总统和国会提出了一项被称之为“战略防御倡议”的计划。

这一新的“战略防御倡议”计划，便是后来震惊全球的“星球大战计划”！

“星球大战计划”庞大而复杂。但一言概之，就是美国政府为对付苏联可能发动的大规模的核袭击而制造的一项以天空为基地的、实施全导弹拦截的、综合防御体系的、反袭击的长远研究计划。其根本目的，就是掌握未来的制空权，确保在未来的“天战”中稳操胜券。

为了使“星球大战计划”能顺利获得美国政府和国会官员们的支持，1983 年的 11 月 30 日，里根总统又与副总统布什、国务卿舒尔茨、国防部长温伯格和参谋长联席会议主席维西等政府官员以及国家安全委员会的高级顾问们作了具体地讨论和磋商，随后又与国会的领导和盟国的首领们进行了洽谈。

通过这一系列的活动，里根总统的“星球大战计划”得到了国会和政府中多数人的拥护和支持。于是，1984 年 1 月 6 日，里根总统发布了《国家安全决定》第 114 号文件，正式下令执行“星球大战计划”；并于次年 6 月 20 日，经美国众议院批准，为“星球大战计划”拨款二十五亿美元！

B. “星球大战” 席卷全球

美国的“星球大战计划”一出笼，立即便在世界掀起了狂涛巨澜。甚至有人比喻说：里根总统打了一个小小的喷嚏，便在全世界引起了一场大感冒。

最先“感冒”的，是苏联。

里根的“星球大战计划”的问世，既可以说是在苏联的预料之中，又可以说是在苏联的预料之外。但不管怎么说，现在美国的“星球大战计划”已经实实在在的公开地出笼了，对苏联就是一次军事、经济、技术和政治的全面挑战！而且，问题显而易见：若听任美国就此抢先占领宇宙空间，其严重程度，绝不亚于当年美国所垄断的原子弹。

故此，苏联国防部长索可洛夫当即在内部会议上表示迎战，他说：“如果美国开始宇宙军事化，从而破坏现有的战略均势，那么苏联除了采取恢复均势的反措施以外，别无其他选择。这可能既包括防御性武器方面的措施，又包括进攻性武器方面的措施。”

接着，戈尔巴乔夫也郑重宣布：“如果苏联将被置于来自宇宙的现实面前，苏联就会找到有效的反击的办法。但愿谁也不要对此表示怀疑。”此后，戈尔巴乔夫开始了一系列的部署。

据此，有人认为，有充分的理由把戈尔巴乔夫的上台看作是苏联领导集团打算长期应付美国的严重挑战而所作出的聪明而重大的抉择。因为在短短的几个月里，苏联党政军领导调整幅度之大、速度之快、层次之高，完全超出了许多人的意料。尽管戈尔巴乔夫新政权是要执行加速国内经济改革的务实路线，可在里根总统“星球大战计划”的强大压力面前，对已经长期卷入美苏争霸历史旋涡的苏联来说，要想回避眼前的这一客观现实，恐怕也是绝对不可能和难以做到的。

然而，只干不说，是聪明的苏联人的一贯作风。最早搞第一颗人造卫星时如此，后来搞洲际导弹时也是如此，现在面对“星球大战计划”更是如此。

俗话说，谁知道矛的厉害，谁就一定懂得拥有盾的重要。苏联是世界上最早发展战略武器的国家，也是最早发展洲际导弹的国家，面对美国抛出的“星球大战计划”，它当然清楚若不大力发展自己的战略系统，将会意味着什么。

事实上，苏联对外层空间在未来军事斗争中的重要性，早就有充分的认识。60年代初，苏联元帅索科罗夫斯基在《军事战略》一书中就曾经指出：“苏联战略学认为，必须研究利用宇宙空间和宇宙飞行器来巩固社会主义国家国防的问题。为了对付帝国主义，必须采取更有效的手段和方法来利用宇宙空间达到防御目的。”1961年，当时的苏联党政最高领导人赫鲁晓夫在一次讲话中也曾说道：“我们能派加加林和季托夫进入宇宙空间，就能将炸弹部署在宇宙空间，袭击地球上的任何地方。”前苏共总书记契尔年科也曾表示：“面对未来宇宙的威胁，苏联不得不采取措施，以便可靠地保证自己的安全。”而苏共总书记戈尔巴乔夫则明确把“星球大战计划”称为“宇宙之剑”。据 1984 年国外的一篇资料报道，苏联每年在航天计划方面的投资为一百六十亿美元以上，而美国仅为七十亿美元。在过去的十八年里，苏联所发射的卫星，比世界各国所发射的卫星的总和还多。仅 1983 年一年，苏联发射的航天器就是世界各国的三倍之多，是美国的四倍之多。

因此，苏联不仅早有自己的战略防御计划，而且在战略防御系统的时间、规模、进展等方面，很可能并不逊色于美国，有些项目说不定还比美国更领先。当美国的“星球大战计划”刚一公布，苏共中央便及时召开了全国科技会议，对自己的计划作了重新调整和部署。只不过在做这一切的时候，苏联对外并不虚张声势，更不咋咋呼呼。正如里根在发表广播讲话时指出的那样：“苏联人长期以来一直就他们的战略防御计划进行深入的研究，他们只是不谈而已。据悉，多达一万多名苏联科学家和工程师正在从事与战略计划有关的研究。他们干得如此出色，以至我们的专家们说，他们在本世纪末能把一个先进的防御系统部署到太空。”

而苏联却始终否认自己正在研究太空防御系统。苏联武装部队总参谋长阿赫罗梅耶夫元帅在 1985 年 10 月 22 日的记者招待会上说：“苏联没有研制同‘星球大战计划’相似的太空防御系统，我们是在外层空间进行基本研究，没有研究作战武器。”

不过，在侦察技术特别是卫星侦察技术高速发展的今天，苏联要想对自己秘密推行的战略防御计划以及大规模进行的新武器和实验完全保密，是根本不可能的事情。根据美国等国家获取的情报来看，苏联不仅实际上存在着一个“星球大战计划”，而且在某些方面甚至还领先于美国。而有的中国领导人也明确指出，关于“星球大战计划”问题，美国在大张旗鼓地做着苏联悄悄做着的事情。

为什么苏联明明早就在搞战略防御计划，却又坚决否认并反对美国搞战略防御计划呢？因为美国“星球大战计划”出台的主要军事目的，是针对苏联的大规模的核袭击，是对苏联的一个巨大威胁。但对欧洲诸国而言，何尝又不是一次严峻的挑战呢？

欧洲是第一次工业革命的策源地。直至第二次世界大战前，德国和英国在原子物理、人造燃料、合成材料以及航空、雷达等技术领域，均处于遥遥领先的地位。可后来蓬勃发展起来的新技术革命，却让美国和日本夺得了优势，而将欧洲诸国抛在了后面，以至于连西欧自己的一些企业家都认为，在这次新技术革命中，美国把持了领导地位，日本发挥了重要作用，而欧洲则处于落后状态。

据有关资料表明，日本有的高级技术产品在市场的占有量高达百分之九十以上，而相比之下，西欧各国的新兴工业显得很不景气。美国和日本近十年来就业人员分别增加了一千五百万和五百万，而西欧共同体则只增加了一百五十万。难怪法国前总理夏邦·戴尔马不得不强调说：“西欧面临共同的危险，必须革新和联合。只有联合起来的欧洲才能使欧洲各国避免陷入配件工作者和不发达者的地位，避免沦为没有意志、没有独立、没有真正自由的卫星国。”

所以，当美国的“星球大战计划”出台后，西欧各国很快认识到，“星球大战计划”既是军备发展计划，又是高技术发展计划；新技术革命既可以促进“星球大战计划”的发展，也必将推动新技术革命的发展。倘若西欧各国对此无动于衷，任其发展，已经和美国拉大的距离，必然会再次拉大。同时西欧诸国还认识到，现代科学技术的发展要想取得重大突破，若单靠一个国家的力量是很难办到的，而必须联合起来，建立一个“欧洲技术共同体”，以协调西欧的人力、物力、财力和技术，从而使“欧洲能够掌握所有的高技术，成为进入 21 世纪的一个洲”。

于是，经过认真的研究和思考，1985 年 4 月 17 日，法国召开了政府内阁会议。会上，法国总统密特朗首先提出，建立“技术欧洲”的计划即“尤里卡计划”。“尤里卡计划”后来被人称为是法国总统

“在洗澡间里想出来的主意”。但对这个“在洗澡间里想出来的主意”，全体与会者不仅表示支持、赞同，而且还决定向欧洲各国提议，建立欧洲科研协调机构。

内阁会议结束后，法国向西欧各国政府通报了“尤里卡计划”的内容；同时派有关人员到西欧各国展开外交活动。于是“尤里卡计划”首先得到了德意志联邦共和国的重视和支持，随后法国和德意志联邦共和国又共同拟定了“尤里卡计划”的文件，呼吁欧洲共同体诸国积极加入。

1985 年 7 月 17 日和 18 日，西欧十七国的外交部长和科研部长共三十四人以及欧洲共同体委员会主席聚首巴黎，对“尤里卡计划”展开了正式的讨论。会上，法国政府提交了一份长达六十七页的名为“欧洲技术复兴”的白皮书，就电子技术、现代通信、生物工程、机器人、新材料等五个领域提出了几十项建议，作为“尤里卡计划”起步的基础。并且，法国总统密特朗在开幕词中宣布：在 1986 年“尤里卡计划”实施的第一年，法国将拨款十亿法郎！英国政府在会议开幕之际也发表了一份题为《“尤里卡”：一条成功的道路》的文件，主张“必须尽快从讨论过渡到行动”。德意志联邦共和国代表在会上也强调：“尤里卡计划”是欧洲走向世界中心的新的科技起点。并表示，德意志联邦共和国将对资金等问题采取积极步骤，促进这一计划的尽快实施。

巴黎会议结束后，西欧十七国还发表了联合公报，正式宣布了“尤里卡计划”的诞生。不久，土耳其也宣布参加“尤里卡计划”。“尤里卡计划”成员国便增至十八个。这十八个国家是：法国、德意志联邦共和国、英国、意大利、荷兰、比利时、卢森堡、爱尔兰、丹麦、希腊、西班牙、葡萄牙、瑞典、瑞士、奥地利、挪威、芬兰和土耳其。

1985 年 11 月 5 日至 6 日，在德意志联邦共和国的汉诺威市，举行了第二次“尤里卡计划”部长会议。会议从三百多个研究项目中选出了十个项目作为“尤里卡计划”的第一批研究课题。这十个项目和承担这十个项目的国家分别是：英国、法国和意大利，合作生产适合教学和家庭使用的标准微型计算机；法国和德意志联邦共和国，合作生产新型计算机组件；法国和挪威，合作研制高速计算机；法国和葡萄牙，合作研制供服装剪裁用的激光；丹麦和法国，合作研制渗水膜；德意志联邦共和国、法国、意大利和英国，合作研制大功率激光系统；德意志联邦共和国、奥地利和法国，合作建立欧洲的科研计算机网；西班牙和英国，合作研制诊断性病的器械；法国和意大利，合作研制先进的光学电子仪器。此次会议还通过了“尤里卡计划”的原则声明。该声明指出：“尤里卡计划”的目标是通过加强企业和研究机构之间在尖端技术方面的合作，提高欧洲工业和国民经济的效率以及世界市场上的竞争能力。

半年后，即1986年6月30日，“尤里卡计划”部长会议又在伦敦第三次举行。来自十八个国家的四十位部长在刚刚建起的“伊丽莎白二世女王会议中心”，热烈讨论了如何进一步发展“尤里卡计划”的问题。会议还接纳了冰岛为“尤里卡计划”的第十九个成员国，并通过了总投资为二十亿欧洲货币单位的六十二项新的高技术合作发展计划。东道主英国参加了二十八个项目，在数量上仅次于法国。撒切尔首相在会议开幕词中强调说：“尤里卡计划”是“欧洲工业战略的关键”，西欧“要共同寻找未来”。法国表示愿意为“尤里卡计划”提供七亿法郎的经费。英国政府表示愿意承担二十八个项目的一半资金。德意志联邦共和国表示愿意提供一定数量的研究经费。欧洲共同体则表示，1987年将为“尤里卡计划”秘书处拨款十二万欧洲货币单位。

于是，“尤里卡计划”日趋成熟，并很快在西欧诸国得到进一步的实施。

然而，欧洲的“尤里卡计划”毕竟是一个民用计划，其主要目的是为了发展高技术，倘若一旦发生世界大战，不仅美国的“星球大战计划”不能保护欧洲，“尤里卡计划”同样也无力保护。而西欧经济实力强大，战略位置极为重要，历来都是美苏争夺的重点。虽然美苏之间对峙严重，二者毕竟相隔遥远，即使苏联的导弹打往美国，途中也要飞行三十一分钟，美国还有二十多分钟准备时间。可西欧是北约前沿，其部署在苏联的西部，捷克斯洛伐克或德意志民主共和国的中近程导弹，可在三分钟内飞越德意志联邦共和国的边境，十分钟内打到英国的海岸。因此，若不提早采取防御措施，保障西欧诸国的安全便是无稽之谈。

为此，面对美国和苏联“星球大战计划”的挑战，1984 年 3 月 24 日，法国保卫共和联盟主席正式提议，建立一个以西欧为基地的“星球大战”防御系统。同年 10 月，北约核计划小组中的国防部长们在意大利北部及时召开了会议，对此提议进行了讨论。1985 年 12 月初，在布鲁塞尔召开的北约西欧国家国防部长会议上，最为积极的德意志联邦共和国国防部长韦尔纳再次提出，应在西欧建立防御导弹和飞机新的防御系统。1986 年 3 月 1 日，在德意志联邦共和国召开的第二十三届国际防务知识大会上，会议再一次重申了这一倡议。

那么面对美国的“星球大战计划”，亚洲各国又是什么态度呢？

以日本为例。日本作为一个资源严重缺乏的岛国，深感没有高技术就难以在 21 世纪立足，所以尽管地盘很小，却暗中一直都在拨打着自己的小算盘。换句话说，美国的“星球大战计划”刚一出笼，日本政府便率先提出了日本十年科学技术振兴基本政策，首相中曾根还在国会答辩中表示：对美国的“星球大战计划”提供技术合作，将依据 1983 年 11 月两国就向美国提供武器技术所达成的一揽子协议进行，必要时还可以考虑派遣技术专家进行专门的洽谈。

…………

由此可见，美国的“星球大战计划”出台后，在世界各国引起的反响是巨大的，由此引发的一场高科技大革命也是空前的；哪个国家能把握和驾驭好这个千载难逢的历史机遇，哪个国家就有可能实现一次新的飞跃。

面对这千载难逢的好机遇，中国怎么办？

C. 四位元老上书中南海

中关村有位老人睡不着觉了。

地处北京西南的中关村被称为中国的“硅谷”，这儿住着中国最权威的科学家。陈芳允老先生，便住在这儿一幢普通的楼房里。

陈芳允是我国著名的无线电电子学家和卫星测控专家。中国第一颗人造卫星“东方红一号”的测量控制问题，主要就是由他负责的。别看他在学术上十分著名，在生活上却相当朴实，在做人上也是少有的本分。所以每当出门在外，这位大专家不是被人当作看守大门的老头，就是被人误认为某个工厂的“师傅”，常常闹出一些笑话。

其实要记住这位大专家，只需记住他的两个特点就行，一是自己给自己理发，二是自己给自己补衣服。

陈芳允的头发长了，从来不去理发店。他说，去理发店太费时间，不是理发师傅等你，就是你等理发师傅，有时一等就是半个小时，结果还未必满意。所以不知从什么时候开始，他练出了一手绝活儿：自己给自己理发。他一般是十天理一次，有时也半月理一次，没有一定之规，总之依自己的时间而定，随意极了。每当理发时，他便端起一个小凳子，往自家门前一坐，再用一件旧衣服围往脖子，然后左手拿镜子，右手拿剪子，嘁里咔嚓，三下两下，只需一会儿工夫，便把头收拾得既让自己瞧着满意，也让别人看了舒服。

陈芳允的另一招是自己给自己补衣服。他的祖父是有名的裁缝，所以他从小便与针线打上了交道。陈芳允结婚前，所有烂了的衣服、鞋袜包括被子，全是他自己缝补；结婚后，家里所有烂了的衣服、鞋袜包括被子，还是他一人负责。时至今日，别看他已是八十一岁高龄的人了，可一旦衣服破了，他只凭一种感觉和经验，仍能将手中细细的线，轻松地穿进小小的针眼。

然而就是这样一位能把针尖那样小、头发那样细的小事做到极致、干得绝好的科学家，脑子里思考的却常常是国家的大事情；尤其是当美国的“星球大战计划”出笼后，中国该怎么办的问题，成天都在他脑子里打转。

陈芳允清楚地记得，在美国“星球大战计划”出笼之前，当时针对世界的发展趋势，中央已经开始考虑如何迎接新技术革命的对策问题了。美国“星球大战计划”出台后，有关部门组织有关专家进行座谈，也提出过一些设想，但并未真正具体落实下来。

1983 年 11 月，国务院经济技术研究中心组织了全国上千名专家，对如何发展新技术的问题进行研究，并在此基础上，提出了长达一百五十万字的《中国迎接世界新技术革命浪潮挑战和机会对策的研究》。

1985 年 3 月，有关专家再次集中起来，就如何对付美国“星球大战计划”的策略问题进行研究；并对美国“星球大战计划”的实质、可行性及对策等问题也进行了热烈的讨论。大家兴趣很大，但深感为难的是，现在全世界都在关注美国的“星球大战计划”，中国到底应该怎么办？不奋起直追，不行；真要追起来，中国的财力有限，又实在追不起。所以中国的高科技到底发不发展，当时国内出现了两种不同的意见。

一种意见认为，国外搞高科技，我们大可不必着急，就让他们搞去，等他们搞出来了，我们再利用他们的成果就是了。中国现在没有钱，先搞搞短期见效的项目再说，等今后赚了钱，我们再搞高科技。

另一种意见则认为，现在全世界都在搞高科技，中国必须引起高度的重视。如果别人搞我们不搞，只有永远落后于人，永远受制于人。中国要是再不抓住这个机遇，等到 21 世纪，就很难有立足之地了。

持后一种观点的专家占多数。比如，四川光电所所长林祥隶就是其中之一。他说：“中国有十亿人口，如果每个人一年拿出一个鸡蛋的钱来，一年就有一个亿，十年就有十个亿，完全可以办不少事情。那么像高科技这种利国利民还利子孙的事，我们为什么不干呢？”

而陈芳允，更是其中的一个代表。

1986 年初，国防科工委召开关于国防科技计划会议，研究国防科技今后的计划和发展问题，陈芳允出席了此次会议。当时，国外关于高科技的问题叫得很响，对中国造成了一定的压力。会上，专家们提出了不少国防科技中亟待研究和解决的问题，但陈芳允还是感到，就真正的高科技而言，这些问题还很不理想，尤其一些预研工作和长远设想，还远远不够。他在会上发言说："在科学技术飞跃发展的今天，谁能把握住高科技领域的发展方向，谁就可能在国际竞争中占据优势。我国的经济实力不允许全面发展高科技，但我们在一些优势领域首先实现突破却是可能的。"

陈芳允发言后，著名应用光学家王大珩当即发言，对陈芳允的这一观点表示支持。当天傍晚，陈芳允利用散步之际，又与王大珩和中国科学院院长周光召等人就一些问题进行了进一步的探讨。

会议结束后，中国的高科技究竟应该如何发展的问题依然停留在陈芳允的脑子里，他感到很有必要找人探讨一下，于是 1986 年 2 月的一个晚上，他早早吃过饭，便来到中关村中科院宿舍楼，按响了王大珩家的电铃。

王大珩时任中国科学院技术科学部主任，既是中国科学院院士，又是中国工程院院士，尽管年事已高，但中国的科技发展问题始终在他的关注与思考之中。这位科学家与陈芳允不同，既不会使用针线，更不会自己给自己理发，唯一的业余爱好就是听音乐。无论是东方的还是西方的，是现代的还是古典的，他都喜欢；尤其是贝多芬的《命运交响曲》，他更是百听不厌。

这天晚上的王大珩正在家里阅读一份高科技文献资料，开门后见是老朋友陈芳允来访，便笑道："今天怎么有空来了？"

陈芳允说："哪有空的时候哟！这叫无事不登三宝殿。"

王大珩说："什么事？说来听听。"

陈芳允不紧不慢地坐下来，把自己对中国高科技发展问题的一些想法谈了谈。

王大珩听后十分高兴，马上从沙发上站了起来，激动地说："咳，这段时间我也在想这事儿呢！这事儿事关重大，咱们得坐下来好好聊聊。"

两人越聊越投机，不知不觉中，一个多小时便过去了。最后，两人一致认为，面对美国的"星球大战计划"，中国不能置之不理，因为这关系到一个国家的国力和国威问题。中国现在虽然已经有了原子弹、氢弹和人造卫星，但如果不能继续跟上的话，国力就会受到很大影响。当初要是不拼着命把原子弹、氢弹干出来，中国就不可能有今天这样的国际地位。高科技有和没有，是绝对不一样的。

最后，陈芳允说："我看我们是不是联名给中央领导人写个关于发展我国高技术的建议，这样可能事情更好办一些，落实起来也更快一些。"

"这个点子太好了！"王大珩一下从沙发上站了起来，"我看呀，咱们一不做，二不休，干脆直接给邓小平同志写封信算了，把咱们的意见好好反映反映。"

"这样当然更好了！"一向很平静的陈芳允也激动起来，"我看呀，这封信就先由你来起草吧。"

"可以！"王大珩答应得十分痛快。然后，他在屋里激动地走了几步，又想了想，接着说，"我看这样，我尽快起草一个初稿出来，然后再请王淦昌和杨嘉墀两位专家一起看看。"

"行。"陈芳允欣然同意。

送走老朋友陈芳允后，王大珩当晚便睡不着觉了。

王大珩是江苏吴县人，虽然已是八十二岁的老人了，却依然精力充沛，很有精神。王大珩的父亲是一位天文学家兼气象学家，尽管王大珩在少年时代就随同父亲观察过天文和气象，对科学仪器的使用产生了兴趣，但他不是一个从小就想当科学家或者有什么远大理想和抱负的人。用他自己的话来说，“我从小没有什么志向，只是想到自己是个中国人，就应该多为自己的祖国做点事情。至于做什么事情，我想得不多，也没怎么去想，反正遇到什么事情就做什么事情，遇到什么事情就尽量做好什么事情，碰上有机会就发展，不丢掉机会就行。我后来之所以走上了科技救国的道路，完全是顺其自然的结果。搞上光学这个专业，也是偶然。我想，既然搞上了这么个专业，就应该搞出点名堂。但有一点我是很明确的，那就是，一个人活在世上，总应该有点精神。我觉得一个人最重要的一点，就是看你一生中到底是为我们民族服务，还是为你自己服务。”

王大珩曾留学英国十年，1948 年回国后，便把自己的全部心血都倾注在了中国的光学事业上。这位被人称为“中国光学之父”的大科学家，一生做的都是强国梦，一生想的都是国家大事，所以他在科技领域曾获得过几十个“第一”。

十年前，王大珩从长春调到北京后，便开始对中国的科技发展问题进行更深层次的思考，同时把关注的目光投向世界科技的最前沿。数十年的科技实践使他深深感到，一个国家的科技要想得到长足发展，国家领导人的意志和政府部门的决策十分重要；而国家领导人的意志和政府部门的决策，又往往来自于对科学家的咨询。科学咨询历来在国家的决策中有着相当重要的作用，无论是美国的国家研究委员会，还是英国的科学政策顾问委员会，或者是苏联的科学院，都在本国的国家决策中扮演着十分重要的角色。因此中国科学院也应该成为国家决策的最高科学咨询机构。中国科学院若能随时主动、积极地向政府部门提供信息，提出建议，不仅可为政府部门制定政策提供依据、扩展思路，使政府部门保持一个清醒的头脑，还能引起政府部门对科学咨询的重视，进而唤醒政府部门对科研机构主动咨询的意识。

所以，1980 年当他当选为中国科学院技术科学部副主任后，便率先在技术科学部提出：变被动咨询为主动咨询，以此鼓励科学家结合中国科技工作中的重大问题，积极向有关政府部门提供情况和建设性的意见。随后根据他的提议，又将科学咨询工作纳入科学院的议事日程，并在各学部中成立了科学咨询委员会，让各学部主动积极地向政府部门提供科学咨询。而他自己，更是身先士卒，向政府部门提出了不少事关国家重大问题的建议，且大多数都被决策部门采纳。

美国的“星球大战计划”出台后，王大珩的内心当然也受到了极大的震撼。但他着重是从国家战略的高度来思考中国的科技发展问题。中国“两弹一星”的发展历史使他深刻体会到，在高科技问题上，“有一点儿”和“一点没有”是大不一样的。当初中国有了核武器，对全球的战略格局产生了重大影响；但若是当初中国没有核武器，必然就会长期处于核武器的威慑之下，也就不可能有今天这样的国际地位。而且凭经验和直觉，他感到中国现在发展高科技是个千载难逢的大好时机，尽快给中央领导人写上一封信，提出一些真诚的建议，供中央在决策时参考很有必要。

第二天，他便找到科学家潘厚仁，把自己的基本想法和思路讲了讲，希望潘厚仁先拿出个初稿来。

几天后，潘厚仁拿着写了一半的稿子来到王大珩家，一进门便诉苦说：“唉！王老，后面的内容我实在写不下去了，我看这事儿还是只有你亲自干吧!”

王大珩接过稿子看了一遍，觉得潘厚仁写的这部分很精彩，可惜只对美国的“星球大战计划”的实质进行了论述，而对中国到底应该怎么办这个最重要的问题尚未涉及。于是望着一脸愁苦的潘厚仁，他只好说：“好吧，那就我来试试看。”

当晚，王大珩坐在写字台前，思索片刻，便提起笔来——仿佛多年的苦苦思索与等待，就是为了这个晚上。

> ……为了我国现代化能继续前进，我们就得迎接这新的挑战，追赶上去，绝不能置之不顾，或者以为可以等待十年、十五年。我们必须从现在抓起，以力所能及的资金和人力跟踪新技术的发

展进程。须知，当今世界的竞争非常激烈，稍一懈怠，就会一蹶不振。此时不抓，就会落后到以后翻不了身的地步……在整个世界都在加速新技术发展的形势下，我们若不急起直追，后果是不堪设想的。千里之行，始于足下。因此事事关我国今后的国际地位和进入21世纪后在经济和国际方面能否进入前列的问题，我们不得不说……

本来，这个晚上的王大珩还想继续写下去，可写着写着，他感到要谈的话题实在太沉重了，不得不暂时放下手中的笔。

王大珩后来说，这封信他前后写了一个多月，不知修改了多少遍，最后才形成了一份《关于跟踪研究外国战略性高技术发展的建议》的初稿。

在这封建议信里，王大珩主要写了这样几层意思：

一、高科技问题事关国际上的国力竞争，中国不能不理。

二、在关系到国力的高技术方面，首先要争取一个“有”字，有与没有，大不一样。真正的高技术是花钱买不来的。

三、鉴于我国的经济情况，从事高技术的规划与范围，无法与工业发达的国家相比。因此，必须“突出重点，有限目标”，强调储备与带动性。

四、积极跟踪国际先进水平，要能在进入所涉及领域的国际俱乐部里，占有一席之地。

五、发挥现有高技术骨干的作用，通过实践，培养人才，为下一个世纪的发展做好准备。

六、时不可待，要有紧迫感，发展高技术是需要时间的，抓晚了就等于甘居落后，难以再起。

信写好后，王大珩交给了陈芳允。

陈芳允看后说："很好。只是除了国防问题外，还应该多讲讲国民经济的问题。"

王大珩又把国民经济问题作了补充，这才将信分别送到王淦昌和杨嘉墀的手上。

王淦昌是中国核物理学界的泰斗。曾获得过诺贝尔奖的李政道便是他的学生。这位年仅十八岁便以非凡的才华成为清华大学首届学生的科学家，有一个著名的追捕"能量盗贼"的故事，在科学界流传甚广——

在20世纪30年代，原子核物理学家们发现一个奇怪的现象：放射性原子核发射了一个电子，使得其中的一个中子变成了质子，这个原子核便摇身一变，变成了另一种元素的原子核。可在这个变化过程中，能量却莫名其妙地被"偷"走了。那么谁是"偷"走能量的这个"盗贼"呢？后来奥地利物理学家泡利认为，"偷"走能量的这个家伙很可能是一种尚未被发现的粒子——中微子。于是，谁能证明"中微子"的存在，谁就为世界物理学做出一大贡献。

1940年，与浙大师生一起流亡在贵州湄潭山城的王淦昌，在简陋的茅草棚里写出了一篇名为《关于探测中微子的建议》的论文，文中明确指出可用一种方法，抓获这个"偷"走能量的"盗贼"。非常遗憾的是，由于当时王淦昌没有做实验的条件，只好忍痛将这一"建议"寄给了美国的《物理评论》杂志。文章发表后，美国的物理学家戴维斯按照王淦昌给出的方法做了实验，取得了肯定的结果；而1956年，美国的另一名物理学家弗雷德里克·莱因斯又按照王淦昌给出的方法，再一次做了实验，也间接地证明了中微子的存在，并因此而获得了1995年度诺贝尔物理学奖。于是王淦昌的这篇论文，成了人类认识微观世界的里程碑；而王淦昌这个名字也因此而远播四海。

然而，这位在海内外有着很高知名度的科学家，从1961年至1978年，为了研究中国的第一颗原子弹，根据组织保密的需要，竟将自己的名字——赫赫有名的王淦昌——改成了默默无闻的"王京"，从此隐姓埋名，长达十七年！

而杨嘉墀则是我国著名的航天专家。这位曾当选为国际自动控制联合会空间委员会副主席、国际宇航联合会执行局副主席、国际宇航科学院院士的科学家，曾参加过我国第一颗人造卫星、第一颗原子弹和返回式卫星“实践一号”以及“一箭三星”的研制和设计工作；尤其在卫星的自动控制方面，为中国和世界做出了杰出的贡献。1983年，当这位老人不再担任行政领导职务而出任中国空间技术研究院科学技术委员会副主任后，便将更多的目光投向世界，开始从国家战略全局的高度，着重思考中国空间技术的前景及高技术的发展问题。

王淦昌和杨嘉墀两位科学家看罢王大珩起草的建议信后，非常兴奋，当即表示完全同意！

于是，四位老科学家又相聚一起，对建议信再次逐字逐句地做了推敲。定稿打印出来后，四位元老这才在信上郑重地签上自己的大名：王大珩、王淦昌、杨嘉墀、陈芳允。

之后，王大珩又拿起笔来，写了一封亲笔信。

采访中，我见到了王大珩写的这封亲笔信的原件。全文如下：

敬爱的小平、耀邦、紫阳同志：

首先向你们致敬！

我们四位科学院学部委员（**王淦昌、陈芳允、杨嘉墀、王大珩**）关心到美国“战略防御倡议”对世界各国引起的反应和采取的对策，认为我国也应该采取适当的对策。为此，提出了《关于跟踪研究外国战略性高技术发展的建议》，现经我们签名呈上。敬恳查阅裁夺。

我们四人的现任职务分别是：

王淦昌　核工业部科技委副主任

陈芳允　国防科工委科技委专职委员

杨嘉墀　航天部空间技术研究院科技委副主任

王大珩　中国科学院技术科学部主任

王大珩　敬上

1986 年 3 月 3 日

现在，建议信定稿了，四位科学家签名了，王大珩也写了亲笔信了。剩下的问题是，这封建议信怎么送到邓小平的手上?

作为四位大科学家，他们心里当然明白，如果这封信通过正式渠道走，即使最后能转到邓小平手上，恐怕也得一两月甚至半年。再说了，这种方式未必一定能转到邓小平的手上。因此考虑再三，认为最好的办法，就是从中国的国情出发，能走捷径就走捷径，能有门路就找个门路，反正是为了国家的大事而不是个人的小利。否则，再大的事也不可能十分顺利，甚至根本就办不成。

于是，王大珩想到了一个人。

这个人叫张宏。张宏在中国科学院技术科学部工作，是王大珩的副手，与王大珩同在一个办公室。王大珩知道他是邓小平的女婿，所以找到他，谈了谈情况，希望他想办法把这封信送到邓小平的手上。

张宏同样一直关心着中国高科技的发展问题，对四位老科学家的心情非常理解，所以当天便亲自把信送了出去。

这一天，是 1986 年 3 月 3 日。

D. 大手笔邓小平

在古今中外的历史上，科学家和政治家打交道的故事，并不少见。

美国的“曼哈顿计划”(即原子弹研制计划)享誉全球，但在“曼哈顿计划”诞生之前，有个科学家与政治家的小故事，却鲜为人知：第二次世界大战爆发后，匈牙利有位叫西拉德的物理学家流亡到了美国。有一天，当他听说德国正在加紧研究链式反应时，马上意识到德国有可能正在研究原子弹，于是他立即给美国总统罗斯福写了一封信，希望美国政府能率先研制原子弹，以遏制像希特勒这样的战争狂，否则人类的明天将会不堪设想。然后，他和另两名物理学家一起，找到了当时享有盛名的爱因斯坦，希望爱因斯坦能以他个人的威望去说服罗斯福总统。爱因斯坦非常赞同他们的想法，当即在这封信上签下了自己的大名，并将这封信交给了罗斯福总统的顾问萨克斯，请他送给罗斯福。罗斯福总统看过此信后，虽然感到几位科学家的想法有意思，却并未引起重视。于是萨克斯顾问又再次找到罗斯福，向罗斯福作了进一步的说明，并向他讲了当年拿破仑因拒绝一位科学家的某个建议而后来惨遭失败的一个故事。罗斯福听后恍然大悟，立即以最快的速度组建了一个铀咨询委员会，这才最终促成了震惊世界的“曼哈顿计划”的完成。

再从中国的历史来看，在古代，臣民向皇上进谏的故事举不胜举。1949 年后，也许是中国特有的国情所致，科学家、作家、学者、教授等以个人的名义给中央某位领导人写信反映情况，提出建议，以表达爱国的赤诚，也是屡见不鲜。50 年代如此，60 年代如此，70 年代如此，80 年代依然如此。像钱学森、赵九章、李四光等一批大科学家，在不同的年代、不同的问题上，都有过类似热血激荡的爱国举动。

比如，中国第一颗人造卫星“东方红一号”工程的第二次启动，就是科学家赵九章通过给周恩来写信，才得到重视的；再比如，中国第一颗同步通信卫星工程的再次启动，也是通过黄仲玉、钟义信、林克平三位默默无闻的年轻人给周恩来写信，才被正式列入国家计划的。

但是，这种通过个人的名义给中央领导人写信的方式所产生的结果，并不完全相同。有的，有去有回，得到了满意的答复，收到了预期的效果；而有的，几经辗转，却杳无音信。当然，也还有另一类人，这类人写的是“效忠信”。这种信非但于国于民无利，反而陷害忠良，祸国殃民，最终把自己也卷入帮派的旋涡，乃至招来杀身之祸！像当年给江青、王洪文等写信者，便是最典型的例子。

那么，王大珩等四位科学家写给邓小平的这封信，会是一个什么样的结果呢？

第三天，即 1986 年 3 月 5 日，四位科学家的信便到了邓小平的手上。

邓小平就是邓小平。这位本世纪中国最伟大的政治家，看完此信后，便果敢地作了决定。

当然，今天的我们已经无法准确描述邓小平当时看完这封信之后的具体心情；但从事后的种种迹象表明，邓小平看完这封信后非常高兴；而且再从后来的结果来看，我们完全有理由相信，美国的“星球大战计划”出台后，关于中国的高科技如何发展的问题，作为中国改革开放总设计师的邓小平，其实早在脑子里酝酿多时了。

这一说法并非无根无由。如果我们稍稍注意一下邓小平的历史，便会发现，邓小平与中国的科技，其实早就有着千丝万缕的联系。

1962 年，中央科技专门委员会刚成立时，邓小平便是委员。中央科技专门委员会就是专门负责国防科学技术工作的一个机构。当时中国的许多重要科研项目，如“两弹一星”等，都是由这个机构来决策的；而邓小平，就是其中不少项目的决策者之一。

1977 年，邓小平刚刚恢复工作，便主动提出，愿意主持分管科技和教育方面的工作。中央同意了他的这一要求。在一次宴会上，他还风趣地说：“希望大家一定要抓好科技和教育工作，我愿意当好大家的后勤部长。”此后，尊重知识尊重人才，在全国蔚然成风。甚至当电脑还刚刚在中国兴起时，他在一次参观活动中便对科技人员说：“电脑要从娃娃抓起。”

1978 年 3 月 18 日，邓小平在全国科学大会的开幕式上作了重要讲话，第一次提出了“科学技术是生产力”的理论。后来在一次讲话中，他还说：“实现四个现代化，关键是科学技术现代化。如果不把科学技术搞上去，经济就上不去；经济上不去，我们整个国家就危险。”

再后来，他在接见捷克总统时又说："马克思说，科学技术是生产力，这还不够。我看科学技术是第一生产力。"

此后，他出访日本，出访美国，会见了不少世界著名的科学家。世界高科技飞速发展的紧迫形势，使他大开眼界。后来，北京正负电子对撞机首次对撞成功，邓小平走进试验室，走进建设工地，走进机声隆隆的地下隧道，与李政道教授握手，与七百多名建设者合影，而后用浓浓的四川话对在场的科技人员讲了这样一段意味深长的话：

> 有位欧洲朋友曾经问我，中国的经济落后，为什么要搞这些高技术项目？我对他说，我们要看得远一点，不能只看到眼前。全世界都在制定高科技发展的计划，像美国的"星球大战计划"，西欧的"尤里卡计划"。中国也要制定高技术发展计划。下世纪将是高科技发展的世纪。过去也好，今天也好，将来也好，中国这么大一个国家，必须要在高科技领域占有一席之地。我们不仅要搞高能加速器，还要参与其他高科技领域的发展。在 50 年代、60 年代，如果我们没有卫星、原子弹，中国就没有今天的地位。这些东西反映了一个民族的能力，也是一个民族、一个国家兴旺发达的标志。现在，世界高科技的发展一日千里，跟都跟不上啊！中国不跟上去是不行的，中国不能落后！

再后来，他去深圳视察，说："中国穷了几千年了，不能再等了！我们耽误了几百年了，再也不能耽误了。"当有人向他介绍一些刚刚上马的新技术时，他非常高兴，说："太好了！越新，我就越高兴；越高，我也越高兴。"有人谈到农业问题时，他说："将来农业的出路，最终要靠尖端技术。"

可见，邓小平的思想与中国的科技发展是一脉相通的。他不仅知道科技对国防的重大意义，还懂得科技对人民生活的重要作用。所以，他才可能以一个政治家的智慧与气魄，以及四川人特有的热烈与大胆，首次提出了“科技是第一生产力”这一惊人的论断。

于是，我们似乎可以说，这位“永远打不倒的四川小个子”，其英明之处就在于，他既精通政治，又懂得科技；既能清醒地看到今天，又能明确地想到未来。他是一个讲究实效，讨厌空谈的政治家，一个既要国强又要民富的设计师！当美国的“星球大战计划”出台并在全世界刮起阵阵狂飙后，他的内心不可能不引起震动，也不可能不引起思考。

所以，邓小平看完四位科学家写给他的建议信后，就在当天，即1986年3月5日——也许是在深夜，也许是在清晨，这位老人便拿起笔来，以一个政治家、战略家的眼光和气魄，在这封信的天头上作了如下批示：

> 这个建议十分重要，请找专家和有关负责同志，提出意见，以凭决策。此事宜速作出决断，不可拖延。
>
> 邓小平
>
> 1986年3月5日

就这样，邓小平在举笔挥毫的一瞬间，便缩短了科学家与政治家的距离，沟通了科学家与政治家的心灵，为20世纪的中国留下了最具光彩的一笔。

这是科学家与政治家最奇妙的结合，也是科学家与政治家最完美的联姻。中国的科学家遇到了邓小平这样的政治家，是中国科学家的幸运；邓小平遇到了王大珩这样的科学家，是政治家邓小平的幸运；而20世纪80年代的中国，同时拥有了邓小平这样的政治家和王大珩这样的科学家，则是整个中华民族的幸运！

E. 中央拨款一百个亿

四位科学家的信得到邓小平批示后，从中南海到国家科委、国防科工委，上上下下，方方面面，十分高兴，极为重视。

1986 年 3 月 8 日，即邓小平批示后的第三天，国务院召集有关方面的负责人，对王大珩等四位科学家的建议信进行了充分的讨论。会议认为，这封信与国际上正在兴起的第三次科技浪潮完全合拍，它的出现，对中国目前高科技的发展有着积极的引导意义。但会议同时也指出，中国的高科技问题，不能单指国防。会议最后决定，由国家科委主任宋健和国防科工委主任丁衡高，负责组织论证中国高技术发展计划的具体事宜。

会后第三天，国务委员张劲夫决定邀请王大珩、王淦昌、杨嘉墀、陈芳允四位科学家到自己的办公室，就建议信中提到的关于中国的高科技发展问题作一次交流。四位科学家后来说，这一天他们特别高兴，因为建议信能得到邓小平如此的重视，既是他们所希望的，又是他们没有想到的。

当四位科学家准时走进张劲夫的办公室时，张劲夫已等候多时了。张劲夫在 50 年代便是中国科学院的党组书记，与四位科学家是多年的知交，所以一见面便说："感谢你们！感谢你们为国家做了一件大好事！"

王大珩说："这也是形势所迫啊！"

四位科学家落座后，会谈切入正题。

在大约一个小时的会谈中，张劲夫详细听取了四位科学家的意见，并就信中涉及的几个问题，作了相关的询问。会谈快结束时，张劲夫问了一个问题："这个计划你们预算过没有，大体需要多少钱？"

四位科学家相互看了看，谁也没有回答。因为他们深知，高科技就是高投资，经费问题，是最重要的前提之一。没有经费，一切都是纸上谈兵。所以张劲夫突然问到经费问题时，四位科学家一下显得很尴尬，甚至有点不知所措。

别看四位科学家在中国科学界声名远播，谈起科学技术头头是道，滔滔不绝，但穷惯了也省惯了的四位科学家一旦真要说起钱的问题，就很不好意思了。更何况，科研经费不像科研数字，是多少就可以说多少，而是个很难说的数字。难就难在，高科技既是高风险，也是高投资。钱说少了，高科技就很难搞起来；钱说多了，说了也等于白说。因为国家现在还很穷，若真把钱说多了，到时不但得不到所要的经费，反而还有可能把高科技的计划给弄黄了。

张劲夫当然知道四位科学家的心理，便鼓励道："说吧，没关系。你们说个基本的数字出来，我好向国务院领导汇报。下一步经费预算时，也好有个底。"

王淦昌这才吞吞吐吐地说了一句："能省就尽量省吧。我看，一年能给两个亿就行。"

尽管四位科学家明明知道，对一个偌大的中国而言，用两个亿来搞高科技，实在是杯水车薪，少得可怜。但一想到国家眼下的困难，只能忍痛割爱，将就凑合了。

会谈一结束，张劲夫便向国务院总理赵紫阳作了汇报。

与此同时，四位科学家的建议信得到邓小平批示的消息，在科技界也很快引起强烈反响。无论是科委机关、各部委，还是科学院或研究所，都备感亲切，大受鼓舞。大家普遍认为，中国的高科技问题，是该提到议事日程上来了。

在一次座谈会上，钱学森说："来自世界的种种信息表明，一个国家如果到了 21 世纪仍不能以科学技术立国，就不能在世界民族之林立足。"有的科学家说："如果不努力在主要高技术方面缩小同先进国家的差距，无疑将影响下个世纪我国经济、科技的振兴，等于丢失了我们 21 世纪在世界上的发言权。"还有的科学家说："如果我们在空间时代无所作为的话，到了下个世纪我们在科学技术方面就会落后，就会处于被动挨打的地位。”

然而，高科技的发展往往伴随着高风险。它不仅需要高水平的研究、高水平的人才、高水平的运作、高水平的管理，而且还需要高经费的投资。而中国目前还是一个发展中的国家，家底比较薄弱，如果在这种现实下也要发展高科技，是不是有点妄自菲薄、不自量力呢？

对此，国内一部分人士认为，中国的高科技发展问题，还是先不要搞为好，如果现在急于上马，弊大于利。在科技界，也有部分专家持反对意见。而在国外的一些中国学者和专家，既表示关切，又有些担忧。比如一位学者就专门写信回来告诫有关部门说：

> 我在国内时曾有所耳闻的关于发展高技术的设想，与我在这里看到的数据相差甚远。中国现在要搞高科技，我担心将来会遭到骑虎难下的结局。这也可能是杞人忧天吧，但我还是想反映为好。这也是一个中国知识分子的良心。

那么，中国的高科技到底该不该搞，若要搞又该怎么搞呢？

1986 年 4 月，全国两百多名科学家云集北京，讨论研究《国家高技术研究发展计划纲要》（简称《纲要》）。

此后近半年时间里，国务院先后召开了七次会议，组织专家讨论制定《国家高技术研究发展计划纲要》。为了使这一《纲要》切实可行，把风险减少到最小，国务院科技领导小组先后组织了一百二十四位各个领域的专家，分成十二个小组，对《纲要》进行了反复地探讨和论证；后来又经三轮严格的科学技术论证，才最终形成了《国家高技术研究发展计划纲要》。

《国家高技术研究发展计划纲要》从世界高技术发展趋势和中国的需要和实际可能出发，坚持“有限目标，突出重点”的方针，共选入了七个领域的十五个主题项目。这七个领域是：生物技术、航天技术、信息技术、激光技术、自动化技术、能源技术、材料技术。并确定了“863 计划”的目标是：积极跟踪国际高技术发展动向，并有所创新，培养科技人才，实现高技术产品的商品化、产业化，为下个世纪国家发展储备后劲。

1986 年 8 月，国务院常务会议通过了这个《国家高技术研究发展计划纲要》。

接着，《国家高技术研究发展计划纲要》送到了邓小平手上。邓小平看后十分高兴，当即批示道：

> 我建议，可以这样定下来，立即组织实施。

于是，1986 年 10 月，中共中央政治局专门召开扩大会议，正式批准了《国家高技术研究发展计划纲要》。而且，为了更好地推动这一计划的顺利发展，中央政治局还正式决定：拨款人民币一百亿元！

由于四位科学家写信的时间和邓小平批示的时间都是 1986 年 3 月，故《国家高技术研究发展计划纲要》被称为“863 计划”。

1986 年 11 月 18 日，国务院下发《国家高技术研究发展计划纲要》的通知。接着，再经有关专家的周密论证，1987 年 2 月，中国“863 计划”正式开始组织实施。

第二章
举起中国一面旗

在六七十年代，中国成功地研制了“两弹一星”，为中国近代科技的历史树起了一座丰碑。“两弹一星”成功的经验之一，就是科学的组织和科学的管理。

进入 80 年代后，“863 计划”的确定，又为世纪末的中国开辟了一块新的高科技的风景。这是中国科技史上一次革命性的创新。

然而，创新不仅仅只是技术的创新，同时也应该是思想观念的创新、科技管理体制的创新。因为只有打破旧体制，重建新体制，中国的科技改革才能杀出一条血路，“863 计划”也才可能顺利得以实施。同时，“863 计划”既然是高科技，就应该有高水平的管理；而要有高水平的管理，就必须有高水平的跨世纪管理人才。

历史发展到今天，高科技的管理，已成为一门科学，一门艺术，而且是科学中的科学、艺术中的艺术。这是中国科技界面临的一个新的课题。

因此，如果我们把“863 计划”比作中国高科技的一面旗帜，那么集合在这面旗帜下的科学家——不管是领导还是专家，都应该是也必须是中国科技界最高水平的人才。而人才问题，是当今中国最重要的一个问题。

A. 宋健点将

1986年夏季的一个傍晚，国家科委主任宋健吃过饭后，像往常一样散了散步，便雷打不动地坐到了自己的书房里。

几个月来，为了确保“863计划”的科学性、可靠性、可行性，他主持召开了一系列的专家论证会，并分别和不少专家进行了恳切的交谈。现在，有关的论证工作终于基本结束，可他的心却像被“863计划”扣住了似的，想轻松也轻松不下来。他总觉得还有许多工作要做，还有许多问题要想，所以近一个时期，每天晚上他都要工作到凌晨两点。

每晚坚持工作、学习到深夜，是宋健从青年时期起就一直保持下来的习惯。他担任领导职务后，这个习惯也依然未变。他说：“既然大自然安排我们出生在这个大地上，为中国人民的幸福而生、而战、而死，就是我们义不容辞的责任，这叫‘天赋人责’。只要中国的科技事业能腾飞，我就把性命拼掉了也值!”

1984年，宋健出任国家科委主任，主管全国科技工作。这是他生命历史上一次非同寻常的重大转折。受命之时，凭着一个科学家的直觉与分析，他感到世界科技的中心，如同那高空游荡不定的云彩，正由西向东缓缓移来。这是一个千载难逢的历史机遇，中国若能抓住这个机遇，则古文明的太阳，很可能又一次从东方升起；而世界科技的中心，也大有希望再次回到东方。于是再为国家做几件大事，成了萦绕在他心头的一个强烈愿望。

1985年，为了大规模地向农村推广科学技术，全面提高农民素质和劳动生产力，他提出并组织实施了“星火计划”。后来大别山的十五个贫困县实施“星火计划”后，仅用了四年时间，便摆脱了贫困。于是有人不无感慨地说：“中国八亿农民能够走出贫困境地，应当记住宋健其人。”

而现在，中央批准“863 计划”后，如何组织实施的问题，又摆在了他的面前。他深知，“863 计划”是一个庞大复杂、前所未有的系统工程。如此一个大工程，将由谁来组织、指挥实施，是一件举足轻重的大事情，也是他必须慎重考虑的大事情。不久前，经过摸底分析，可担此重任的就有二十多位候选人。但到底谁更合适呢？

他想到了中国科学院化学研究所所长朱丽兰。

朱丽兰是员女将。但在宋健看来，此人有智力，有能力，也有魄力，还大有潜力。而且，她公正、无私、廉洁，既有较高的思想境界，又有一种愿意和敢于为科学献身的精神。因此他提议，由朱丽兰来挑起实施中国“863 计划”的重担。

就在今天下午，这个近期来悬而未决的问题终于有了结论：经过国家科委党组的评议，在二十多名候选人中，朱丽兰力拔头筹，成为大家公认的最佳人选。而且，按国家科委党组的意见，明天将由他与朱丽兰正式谈话。所以，今天晚上的他，尽管依然像往常一样伏案于沉闷的书房里，却获得了近日来一种难得的轻松。

翌日上午，宋健像往常一样，按时走进了自己的办公室。他刚打开一个文件夹，朱丽兰便准时出现在了门口。

宋健热情地招呼朱丽兰坐下，然后看着依然还是风风火火、朴实大方的朱丽兰，却并未急于说出什么。

宋健既是朱丽兰的上司，又是朱丽兰敬佩的一位科学家。早在苏联学习期间，她对宋健就有所耳闻。宋健对科学执着的追求态度和献身精神以及在科技事业上表现出来的卓越才干，让她打心眼里佩服。尤其令她佩服的是，宋健不仅在自己的专业领域取得了杰出的成就，而且还能利用自己的专业知识，去发展交叉科学，第一个运用控制理论和方法创造了一门自然科学与社会科学相结合的新学科——“人口控制论”。宋健和于景元共同创造的这个“人口控制论”，不仅为中国制定人口政策和发展战略提供了定量的科学依据，也为世界人口学的研究开辟了一条新的道路。所以，多年来朱丽兰在心里暗暗憋着一股劲，希望有一天自己也能在科研上作出突出的成果。

“你知道我今天找你干什么吗?”片刻，宋健这才问了一句。

“不知道。”朱丽兰回答说。

宋健说：“你得准备离开化学所，到科委机关来工作。”

朱丽兰问：“我在那儿干得挺好的，到科委来干吗?”

宋健直截了当：“到科委来当副主任。”

朱丽兰一听，颇感吃惊。这事太突然了，也太出乎意料了，忙说：“不行、不行，这事我连想都没想过，我哪儿行呀?”

“我看你就行!”宋健说，“你不仅要来科委当副主任，而且，‘863计划’还要由你来负责组织实施。一句话，从现在起，你就是中国‘863 计划’的‘执行导演’!”

朱丽兰更是有些紧张了，忙说：“宋主任，‘863 计划’是国家的大计划，我比起其他老专家来，还年轻，而且，又是一个女同志……”

“女同志，女同志有什么关系?”宋健说着说着就笑了，“撒切尔夫人不也是个女的吗?”

朱丽兰忍不住笑了：“宋主任，你这不是存心让我‘入地狱’吗?”

“你不入‘地狱’，谁入‘地狱’?”宋健也爽朗地笑了，“搞科学嘛，就得献身！谁让我们都爱上了科学呢？那就让我们一起‘入地狱’吧!”

两人都会心地笑了。

接着，宋健从座位上站起来，在屋里来回踱了踱步子，然后颇有感慨地说道：“中国的历史能走到今天这一步，很不容易啊！‘863 计划’是国家的一件大事，能受到以邓小平为首的国家领导人如此的重视，不仅是我们这一代科学家的一大幸事，更是国家的一大幸事！我想，只要科学家和政治家能想到一起，只要科学和政治能完美地结合和统一在一起，中国就大有希望。从这个意义上说，‘863 计划’完全称得上当代中国高科技的一面旗帜。现在，历史把这面旗帜交到了我们的手上，交到了你的手上，希望你和其他科学家一起，无论如何也要把这面旗帜扛起来，举下去!”

“宋主任，放心吧！只要让我干，我就一定把它干好!”朱丽兰突然激动起来，“既然‘863 计划’交给了我，那就由我向国家负责，向你本人负责！重大问题我一定向你请示，但是，具体问题我必须有权决定!”

这就是朱丽兰。

B. 科委来了个 “厉害的老太婆”

1986 年 7 月 1 日这天，对刚刚卸任中国科学院化学研究所所长的朱丽兰来说，是一个非同寻常的日子：她将以国家科委副主任的身份，第一次登台亮相，走马上任。

按照多年养成的习惯，朱丽兰一早便起了床。与往常一样，她草草吃过饭，把所要带的文件和工作用品塞进包里，然后随便换上一套已经穿过多次的夏服，便匆匆出了门。

作为一位女性，尤其是作为一位时常出入于公共场合的女性，在衣着外表上打扮打扮，讲究讲究，本是一件无可非议的事情。但朱丽兰在衣着打扮上多年来都持一种无所谓的态度，从不肯在这方面下什么工夫。她对自己最基本的也是最高的审美要求，就是整洁利落，朴实大方。她的观点是：“你可能在衣着打扮上看不起我，但你在学术上却不得不佩服我。”当然，作为一位女性，就其内心而言，与其说她没有兴趣打扮，还不如说她没有时间打扮。

朱丽兰一出门，就让司机开车；开车后就开始想问题。在车上想问题，是朱丽兰多年养成的习惯。这儿说的“车上”，包括过去朱丽兰站在大卡车上、挤在公共汽车上，甚至骑在摇摇晃晃的自行车上。在朱丽兰过往的生活中，不少重大问题的思考，都是靠“车上”这段时间完成的。但今天，朱丽兰后来说，连她自己都感到有些奇怪，她的脑子刚一启动，首先想到的便是法国著名女作家西蒙娜 · 德 · 波伏瓦说过的一段话：

> 一个人之为女人，与其说是“天生”的，不如说是“形成”的。没有任何生理上、心理上或经济上的命定能决断女人在社会中的地位，而是文化之整体产生出这居间于男性与无性中的所谓“女性”……女人第一件要做的事情，就是在痛苦和骄傲中放弃传统，然后在蜕变的过程中从事她的学习，也就是在自由之中生活。

朱丽兰喜欢哲学，闲暇时也爱读读文学作品，不少大师的名言，她常常能做到过目不忘，烂熟于心。此刻，她竭力想摆脱这句话的纠缠，好让自己的脑子尽快冷静下来，想想自己今天第一件要做的事情究竟该是什么。可不知什么原因，一想到自己待会儿就要登台亮相，心里便多少有点沉重。

事情来得实在有些突然。

一年前，朱丽兰出任化学研究所所长时，完全出乎她的预料；这次让她到国家科委任副主任，她更是连做梦也没想到。也许人生就是这样：你整天琢磨的东西，到头来未必就能得到；你从不经意的事情，说不定突然又从天而降。正所谓“有心栽花花不开，无心插柳柳成荫”。

可以说，朱丽兰在仕途上向来是没有野心的。她之所以没有野心，是因为她对当官一类的事情实在没有兴趣。如果说她有“野心”的话，就是想当一个出色的科学家，这是她从小就有的“野心”。还在读女子中学时，她就十分崇拜居里夫人，长大后很想做一个中国的居里夫人。甚至，为了实现这一梦想，她曾打算不结婚，一辈子独身。后来因为不结婚麻烦事很多，非议不少，反而影响安心干事业，她这才改变了独身的打算。

因此在朱丽兰的大半生中，她除了一心想着如何为国家的科技事业多做贡献，从来没想过应该如何去谋取官位。可现在，一下子要她去当一个国家部长一级的大官，单单从性别的心理上来讲，她就感到有点“那个”。她不知道前面等着她的是鲜花笑脸，还是“地狱”深渊。

汽车行驶在宽阔的中关村街上。北京夏季的早晨，干燥的空气中夹着淡淡的清香；有微风拂来，让人感到一阵少有的清爽。车子很快来到位于北京三里河的国家科委大楼的门前。朱丽兰下了车，一抬头，“中华人民共和国国家科学技术委员会”几个大字便首先映入眼帘，内心便有一种说不出的庄严感和沉重感。

此时，国家科委即将召开的全体党员大会已经准备就绪。八点整，全体党员进入会场；进入会场后他们便发现，今天的主席台上，多了“一个老太婆”。

“这女人是干什么的?”有人嘀咕了一句。

“这是我们科委新来的副主任。”大会开始后，国家科委主任宋健首先站起来介绍说，“大家都看见了，这是一位女同志，她的名字叫朱、丽、兰!”

台下有掌声响起。听得出，多少带点礼节性。

朱丽兰平静地站了起来。人们这才看到，这位新来的女副主任个子不高，圆脸，短发，眼镜，外表看上去普通，气度却有些不凡。

“大家好!”朱丽兰很有礼貌而又不失风度地点了点头，然后说道，“不错，我是一位女同志。可我首先得向大家声明一下，我不是一位温柔的女同志。我在化学所时，那儿的人都叫我‘厉害的老太婆’。不过，我虽然厉害，却自认为没有坏心眼。我到科委来，不是为了当官，而只有一个目的，就是和大家一起，把中国的‘863 计划’搞好，把我们的工作做好!”

台下又有掌声响起。虽说这次依然多少有点礼节性，但比先前似乎少了几分做作多了几分热情。因为见多识广的科委机关的干部们从朱丽兰简短明快、底气十足的话语中，听到了几分自信、几分直率以及几分坦诚。于是，这位“厉害的老太婆”首次登台亮相后，留给人们的第一印象是：直言快语，辛辣有味，朴素实在，没有花架子，像个干事儿的官！

几天后，人们开始发现，这位自称“厉害的老太婆”确有厉害之处：她思维敏捷，反应极快。你向她汇报情况，得逻辑严密，条理清晰，争分夺秒，节奏加快。否则，她会说你啰里啰唆，效率太差。据说，一位中层干部向她汇报完工作后，后背全都湿透了；她口才极好，开会说话，一概不用讲稿，更没有那种连“哼”带“啊”的官腔官调。一旦讲起话来，直言快语，口若悬河，你若稍稍心不在焉，脑子偷懒，就无法跟上她的思路。她一旦突然发问，你便当场露馅儿，呆若木鸡；她行动果断，办事利落，处理问题既不优柔寡断，也不黏黏糊糊，一旦发现有人做事拖拖沓沓，效率不高，她马上就会提出批评，不给一点面子……

当然，上述几点只是人们看到的外表。这位“厉害的老太婆”的厉害，还在后头。

但是，“厉害的老太婆”再厉害，也毕竟是个“老太婆”。在中国这个由男性文化塑造了女性形象的国度里，堂堂国家科委副主任这把交椅，能让一位女人——何况还是一个“老太婆”，舒舒服服地坐在上面吗？更何况，“863 计划”是中国历史上史无前例的、关涉国计民生的、带有战略发展方向的高科技计划，让一个女人披挂上阵，组织指挥，行吗？

C. 当官凭什么？

是的，朱丽兰的出现，共和国的政坛上又多了一个副部级的女高官。假如说，这次来坐国家科委副主任这把交椅的是个男人，事情或许就简单了，合情合理了，也无可非议了。但麻烦就麻烦在，来坐这把交椅的偏偏不是一个男人，而是资历并不深、资格也不老、年纪不大也不小的一个女同志，一个“老太婆”，而且还是个“外来户”！

这样的事儿出在中国的土地上，难免就会让人产生几分疑虑、几分担心。于是一时间里，中国的舆论界便有了各种说法：

有人说，中国这么多男同胞，为什么偏偏找了个女的？

也有人说，她从来没有在国家科委机关干过，一下就上了那么高的位置，万一摔下来，不疼吗？

还有人说，一个女人，要去统率一支以男人为绝对主力的科技大军，能玩得转吗？

是的，昨天还是化学研究所的一个所长，今天就成了国家科委副主任——朱丽兰如此快速的变化，不仅令国内一些人士感到吃惊，也让西方一些国家的科技界人士感到惊讶。尤其是德国和日本的几位专家，前不久还在中国化学研究所的车间、工厂或者办公室和朱丽兰一起探讨化学高分子的问题，怎么这位看上去外表普普通通的女化学专家突然摇身一变，就变成了中国科技界的头面人物？以至于多年之后，一位西方记者第一次见到朱丽兰时，第一句话就问："请问朱丽兰女士，你和朱德委员长是什么亲戚关系？"

这位记者的问题尽管纯属无稽之谈，但几乎全世界都知道，在中国的官场上，"关系"二字是相当重要的，也是不可避免的。有些人之所以能爬上某个官位甚至高官的位置，靠的往往不是真本事，而是某种特殊的关系——不是金钱关系，就是物质关系；不是秘书关系，就是上下关系；不是亲戚关系，就是乡党关系；不是酒肉关系，就是男女关系。于是久而久之，庸才便替代了人才，奴才便替代了英才。某些部门，某些单位，有些所谓的"领导"，既无真才实学，也没实际本领，甚至压根儿就不是一个当官的料。可一顶乌纱帽戴在头上后，便狐假虎威，肆无忌惮，自我感觉非常良好。对这类"狗官"，人们往往会从牙缝里蹦出一句话来："凭什么?!"

所以朱丽兰上台，不服气者也自有人在。

那么，朱丽兰能坐上国家科委副主任这把交椅，凭的又是什么呢？

朱丽兰不姓朱。她出生于上海，其父姓严，是上海一家银行的高级职员。由于供职于上海海关的母亲是独女，朱丽兰又是长女，故根据母亲的提议，朱丽兰便随母亲永远姓了朱。从这一点或许我们可以看出，一种命中注定的女性主导因素，从朱丽兰改姓这天就开始起作用了。

然而，随了母姓的朱丽兰却并未同母亲朝夕相处，而是与外婆整天生活在一起。朱丽兰的外婆信奉佛教，一贯乐善好施，热心助人，有着一副菩萨般的女人心肠。外婆的这种善良美好的品德，对朱丽兰幼小的心灵影响极大，以至于朱丽兰长大成人后，也总是把帮助他人和热衷于社会服务，当成一件美滋滋的事情。

朱丽兰上小学三年级时，母亲将她送进了一所由教会办的女子学校。因她成绩出类拔萃，小学毕业便直接被保送进了上海中西女子中学。中西女子中学是隶属于美国基督教卫理公会的一所老牌名校，创办于 1892 年。凡是跨进这所学校的女孩子，均为权势显赫的富家小姐。而小小年纪的朱丽兰能跻身于这所学校，一不靠权，二不靠钱，完全靠自己优异的成绩。其聪颖的天资，可见一斑。

但家庭并不富贵的朱丽兰与一帮豪门女子同处一所学校，上课下课，平起平坐，难免也有种种压抑。但正是这种压抑的环境，刺激了她的自尊。她知道自己什么都不能与人相比，唯一可比的就是学习成绩。于是她的聪明加上她的勤奋，各科成绩很快名列前茅，赢得老师和同学的尊敬。与此同时，她强烈的自信心理，也在一张张优秀的成绩单和老师同学的赞扬声中渐渐确立起来。朱丽兰后来这样回忆说："如果一位女子要想赢得社会的重视，首先就得自己重视自己。而女子中学就为女孩子提供了这样一个环境，使我们从小就很自信。"

由于朱丽兰从小和宠她爱她的外婆生活在一起，不曾受到父母严厉的管束，因而她的精神、性格和意识在人生之初便显得独立而又开放；而长达六年的女子中学生活，又使她不但没有受到男尊女卑思想的影响，反而让女性意识、女性追求和女性风度得到了最大限度的发挥与张扬，从而牢牢树立起了女性难得的独立意识和自信心。这种独立意识和自信心的确立，为她后来走向社会走向成功，奠定了极其重要的基础。

这一时期的朱丽兰有两点还需提及，一是她乐于助人、喜欢参与各种社会活动，承揽各种社会服务性工作。这些频繁的社会活动和服务工作不但没有影响她的学习，反而还丰富了她的社会阅历和锻炼了她的组织能力。二是她特别偏爱哲学。那些孩子们玩得如痴如醉的游戏和小姑娘们津津乐道的事情，她似乎天生就缺少兴趣。她的业余时间，几乎都用来读哲学书了。所以她从小便比一般的女孩更有思想。

女子中学毕业前夕，朱丽兰决定报考哲学系，以实现自己将来当一名哲学家的梦想。但上海当时正刮起一股参军热潮，于是热血澎湃的她改报了解放军军政大学。最后，是学校为她作了人生的第一次选择：去苏联学习深造。

怀揣哲学家梦想的朱丽兰来到苏联后，被安排在位于黑海边上的敖德萨大学学习高分子物理化学。所谓高分子，就是我们生活中通常说的塑料、化纤和橡胶等。这较之高深玄妙的哲学，简直枯燥至极。但“学什么就学好什么，干什么就干好什么”，是朱丽兰从小的生活信条；何况这时的朱丽兰已经开始懂得了“祖国”两个字的真实含义。因此为祖国而学，成了她神圣而不可动摇的信念。

不久，朱丽兰成了班里的优等生。1961年，年仅二十五岁的她还出席了在苏联维尔纽斯召开的第一次国际学术会议，并在会上作了专题学术报告。这位年轻的中国姑娘新颖奇特的观点和流利出众的口才，给苏联的科学家们留下了深刻的印象，也为中国的留学生们树立了榜样。

在此期间，朱丽兰还是城市中国留学生学生会的主席和城市留学生党支部书记，负责敖德萨地区一百多名留学生方方面面的事情，当然就很忙。但她从不放过任何锻炼的机会，像做毕业论文这样的事情，别的同学写好论文后都是花钱雇人打字，只有她坚持自己动手，为的是不放弃学习打字的机会；尤其是当中苏两国政府间的关系出现紧张局面后，随着校内校外政治环境和各种关系的日趋复杂，她就更是忙得不可开交了。她频繁往返于敖德萨和莫斯科等地，既要领会上面的精神，又要了解下面的情况；既要处理各方关系，又要协调各种矛盾。于是她在火车上准备考试课程，便习以为常。但正是这些频繁的社会活动，使她在政治上比同时代的女性又多了几分老练，几分成熟。

遗憾的是，后来中苏关系恶化，中断了朱丽兰继续读硕士研究生、博士研究生的梦想。1961 年 10 月，朱丽兰结束了五年的留学生涯，回到祖国，被分配在北京中国科学院化学所高分子物理研究室，开始了对高分子反应动力学和高分子溶液性质的研究。

几年后，“文化大革命”开始了。被指责为“修正主义苗子”的朱丽兰只因不肯出卖自己的灵魂、揭发他人的“罪行”，也被揪上台去接受批斗。幸亏此时的她身怀六甲，才侥幸躲过一劫。由于“革命”浪潮的冲击，高分子物理研究室渐渐名存实亡，烟消云散；但朱丽兰对科研工作依然一如既往。她申请调换到高分子材料剖析组，不久还担任了组长。从此不管外面怎样“莺歌燕舞”，如何“万寿无疆”，她每天带着组里的人照常上班，且风雨无阻。1968 年 4 月，北京西单商场发生了一起爆炸案，这个案件当时被认为是“西单商场反革命破坏案”，有人为了借此大作文章，指示要严肃追查。此案到底是普通的刑事案，还是重大的反革命政治案，关键是要对炸药的成分做出准确的鉴定。于是这个炸药成分取样分析的重任，便交给了朱丽兰领导的高分子材料剖析组。可由于案件发生后，现场破坏严重，对取样工作极为不利，朱丽兰火速带着小组人员来到现场整整搜寻了一天，也一无所获。有人对此失去信心，朱丽兰却坚持一定要查个水落石出。当晚，朱丽兰又返回现场，经反复仔细查找，终于在距离爆心十六米处的一个糖果柜台的玻璃上发现了不少白点和小坑。后经两百多次的取样、一千五百余次的总量分析，终于确定罪犯所使用的炸药不过是一种普通的土炸药而已，这才避免了一场“以阶级斗争为纲”的政治大清查，同时也避免了一场政治大灾难。

此外，朱丽兰还参加和领导过多次重要的材料剖析任务大会战。然而这一时期的朱丽兰，无论是外部工作环境还是内部生存空间，都极其的困难。她全家四口人挤在一间十二平方米的屋里，平常是双人床，老人来了，再把双人床改成三人床。至于知识分子们最喜爱的书房，就甭提了。她家不仅容不下一个小小的书架，就是想放一张一米长的写字台也无可能。但朱丽兰年轻时就是一个做事认真、韧劲十足的人，她的性格中天生就活跃着挑战的基因。每当遇到困难时，她最擅长的就是动脑子。家里不是没有写字台吗？她就以床当桌，每晚把小板凳往墙角一放，趴在床板上坚持工作，直至“文化大革命”结束。即便如此，她参与完成的科研项目“高聚物材料剖析”，后来还获得了中国科学院重大科研成果奖。

1977年，中国再次派留学生出国学习。这时的朱丽兰当然也想，甚至说早就望眼欲穿，因为她一直很想到一个发达的英语国家再深造一番。可轮到她头上时，只剩一个去德国的名额了。去，还是不去？不去，事业已成的她日子当然也会过得不错；去，她对俄语、英语很熟悉，唯独与德语素不相识，这意味着她必须要从零开始学习德语。思前顾后，进退维谷，最后她还是选择了去！

为了攻下德语这一关，她每天开始如饥似渴地自学德语。可她那十二平方米的小家可以四个人同时看书写字，却容不得有一个人背诵德语，她只好一人跑到寒冷的走廊里听磁带或者小声背诵德语单词。有人对此很不理解，说她已经事业有成，犯不着再去折磨自己。可她想的是：人好比水，必须时时更新。她过去在苏联学的那一套，虽有好的一面，却也有明显的不足。现在世界科技发展日新月异，若能到西方国家去学习学习，既可改变一下自己的思维方式，又能打开眼界，更新知识，以确立新的目标和找准自己的位置。

1979年，已到不惑之年的朱丽兰以学者的身份，带着满满的两大箱子书，只身飞往德国波恩，而后再改乘火车，前往弗莱堡大学高分子研究所。但火车快到弗莱堡时，故事发生了：她所带的两大箱子书又重又沉，凭她那一双女人的手——还是一双拿笔杆子的手，根本不可能把书箱子搬下车。于是她叽里呱啦从嘴里蹦出一串串半生不熟的德语单词，意思是请德国人帮帮忙，帮她把书箱子弄下车去；可她的中国德语非但没让德国人听懂，反而把自己都给说糊涂了。后来，她急中生智，想了个绝招：把两个箱子拖到车厢门口，堵住车门。结果，她那两个大箱子，顺顺当当地便从德国人手上下了火车。

“到了弗莱堡我才知道，”朱丽兰后来说，“过去我们对外国人真是照顾得太周到了。中国人到国外，一切都要靠自己。为了找到价格便宜、环境又好、离学校还近的房子，我拖着行李从东到西，四处寻找。那一路，把我折腾得好苦啊！”

朱丽兰跨进弗莱堡大学高分子研究所的大门后，成了中国改革开放后闯进德国弗莱堡大学的第一个中国人——不，准确地说，是第一个中国女人。但一进学校，她便面临一次严峻的选择：弗莱堡大学有两个课题供她挑选，一个是她已经熟悉的，一个是她毫无所知的。若选前者，轻车熟路，马到成功；若挑后者，铤而走险，凶多吉少，甚至还会钻进一条死胡同。

朱丽兰最终选择了后者。可一旦接触实际，德国教授却很看不起她。因为这个选题必须要用显微电镜才能做，而她连显微电镜都不会用。为了拿下这个课题，她给自己定了三条规矩：

一、我是一个中国人，不能给中国丢脸；

二、我是一名科技工作者，一定要显示出一个中国科技工作者的水平；

三、我虽然是一位女性，但不能输给男同胞。

此后，朱丽兰一头钻进实验室，从自学显微电镜开始。可一次次地试验，却一次次地失败，甚至有一段时间简直都做不下去了。德国教授只好让她重新换个选题，她却坚持不换。最后，当她拿着研究成果报告德国教授时，对方非常惊喜，当即宣布说：“这是一个新的突破!”

两年学习转瞬即逝，朱丽兰再次面临选择：是走，还是留？一天，她的德国教授找到她，真诚地希望她能继续留在德国工作。朱丽兰几乎想都没想，便婉言谢绝了。她说：“我是中国人，我没有理由不回到中国去。”

一位从台湾去德国学习的科学家对此很不理解，劝告朱丽兰说：“在这儿学习的人能被德国的教授看中，是件不容易的事情。既然这儿诚心留你，你干吗还要走？德国无论工作条件还是生活条件都很好，而中国大陆各方面的条件都很差，你回国去岂不是自找苦吃吗?”

朱丽兰笑了，说：“不，正因为国内现在条件不好，我才要回去；如果国内条件已经很好了，还要我回去干吗?”

1981 年，朱丽兰从德国回到了中国科学院化学研究所，继续从事她在德国选定的研究课题。为了能在化学领域做出新的贡献，她甚至推迟了一次大的手术。1984 年，她承担的两项研究课题在第一届电镜应用成果经验交流会上，分别获得了二等奖和三等奖。

1985 年 2 月，经前任所长、著名化学家钱人元推荐，朱丽兰出任化学研究所所长。

朱丽兰上任之际，正值中国科技体制改革之时。国家大包大揽的拨款制度突然变更，打破了化学所几十年坐吃皇粮的平静日子。于是化学所人心惶惶，财务部频频告急，如何继续生存、发展的问题，第一次实实在在地摆在了全所数百名专家和科研人员的面前。

朱丽兰暗自横下一条心来：“要么不干，要干就干出点名堂!”她找到科学院领导，立下军令状：既然让我当这个所长，就得实行所长负责制。所里的领导班子由我来组阁，搞不好我负责，出了问题我也负责！接着，她确定班子，统一思想，号召全所人员丢掉幻想，转变观念，积极投身于改革大潮中求生存、求发展。而后，她又大刀阔斧进行了一系列的改革举措：清理、削减原有课题，确立一批真正能为国民经济服务的重点课题；撤销已经名存实亡的研究室，重新组建研究组，实行组长负责制和人员自由组合制；改变科研经费分配制度，给重点攻关项目及重点课题增加专有经费。

与此同时，朱丽兰在管理制度上也大胆革新：废除人治，实施法治。她说，国有国法，家有家规，化学所就得有化学所的管理章程。最科学的管理不是靠人，而是靠管理章程本身。因此，她不把精力花在处理各种乱七八糟的人事关系上，而是重点放在制定好管理章程上。管理章程一旦制定，就是研究所最大的法，大家按章办事就行了；谁若违法，依法办事，认法不认人。

调级、分房子、评职称等问题，是研究所的领导最头痛的事情，也是令全中国各单位所有领导最头痛的事情。朱丽兰的办法是：先走群众路线，认真定好客观标准，再排好程序，实行管理科学化。然后，不管是所长副所长，还是司机炊事员，一律按规定打分，照程序排队；再加一条：谁也不许上蹿下跳，到处活动，拉关系走后门。领导更不得营私舞弊，享用特权。为此，她还专门设了一个检举信箱，一旦查出，马上扣分。而她自己则当众表示：凡是涉及调职、调级、分房子之类的事，她本人一定“撤退在后”，决不“冲锋在前”！若有违反，欢迎检举揭发！

结果，每当调级、评职称、分房子时，当不少单位的领导愁眉苦脸焦头烂额、到处躲藏不敢露面时，朱丽兰却每天照常上班下班，照常读书看报，照常吃饭睡觉，有时回到家里还要弹上两曲钢琴，像研究所压根儿就没有这些事一样。白天在办公室，她不和任何人谈及此事，也不许任何人来和她谈及此事；有什么问题，该找哪个部门找哪个部门，该怎么处理按规矩处理。下班回到家里，她安民告示，不接待任何客人，即使有人已经来到门口，她也决不开门。她说，规矩早都公开摆在那里了，还用得着我再说一句废话吗！

对此，朱丽兰深有感触。她说：“当领导的，绝不能欺软怕硬，让老实人吃亏。欺软怕硬的领导是最无能、最窝囊的领导。这种领导人家捏着你的鼻子牵着走，上你家躺着闹，活该！公平与公正，是领导艺术两个很重要的方面，这不需要什么高难度的技巧，但却需要领导者本人的正直与无私。”

正是依靠这种领导艺术，朱丽兰任所长一年，硬是把一个化学所搞得有声有色，可圈可点；而她自己也因此在藏龙卧虎、群英荟萃的中国科学院脱颖而出，成为国家科委副主任的最佳人选。

当然，机遇也是重要的。朱丽兰说：“人生的确离不开机遇，而机遇又往往与挑战并存。你只有干得好，才可能得到比别人更多的机遇。别人都说我运气不错，我自己也觉得我的运气是不错。”

这种“运气不错”的说法，当然是朱丽兰的一种自谦。然而透过这自谦的表面，我们看到的恰恰是朱丽兰经过半个世纪的磨砺与准备之后，一种厚积薄发的才干和与众不同的自信。

那么，从科学界一步跨入政坛的朱丽兰，命运还会继续给她带来好运吗？她那原本柔弱的女人的肩膀，能扛起中国 863 这面大旗吗？

D. 掌握知识的知识才是力量

不管怎么说，朱丽兰已经实实在在地坐在了属于自己的办公室里。

朱丽兰的办公室在国家科委大楼的九层。这是一间宽敞明亮、整洁舒适、多少带有几分洒脱的办公室。由于这间办公室在不经意中显出几分特有的庄严与特权，因而一般的人来到这里，会情不自禁地放轻脚步。

然而，朱丽兰的内心却并无一点飘飘然的感觉。相反，她的心情却比先前沉重了许多。一次，她对她的秘书说：“说实话，我来当这个官，心理压力很大，总有些不踏实。这并不是我怕保不住我的官位。我对当不当官，从来都无所谓。不当官了，就回我的化学所去继续搞实验。反正搞实验那玩意儿又不需要太多太高的条件，只要有我一张桌子就行。但现在，既然我坐在了这个位置上，国家把 863 这面旗帜交到了我们的手里，说什么我们也得把它扛起来，只是我感到这面旗帜实在太重太重了！”

是的，单就中央拨款一百个亿这事来说，就足以让朱丽兰感到了这沉重的分量。

朱丽兰是从基层上来的，科学家们多年来使用的科研经费情况，她最清楚不过了。她至今记得，当年为了搞一个科研项目，她到处去申请经费的难堪细节；她更是熟悉，不少专家由于缺少科研经费，只得在生活上吃方便面、啃冷馒头，在试验中绞尽脑汁、土法上马的可怜情景。

她知道，中国的科研经费之低，在全世界都是很典型的。以中国的基础研究经费为例，外籍华人科学家李政道曾经算过这样一笔账：在美国，一所大学如果有八百万美元的基础科研费，只能提供给十七名科学家享用，而在中国则要一万多名科学家共同分享。在美国，每一位科学家从事基础研究可获得四十七万美元的资金支持，而在中国，每一位科学家平均只能有六百八十四美元从事科学研究，而且这项研究还必须是领先于世界的。换句话说，中国科学家每人所能获得的科研经费，仅是美国科学家的百分之一点四六。

再以“863 计划”的经费为例。虽然从 1987 年到本世纪末，国家拿出了一百个亿来搞高科技，可这笔投资若与其他国家相比，依然相差甚远，少得可怜！据有关数据表明，中国整个“863 计划”所使用的经费，还不如美国一家公司一年的科研经费，不及日本一年的高科技研究经费的四十分之一！

不过，朱丽兰深深知道，国家能一下子拿出一百亿元的人民币，已经相当不容易了。这一百个亿的人民币对中国的科学家们而言，是一笔做梦都不敢想的天文数字；而对从不与金钱打交道的她来说，简直就更是一座高耸入云的金山了！

因此，面对这一百个亿，她必须精打细算，必须加倍珍惜，必须做到合理应用，科学管理。一句话，她必须当好这个“守财婆”；否则，她将愧对历史、愧对人民，成为历史的罪人。

然而，如何合理而又科学地使用这一百个亿，却并不是一件简单的事情。

此外，朱丽兰初来乍到，对国家科委的不少情况既不了解，也不熟悉。但严峻的现实又时时在催促她，告诫她，必须了解，必须熟悉，而且还要快、快、快！

本来，她来之前，宋健曾经提出，让她从原单位带一位秘书来，可她婉言谢绝了。她后来说：“我自己新去科委，本来就是两眼一抹黑，若是再带一个两眼一抹黑的秘书去，岂不更糊涂！再说了，当了官，就拉一帮，带一伙的，我不习惯。”

国家科委只好派了一位女士去做她的秘书。这位秘书为人正派，精明能干，1979 年便到科委机关工作了，在计划、预测和高技术等部门都干过；不仅熟悉各方面情况，还很有工作经验和工作魄力。可朱丽兰与这位女秘书刚一见面，便开门见山，直截了当：

“给我当秘书，可没什么便宜好占。”

“想占便宜，我就不会来给你当秘书了。”

“我这人性子急。”

“我的性子也不好。”

“那我们先试试看吧。能互相适应，合得来，就一起干；合不来，就散伙！”

“行，那就先试试吧。”

结果，二人配合默契，合作愉快。

这位秘书，叫蒙建东。

然而，从科技领域迈上政治舞台，谈何容易；从科学家变为国家职权部门的管理者，更非儿戏。管理工作既是一门科学，又是一门艺术，朱丽兰一下从被管理者变为管理者、从科学家变为领导人，必然要经历一个思想和角色的转换过程，而且这个转换过程不可能轻轻松松。

朱丽兰过去是搞化学研究工作的，其身份是科学家。科学家的特点是和客观打交道，和自己所从事的研究课题打交道，而不和人打交道或者说很少和人打交道；干好干不好，完全是个人的本事问题。比如你所搞的科研项目，经过几年、几十年，甚至一辈子的奋斗，终于成功了，其成果完全属于你自己的，而且属于你的东西非常明显。

但做科学管理工作则不然。它牵涉一个大系统，不光要与各方面的人打交道，还要与方方面面的领域和学科打交道。尤其是作为一个管理者，在组织一个工程或一个项目时，大事小事，方方面面，都离不开你，而处处又都没有你。如果成功了，属于你的东西是不明显的；但万一出事了，责任却主要是你自己的，而且这责任是不可推卸的。

从这个角度来说，朱丽兰的内心不可能没有挣扎，没有顾虑。但既然历史已经把她推到了这个位置上，她也就没有了退步的余地；再说，退步也不是她的性格。她说："我不追求名利高官，只追求人生的真正价值。我不像有的人那样，总是可以脚踏两只船——既能干这样，又能干那样。我不行，没有这个能耐。但只要叫我干，我就非得干好不可，我也不相信我干不好。我愿意接受这个挑战。当然，我干，绝不是痛苦地去干，一副苦兮兮的样子去干，而是痛痛快快地去干！堂堂正正地做人，痛痛快快地干活，这是我的口头禅，也是我的座右铭。"

于是，朱丽兰决心把科技管理工作当作一个重大的科研课题来研究，只是研究的领域、对象和范围不同而已。并且，她很快调整好心态，对自己扮演的角色也做了明确定位。后来中央组织部的人来考察干部，说："朱丽兰，你学习得很快嘛。"她说："我不是学习得快，我是定位比较准确。"

当然，她也非常清楚，"863 计划"是中国当前一个迫切而又重大的高科技计划，它涉及领域广泛，与政治、经济、文化、军事，甚至法律都有着千丝万缕的联系；任何一个方面出现失误，都会给决策工作造成严重影响。她作为“863 计划”的具体组织指挥者，首先必须明白的是：自己到底都有哪些事不明白。

为此，她给自己立下一条规矩：每天下班后推迟一个小时回家。干什么？把自己关在办公室里，老老实实地学习。

朱丽兰是个从小就把学习当作一件终身大事的人。她的另一个座右铭是：“懂得学习的人，生活才有意义；懂得如何学习的人，才会成为生活中的赢家。”而她的另一个重要特点就是重视学习和善于学习。她把学习看作是提高人的素质的重要手段，更是提高领导者素质的重要手段。她认为，普通的人要学习，领导者更应该好好学习；领导者若是不学习，怎么去领导别人？又何以让人信服？尤其身处当今信息时代，知识的更新非常快，这种快，简直快到了令人无法适应的程度。可以说，一天不学习，就落后；两天不学习，就比别人傻；三天不学习，就会有一种被世界抛弃的感觉。因此她认为，领导者最大的悲哀，就是不学无术！

不过在她的理解中，知识这个概念，应该有所更新，重新确定新的内涵。培根说的“知识就是力量”这句话，在那个时代无疑是句至理名言。但今天，时代变了，情况变了，真正的力量已经不再是知识，或者说不仅仅是知识，而是如何掌握知识的知识！所以她说，培根那句“知识就是力量”的名言，到了应该修改的时候了，应该修改成：“掌握知识的知识才是力量”。因为现在的知识浩瀚无边，搞不好我们就会被知识湮没。所以最重要的，不是你学了多少知识，而是要知道哪些知识是有用的，哪些知识是没用的，哪些知识是一般的知识，哪些知识是掌握知识的知识。

为了学习“掌握知识的知识”，她拼命读书，拼命查阅各种资料。中国的、外国的，历史的、当代的，凡是能找到、借到、买到的，她都想法搞来认真阅读。内容包括社会、政治、经济、科技、管理、哲学、文学以及系统论等等。对一些国外的重要文献，她还直接找来各种原版进行阅读。一本由美国著名经济学家萨缪尔森写的足有半尺厚的现代经济学经典著作《宏观经济学》，她也硬是把它啃了一遍。她一边啃，还一边作笔记：或摘录重要资料，或写学习心得。据她的秘书蒙建东透露，这么多年来，朱丽兰已经记了一百多本读书笔记；而国家科委机关资料室的管理员则说："局长阅览室有关管理方面的书几乎全被朱丽兰主任翻遍了。我在资料室干了这么多年，还从没见过有人像她那样，读了那么多的书！"

"我平生最大的兴趣，就是读书。"朱丽兰自己也如是说，"不同的时期读不同的书，担任不同的角色就得读不同的书，目的就是要明白：自己到底都有哪些不明白。不然你让我怎么办？我只有从头学起，学各个领域的主要知识，不学不行。比如，谁说某个课题怎么怎么重要，如何如何了得，我不懂怎么行？我必须有个起码的科学的判断，否则算什么领导？否则又凭什么去领导别人？所以我给科学家们说，我也要学，每个领域我都要学，我至少要让你们唬不住我！"

为了让自己明白哪些不明白，每个领域都不被科学家们"唬"住，朱丽兰既注重学习，又注重思考。她一方面把眼光投向世界，分析和思考世界的政治格局、经济格局、科技格局以及这三者间的相互作用和关系；一方面又从中国的基本国情出发，从中国的科技现状尤其是高科技现状出发，分析和思考中国的高科技在世界竞争中的战略地位和参与国内经济建设的作用，试图以此探索出一条中国科技管理的新道路。

为了使自己保持一个清醒的头脑，高效率地投入工作，她在做几次较大的手术时，坚决要求医生不使用麻药。因为她是化学专家，知道麻药对大脑会有一定的影响，所以宁愿忍受手术刀带给她的莫大痛苦，也不肯让大脑受到哪怕最低程度的损伤！

为了有更多的时间学习和思考，她与时间竞赛，从不肯浪费一分一秒。比如为了高效率地读书，她把书分为三类：一类是浏览，一类是粗看，一类是精读。秘书蒙建东说，朱丽兰不允许有人随便进入她的办公室，更不容忍有人随便占用她的时间。凡是来找她谈问题的人，得遵守事先约定的时间。若是时间到了事情也谈完了，客人还没走的意思，她会直接提醒你；而对不懂得珍惜时间的人，她一向毫不客气。因为在她看来，浪费自己的时间，等于自杀；占用别人的时间，近乎谋财害命！

至于在生活细节上，她更是惜时如金。比如，出国访问前，需要做一件像样的衣服，秘书领着她去量尺寸。一量完尺寸，她拔腿就走，一分钟也不肯多留；至于衣服的颜色、款式什么的，她全让秘书做主。再比如，遇有外事活动，要同外宾见面，她不得不去理发室弄弄发型。理发师傅为了把她的发型搞得好一些，占用时间就会稍稍多一点，她便催促说："行了行了，有那么点意思就行了。"甚至下班回到家里，她也和时间较劲。她女儿说："我妈一分钟能干完的事情，绝不用一分零一秒。每次吃完饭，她总是第一个站起来，马上洗碗，理由是：趁热洗，洗得快，最省时间。"她儿子则说："我妈白天老开会，晚上总加班，她的这种生活方式太可怕了！"

除了拼命读书学习，朱丽兰还撰写文章，著书立说，四处演讲。

朱丽兰的演讲，既充满激情，又富有鼓动性、知识性、趣味性、哲理性；不光有深度、广度，还有力度和透明度。她之所以作演讲，只为普及高科技知识，宣传"863 计划"，传播自然科学领域的新思维、新观念、新趋势、新动向，增强国民科技意识，倡导真正的科学精神。每到一处演讲，她总要先做充分的准备，比如听众都是什么样的人，他们喜欢听什么内容，具体有什么要求，等等。这些，她都要秘书事先帮她搞清楚，以便对症下药，有的放矢。但她从不事先写讲稿，也不让秘书替她写讲稿，更不照着念讲稿，最多在一张纸条上写上几条提纲。

秘书蒙建东说："从我第一次听朱丽兰副主任讲话，到现在已经十年了，可以说是百听不厌。每听一次都能听出新意，每听一次都有新的收获。一个领导能做到这一步，真不容易！不像有的领导，他在台上讲话，你会替他着急，替他出汗，甚至替他脸红。"而科委不少干部也说："听朱丽兰演讲，简直就是一种精神享受。"

比如她说："一个民族对自己首先要有足够的自信，要敢于创新，敢于向世界挑战，敢于做前人没有做过的事情。同时在具体的工作中又要敢干、实干、真干、大干、快干、拼命地干、科学地干！虽然我们的财力有限，但我们可以集中力量办几件大事情，真正做到有所为，有所不为。"

比如她说："搞高技术，必须要有一定的实力，没有自己的实力，你连谈话的资格都没有，外国人连谈都不愿跟你谈。等你一旦有了实力，搞出了名堂，外国人就会主动跑来找你合作，就会由你求别人，变成别人求你。"

比如她说："科学无国界。谁如果不学习别人的先进技术，那我说他是个大傻瓜。但同时我也要说，无论在什么情况下，都不能指望借助外国的力量就能轻而易举地发展自己的高新技术，我们的立足点必须放在依靠自己的力量和创新的基础上。如果没有自己的实力，人家是不会来跟你谈合作的。所谓的国际合作，实际上就是珍珠换玛瑙。你手上没有珍珠，就别想换到玛瑙。"

…………

难怪，凡是和朱丽兰接触过的科学家几乎都有同一个感觉：朱丽兰似乎什么都明白，什么都清楚，有些事情你就是想瞒也瞒不过她，想糊弄也糊弄不过去。比如基因工程专家陈章良就说："你可以和朱丽兰随便谈你的专业，用不着担心她听不明白。相反，她的反问，有时连从事本专业的科学家都要再三思量之后，才能做出回答。"

然而，在这一时期里，一个很重要的问题却深深困扰着朱丽兰，这个问题就是："863 计划"在实施中，到底应该采取一种什么样的管理体制？

E. 改革就得创新

一个国家，一个部门，最可怕的落后，莫过于管理体制的落后。

中国的科技，长期运行在计划经济管理体制的轨道上。这种体制给中国的科技发展带来的利弊，中国的科学家们深有体会，也最有发言权。“863 计划”由于代表的是当今世界高技术的发展潮流，与过去那套旧的管理体制显然无法适应，甚至格格不入。因此，“863 计划”的管理到底采取一个什么新的模式，新的管理机制，便成了实施“863 计划”的关键。

在朱丽兰看来，中国的科技体制必须进行改革；而改革的核心，就是创新。因此中国的“863 计划”，必须走一条战略创新的道路。若是在技术上没有创新，只有一辈子跟在别人的屁股后面亦步亦趋；如果领导不具备创新能力，就不配做领导，更不配做统率国家高科技发展方向的领导。如同坊间所言：“当官不创新，不如去歌厅。”但在朱丽兰的理解中，创新不仅仅是技术的创新，还要组织的创新，管理的创新；而尊重知识、尊重科学、尊重并大胆使用人才，则是其中最重要的一环。

的确，任何一个国家，只有当高级的知识人才拥有了比较优越的社会地位时，这个国家才是一个有希望的国家，这个民族才是一个有前途的民族。当今世界，人才对推动社会、推动历史所起的巨大作用，已显而易见，且越来越突出；人才问题已被世界诸国提到了战略的高度，许多国家为争夺人才而展开了激烈的竞争，甚至有的还不惜血本，展开了人才争夺大战。中国虽然经济不发达，科研经费很少，但拥有十二亿人口的世界大国，人才却是最大的资本！那么在金钱不够的情况下，如何发挥人才这个特有的资本，如何将人才的使用问题上升到国家发展的战略层次上来加以认真对待，则不能不是科技体制改革的重要内容。

因此，国务院和国家科委的领导们经过反复认真的思考，在充分借鉴国外高技术先进管理办法和吸取我国 60 年代搞“两弹一星”的成功经验的基础上，为“863 计划”确定了一个新的管理机制：“专家决策管理制”。

所谓“专家决策管理制”，即指“863 计划”管理的主体是专家，而不是政府部门。也就是说，过去搞科研是政府部门说了算，现在搞 863，无论是项目还是研究经费，要由专家来决策。对此，一位记者打过这样的比喻：各个领域的专家好比是一批“种地能手”，国家把一大笔经费交到他们的手里，由他们自己去选择最优良的“种子”，找出最好的“土地”，种出最好的“粮食”，然后再投放到市场，参与国际国内的竞争。

“专家决策管理制”是中国科学界在改革开放中创立的一种新型的管理体制。这种体制的确定，打破了中国几十年来完全由政府部门决策的旧体制。它使中国的专家们从政府决策的被动执行者，转变为决策过程中的参与者；从国家要我干，变成我要为国家干；而最重要的一点，是把决策某个具体科研项目的权力，第一次真正交到了科学家们的手上。比如，一个具体的科研项目该搞还是不该搞，该怎样搞，由专家说了算。这样，专家们不仅拥有了提出和决定项目的权力，而且还掌握了过去从未有过的财政大权：少则几十万，多则上千万！中国的科技知识分子能拥有如此大的权力，这在中国的历史上，还是第一次。

朱丽兰作为“863 计划”决策指挥系统中的“执行导演”，其主要任务就是负责“专家决策管理制”的正常运行：一、挑选出真正的“种地能手”；二、审定“种地能手”们挑选的“种子”是否优良，“土地”是否最佳，运作方法是否得当；三、把应该使用的经费合理地分配到那些“种地能手”的手上；四、与“种地能手”们同舟共济，并指导、督促他们把最好的“粮食”种出来。

然而，“专家决策管理制”毕竟是个新课题，在国内从来没有搞过，一旦真正运作起来，同样矛盾重重。

首先，“863计划”到底起用什么样的专家，就是一个大问题。是用老专家，还是用新专家？是用第一线的专家，还是用第二线的专家？是用名气大的专家，还是用名气小甚至没有名气的专家？如果用老专家，虽然名气大，成就高，经验多，但毕竟年事已高，精力有限，难以承受如此大的压力。而中国的科技事业需要培养跨世纪的人才，必须有更多的青年科学家作为21世纪中国科技大厦的顶梁柱。所以，如果从长计议，从工作角度考虑，用年轻的、第一线的专家更为合适。因为863的项目必须真枪真刀地干，必须拿出成果并投放到市场去参与竞争，接受挑战。用老百姓的话来说，是骡子是马，得拉出去遛遛。再从国家的科技发展来看，“863计划”不仅要搞出卓越的成果，还必须要发展培养一支科技队伍。如果不把一批较年轻的科学家们推到第一线进行实际锻炼，人才空缺的情况将来必然出现。于是有关部门作出一项规定：参加“863计划”的专家，年纪必须在六十岁以下。

这一规定出台后，一部分老专家多少就有了想法，甚至个别老专家还难以接受。为了解决好这个问题，朱丽兰一方面利用大会小会讲道理，一方面与老专家们单独谈心，交换意见。连续几个星期里，她几乎每天都和专家谈话。她对秘书说：“凡是来找我的专家，不管是谁，不管什么时候，一律马上会见，不能有丝毫的推迟和怠慢。”

与此同时，朱丽兰又抓紧对六十岁以下的科学家进行选拔和考核。她跑到各个研究所和各个高等大学，四处打听“千里马”，八方寻找跨世纪人才，认真听取老专家们的意见。凡是被推荐上来的专家，她都一个一个地了解情况，并找他们当面交谈。通过交谈，考察每个专家是否有战略的眼光，是否有独特的见解，是否有挑战世界的胆魄和能耐。若是认为某个专家不错，她再到这个专家所在的单位去调查，看这个专家的人品怎样，团结合作、敬业精神如何。最后再作一次综合评价。行，留用；不行，再选。

但专家委员会组成后，一个新的矛盾又出现了，这就是：部门与

863、部门与专家的矛盾。矛盾的焦点，是一个“钱”字。本来，为了搞863，国家投资了一百个亿，这该让中国的科学家们感到心满意足了；但这笔钱一旦撒向七大领域，就显得捉襟见肘、顾此失彼。

过去，在计划经济体制下，科研经费都是按照部门或单位拨款。现在实行专家管理制后，经费跟着项目走。即是说，某个研究团体一旦获得了863的某个项目，便可得到一笔科研经费，少则几十万，多则上千万！但搞863的专家都是从全国各个部门、各个单位挑选上来的，这些专家并没有脱离原单位，用句时髦的话说，是在为国家“打工”。他们干的是863的事，拿的却是本单位的钱，其住房、职称、工资、奖金等，全都由原单位解决。一句话，原单位仍是他们的衣食父母。所以，虽然这些专家的一只腿已经迈进了863的办公室，另一只脚却还在原单位；尽管脑袋已经进入“863计划”，屁股却还坐在原单位。一旦涉及经费问题时，他们就会成为一双为原单位“捞钱”的“手”。

当然，从专家个人的角度来说，想给原单位带回项目、带回人民币，是可以理解的；而原单位从小集团的利益出发，希望带着经费的“良种”能落入自己的“一亩三分地”，也在情理之中；但从国家的利益考虑，这一想法和做法就不合适了。于是为了杜绝部门所有制对高科技发展的不利影响，朱丽兰反复强调：“国家的利益高于一切，单位和个人必须服从国家的利益。希望参加863的专家不要用屁股指挥头脑。”而中央有关文件也作出规定：在确定项目和经费时，不与部门对话。

这样一来，没有得到经费的一些部门不仅对863有意见，对自己单位搞863的专家也有看法，因为这些专家未能给本单位带回实惠。

身处矛盾旋涡中的朱丽兰只得四处奔走，八方协调，再三强调：“不与部门对话，并不等于不要部门，而是要以国家利益为准绳。”她为此多次召开协调会议，反复向各部门做工作，甚至有时还会与人唇枪舌剑，争得面红耳赤。可她既坚持原则，又苦口婆心，最终还是取得了部门的谅解和信任。

但此后不久，又一个重要的问题让朱丽兰颇伤脑筋，这就是，“863计划”各个领域的研究项目和目标确定后，所需经费便直接拨到专家们的手上，少则几十万，多则上千万。若有什么开支，只需有关的专家签个字，钱就可以动用了。中国的科学家们能一下掌握如此大的财权，当然是一件再好不过的事情。但朱丽兰深知，权力必须受到监督。权力没有监督，注定腐败；权力越大，腐败越大；权力没有约束，注定垮台。这对谁都一样。因为专家也是人，是人就有难以克服的弱点。那么，怎样防止权力的滥用与腐败，如何对专家手中的权力进行约束监督呢？

通过反复考虑，朱丽兰决定对863的专家，也要进行严格的考核与监督。

她的这一想法提出后，不少人都说她太冒风险，甚至连宋健也有些担心。因为863的专家，个个都是在全国数得着的人物，若是对他们也要进行考核、监督，万一有所得罪，863这面大旗如何扛下去？

但朱丽兰还是这么做了。

这么做了，一些专家就真的得罪了。比如，有的专家一听要考核，心里便很是不平，说：“朱丽兰的新招就是多！我们为了863累得半死不活，没想到朱丽兰还要考核我们，这不是存心跟我们过不去吗？”甚至有的专家还当着朱丽兰的面说：“考核我们可以，你朱丽兰要不要考核？”

朱丽兰笑了，说：“不管是谁，都要考核！我朱丽兰当然也要考核！不仅要考核，而且要首先考核，严格考核！若是不合格，我自动辞职！”

还有的专家说了：“对我们进行考核，有这个必要吗？难道你朱丽兰还信不过我们？”

朱丽兰说：“考核你们，正是对你们最大的信任。你们好好想想，你们做了工作，干出了成果，专门找人来进行评价，对你们的工作有一个监督，有一个检查，有一个反馈的意见，有什么不好？如果没有一个客观的评价标准，怎么说明你们的成果？你们总不能王婆卖瓜，自卖自夸吧?”

专家们细细一想，觉得确有道理。真金不怕火来炼嘛，只要没做亏心事，还怕半夜鬼敲门！经过考核，没有问题，而后堂堂正正、理直气壮、心安理得、痛痛快快地干事情，有什么不好？

于是，一个由二十二位德高望重的老专家组成的监督评估考核小组便诞生了。王大珩任组长，朱丽兰任副组长。

所谓考核，一是对专家进行考核。即选择一定的时候，让“863计划”每个领域的首席科学家或者课题组组长上台讲工作情况、工作计划以及构想、策略和目标，每个人十五分钟。讲完后，再让考核小组打分。谁最后得分最高，谁就继续留任；谁不及格，谁就让贤。二是对所选的项目进行考核。即哪些项目该上哪些项目不该上，都得经过严格的评审考核。三是对每位专家在权力的使用上，经费的开支上，进行公开的监督考核。比如，每个专家手中的钱都干什么用了，每一笔是怎么开支的，都得说个清清楚楚。如果某个项目计划是五十万，你实际却花了六十万，那么为什么多花了十万？也得讲个明明白白。

同时，为了真正做到用制度管人，以法治人，还专门制定了《“863计划”管理细则》和《863经费管理细则》。而且，朱丽兰还要求每个领域必须拿出自己切实可靠、行之有效的管理方案以及经费管理制度，并将这些方案和制度广而告之，公之于众，让每个成员都来参与监督。如果谁发现有不合理的地方，或者什么问题，可以直接找她朱丽兰告状！

总之，一切都是公开的，民主的，透明的。尤其是当“863计划”的决策系统、执行系统、评价系统和监督系统全部建立起来后，一个先进的、科学的现代科学管理新机制便得以形成。这一机制既保证了“863计划”的公正性，又保证了“863计划”的可靠性。

“这就是改革。”朱丽兰如是说。

F. 不像“领导”的领导

中国要搞现代化，就得要有现代化的领导。但什么样的领导，才是真正的现代化领导呢？

863 的工作开展起来后，朱丽兰就告诫自己，工作以外的事情一律不考虑，而要把主要精力用在“863 计划”大目标的选择上，用在到底哪些该有所为，哪些不该有所为上；同时必须明白自己身处的战略地位和肩负的历史任务，并知道该如何去实现它，以及自己该管什么，不该管什么。她认为，作为政府部门的管理者，主要是要把握“863 计划”总体的发展，在大方向上看“863 计划”是否符合中央 1986 年的 24 号文件；从整体上看是否达到了应该达到的战略目标；从历史的角度看是否起到了推动历史的作用。比如，“863 计划”在积极跟踪国外先进技术的同时，是否结合了本国的情况，在跟踪中有所创新？在中国发展不平衡的情况下，是否集中了有限目标和主要力量，在做几件大的事情？

朱丽兰不是那种事无巨细、事必躬亲、眉毛胡子一把抓的领导，而是属于那种具有战略思想、战略眼光，习惯把问题放在国家的战略层次上来考虑的领导。她是搞科学出身的，善于把科学渗进管理，把科学管理和领导艺术进行完美结合，从而让科技管理工作上升到一种更高的境界。在她的身上既有科学家的影子，还有政治家的风度；既有学者的高雅，又有实干家的派头。

但从另一方面来看，她又是一个实在、朴实、简单、透明的人。她所想所思，所言所行，一目了然；她直言快语，有啥说啥，从不隐瞒；她光明磊落，正直廉洁，憎恨虚假；她敢说敢干，敢负责任，不怕得罪人；她敢于坚持原则，坚持真理，不怕丢了乌纱帽。因此，如果我们用一般印象中的“领导”的标准来衡量她，就会感到她不太像个“领导”。

不过也许正是这些“不像”之处，恰是朱丽兰的人格魅力所在，也是一个真正的现代化领导应该具有的风范。

朱丽兰的“不像”之一，是敢抓敢管，敢于负责，处处表现出一个“厉害的老太婆”的厉害。

朱丽兰对人对事，要求十分严格，容不得有半点马虎。凡是她要干的事情，就非干好不可；凡是她要抓的工作，就一定要抓出成绩；凡是她要管的问题，就坚决一管到底。在她的眼里，容不得半点沙子，容不得半点虚假，更容不得半点的不负责任。

专家委员会的工作刚一开始，她就明确提出，每个领域在制定战略目标时，一定要围绕国家的整体战略目标和经济发展目标来考虑，要同国家亟待解决的重点和难点问题结合起来，不能单纯盯着那些只在学术上有意义而无实际价值或者只能出好论文、好文章的项目；要收缩战线，集中力量选择具有里程碑意义的关键技术，加大投资力度和重点攻关，真正做到有所为、有所不为。

为了让专家委员会始终保持生机与活力，她不失时机地提出了“滚动制”。所谓滚动，一是指对专家进行滚动。就是说，专家不搞终身制，某个专家的年龄或任期到了，就自动退出。在做某个项目时，专家既可以随时“滚”进，又可以随时“滚”出。863 的专家一般两年一换，换届时你若当选了，就继续留任；若是落选了，就另作安排。二是指对选择的项目进行滚动。某个项目好，就列入“863 计划”；不行，就“滚”出去，让好的项目“滚”进来。

但中国的事情常常是这样：“滚”进来易，“滚”出去难。因为这明摆着是得罪人的事。

朱丽兰不怕得罪人。她不管是谁，该“滚”出去的，照样“滚”出去；该“滚”进来的，照样“滚”进来。凡是一些主题不明确，主次不清晰，没有重点，没有主攻方向，白菜萝卜一大帮、眉毛胡子一把抓的项目，她或者当面“枪毙”，或者顶回去让重搞。毫不留情，绝不手软。

比如，生物领域开始交上来的战略目标她看了后不满意，便向专家提问发难："你们生物工程到底与中国的农业生产迈上新台阶有什么关系？你们先搞清了这个问题，再把战略目标送上来。"材料领域开始制定的战略目标太零散、太庞杂，一搞就搞成了一棵大树，财力上根本无法支撑；若要减掉一个项目，等于从专家身上割掉一块肉。但为了维护国家的利益，她还是果断地下了一道死命令："如果不把原有的四百多个项目砍到三百项以内，就别想从我这儿拿到一分钱！"

有的专家对此很有意见。她说："有意见也不行，这是大原则。如果怕得罪专家的话，我认为是对国家不负责任。既然我在其位，我就要谋其政。国家的钱，一分一厘也不能乱花，必须用到点子上。不管是谁，不把项目搞好，我就不给一分钱！"

朱丽兰还是个务实不务虚的人。她不光管大事，也同样抓小事。而且只要她讲过的问题，就必须要有落实，不能说了不算，光说不做。比如，科委机关的厕所有味了，外宾来时很不爽。她说了好几次，都没得到解决。她就亲自抓，一直抓到厕所没味了，这才完事；食堂的伙食不好，群众反映很大，她说了几次，也不行，她就亲自抓，一直抓到食堂管理员头上。等伙食有了好转，这才罢手。

朱丽兰的"厉害"，还表现在敢于在国际上树立中国强者的形象。她总是鼓励中国的专家们要敢于到国外"插国旗"。"插国旗"的意思，就是一方面要拿出过硬的技术产品，到国际市场上进行较量，从而确立中国的形象；另一方面是指在外国人面前，不能丢了中国人的国格，要敢于树立中国人强者的形象。她说，和外国人打交道，很重要的一点，就是实事求是，不卑不亢，没有什么好谦虚的。用我们上海人的话来说，外国人是支蜡，不点不亮。你越软弱，他就越欺负你；你给他厉害，他就老实了。因此，她在与外国人的交往中，从来不忘自己是个中国人，同样显示出一个"厉害的老太婆"的厉害。

比如，当年她在德国学习时，有一次刚洗完澡，房东就给她大发脾气，说她不讲卫生。她说，我怎么不讲卫生了？房东说，你看，你染了头没有把染头的东西收拾干净。她一听就火了，冲着房东说："你凭什么说是我弄的？我告诉你，我们中国有句古话，没有调查就没有发言权。第一，这不是我弄的，因为我根本就不染发；第二，这黑东西到底是什么我也不知道。你凭什么用这个态度给我说话？"房东一听这个中国人说得有理，马上打住。第二天，房东向她道歉，说那个黑东西是小猫弄下来的，对不起，请原谅。以后房东对她就很客气很尊重了。她说，我这人就这样，不容许别人不尊重我。你尊重我，我也尊重你；你不客气，我也不客气；尤其是在外国人面前，不该客气的，更不客气。其实，外国人最不愿和弱者打交道，他们喜欢和强者打交道。

还有一次，她去德国洽谈关于高技术的合作问题。过去，中德之间谈高技术问题，只能在理论上进行论谈。所以洽谈刚开始，一位傲慢的德国议员便摆出一副要与她搞"论坛"的架势。可她对"论坛"不感兴趣，轮到她讲话时，便说："我今天来不是跟你们搞'论坛'的。我没时间跟你们空谈。我这次是来谈高技术合作问题的！如果你们愿意和中国合作，咱们就来实际的，就来真的！我手上现在有珍珠，你们有没有玛瑙？如果有，咱们就珍珠换玛瑙；没有，拉倒！"然后，她便把具体如何干的方案谈了一通。那位德国议员一下就被她镇住了。他万万没想到，这位几年前还在向他们的国家学习的中国女人，外表看似平常，内里竟是如此厉害，而且她的手上还攥着大把大把的"珍珠"！

但"厉害"只是朱丽兰的一个方面。

另一方面，863 该上的项目，她总是大力扶持；该支持的专家，她总是坚决支持；而且，其责任和风险，总是主动承担。她说："我这个位置相当于一名教练。如果我这个队赢了，那么上台领奖的是队员而不是我；要是输了，那么承担责任的应该是我，而不是队员。"所以她经常对专家们说："该干的工作，你们大胆地去干，干出成绩了，是你们的；出了问题，我来负责！"

1989年，“天安门风波”刚过去第四天，宋健召集有关人士紧急研讨科委下一步的工作问题。有人对科委当时选定的方向有些担心，对国际科技合作也表示疑问，甚至有两位正准备去美国参加由中国留学生主持的生物工程会议的同志也不敢去了。但朱丽兰却明确表示，改革开放的旗帜不能变，863的旗帜不能倒，中国与国际的科技合作也必须继续搞下去。她甚至对将要出国的两位同志明确表态：“越在这个时候，你们越应该去做工作。你们就放心去吧，出了问题，由我负责!”

此外，她在生活上对专家们也很关心。一度时间，有的专家和年轻的科技工作者很想到国外去寻求发展。为了稳定和保住一支优秀的科技队伍，她提出，每月给863的专家补助三十元的生活费。区区三十元人民币，对中国的大专家们来说，当然是一笔可怜而又可笑的数目——用有的专家的话说，连一只大母鸡都买不回来。但为了这可怜而又可笑的三十元，她到处“烧香拜佛”，八方找人“游说”，直到最后找到了财政部长的头上，这可怜而又可笑的三十元人民币才实实在在落到了大专家们的手上。

朱丽兰的“不像”之二，是敢于直言，敢于批评，敢于说真话，不怕得罪人。

朱丽兰对专家对同事，从来心直口快，有啥说啥；在领导面前也是，有什么讲什么，从不隐瞒自己的意见和观点。她说：“我做了领导，不能装出一副领导的样子。做领导的，就应该讲真话。对上级，我要尊敬，但也要直言，不讨好，因为我干工作不是为了当官。你对我怎么看没关系，也不重要，重要的是工作应该怎么干就怎么干，并且把它干好。你如果觉得我合适，我就干；你要是认为我不合适，我走也行。而对群众，要依靠，要关心，但也不能讨好，在原则上决不能退步。”

一次，她向中央领导汇报863的有关情况。为了使863的某个项目能引起中央领导人的重视，得到中央的批准，她当着李鹏总理的面，直截了当地陈述了自己不同的意见。最后，她还建议说：希望尽快成立国家科技领导小组，最好请总理担任组长！

李鹏听了后问："为什么要我当组长呢?"

她说："你要当组长的话，什么事情不就好办了?"

李鹏问："为什么呢?"

她说："美国就是克林顿当组长呀。"

李鹏又问："真有那么大的威力吗?"

她说："当然了，因为'863 计划'的许多事情，都是在国家层次上拍板嘛!"

当时不少人都为她的直言捏了一把汗。可结果是，李鹏被说动了，还真当了组长。她后来说："我有什么办法呢？只有那么一次汇报的机会，失去了，事情就可能永远办不成。为民请命，就得冒点风险，所以我也只好豁出去了!"

朱丽兰对上敢于直言，对下也敢于批评。比如，她常常和各种会议打交道——尽管她很讨厌一些云山雾罩、乱七八糟、马拉松式的会议，可出于无奈，也只好应付。但是，凡是由她主持的会议，她决不容许信马由缰，夸夸其谈，耗费时间。她不仅要求发言主题明确，内容充分，还要限制发言者的发言时间——宁愿得罪人，也不肯对不住时间。

有一次会上，有位局长讲话唠唠叨叨，还游离主题，她马上当众打断，说："不要再兜圈子了，赶快进入正题吧!"话一出口，搞得那位局长难堪至极。还有一次，一位外地的办公室主任发言时说了一句："推广不需要什么水平。"她毫不客气，当即打断这位主任的发言，说："你这个观点不对。推广是一门学问，是科学家技术的综合应用，水平高得很！它既需要学术水平，又需要市场水平。现在有些人之所以不愿意搞推广，就是因为你在那里辛辛苦苦地推广技术，人家还说你没水平。"她刚一说话，这位主任脸红耳赤，无地自容；而朱丽兰却自然极了，像啥也没说一样。

其实，用老百姓的话来说，朱丽兰是刀子嘴，豆腐心。比如，有人犯了错误，她可以当着面狠狠批你，决不留一点面子；可一旦真要处理的时候，她又总是从帮助、教育出发，决不乘机整人一把。所以不少人都说："朱丽兰不是个整人的官。"而她自己的说法是，谁都有可能犯错的时候，如果一旦发现谁有了问题，就应该及时指出，当面批评，而不要等到别人犯了大错之后，你再去变着法子处理别人。

朱丽兰的"不像"之三，是欢迎别人对她批评，并且能接受批评。

朱丽兰认为，一个人只要心底无私，天地自然就宽。别人说得对，就接受；说得不对，也听着，没有必要拿别人的错误来折磨自己，显得没有肚量。她说："一个领导，要多听批评，多听不同的声音。我特别希望有人给我提意见，也希望大家相互提意见，然后展开讨论，甚至辩论，不管是科研问题还是别的方面的问题。"

有一次，科委召开某个会议，会议议题是削减科研单位的事业费拨款。会议刚开始，一位专家便突然站起来，当众指着朱丽兰和宋健说："宋健，还有你朱丽兰，你们就是为了保自己的官，所以才要削减科研事业费拨款。"话一出口，全场震惊，与会者一齐把目光投向朱丽兰和宋健。

一般来说，一个领导碰上这种情况，是十分尴尬的事情，最好办法就是不吭声，或者赶紧装出一副大度而又谦虚的样子，不是点头"好好好"，就是声称"是是是"。朱丽兰不。她认为这个科学家敢于当面直言，本身就说明他光明磊落；如果他不是出于公心，他干吗要这么讲？干吗要得罪我朱丽兰？

于是她不但不生气，不但不回避，反而还满脸笑容，从座位上站了起来，大声说道："我对你能够当面直言，非常欣赏。但你对我的说法，我不能接受。我也是一个公民，你不能把你的想法硬加给我。我有缺点，你可以提，但你提得不对，我也有不同意、不接受的权利。我有必要向你说明的是，之所以要削减科研费拨款，是为了鼓励科研单位去争取合同，是从国家利益的角度考虑，不是为了别的。我干工作，只考虑对国家是否有利，而绝不是为了保官。我对我的这顶乌纱帽，从来都无所谓。”

还有一次，一个专家在会上发言，说某个领域的计划不行。自动化领域首席科学家蒋新松马上站了起来，指着朱丽兰说：“这个计划不行，为什么就不改？这个问题你朱丽兰应该承担责任!”她马上表态说：“蒋新松你说得对。当初这个计划我没把好关，我应该承担责任。”她正想砍掉这个计划，蒋新松提出批评后，反而帮了她的忙。

朱丽兰的这种大度，这种真诚，这种不怕批评、能够接受批评的姿态，赢得了专家们的信赖和尊敬。有专家说：“和朱丽兰打交道有个好处，一点不累。她心里想什么，你不用猜；她赞成什么、反对什么，都是小葱拌豆腐——一青（清）二白；她不像有的领导，说话办事总是喜欢打太极拳，让你半天也琢磨不透到底是什么意思。”

朱丽兰的“不像”之四，是喜欢在讨论和“争吵”中工作。

朱丽兰说：“尤其在学术问题上，要多开展平等的讨论甚至争论，不要分什么领导啦，院士啦，主任的。在科学上应该人人平等，就像在法律上人人平等一样。一个问题，只有在争论中，才可能更接近真理，更接近科学，从而避免我们多犯错误。”因此，专家们开讨论会她最喜欢参加，会上她不仅自己爱提意见爱提问题，也希望并要求大家反驳她的意见和提出各种疑问。她说：“提意见提问题，是消除意见解决问题的基本前提，我们应该倡导这种风气。”所以每当她与专家们就某个学术问题发生针锋相对的争辩，或者看见别的专家相互争辩时，她心里便有一种愉悦感，踏实感。

一次，有两位老专家因某个问题争吵了起来，最后竟“吵”到了她的办公室，找她评理。她看着那两位为工作而“吵”得脸红脖子粗的老专家“打”上门来，不但不生气不发火，反而心里还十分高兴。她先请两位专家坐下，再给两位专家倒上茶，然后才说道：“我看你俩吵得好，吵比不吵好。你们现在吵够了，吵清楚了，问题就好解决了，以后扯皮的事情也就少了，没有了。”

甚至，在科委党组学习会上，有了问题，她也强调和提倡展开争论。她说，有意见有想法，说了比不说好，当面说比背后说好，争论比不争论好。以至于科委副主任邓楠和她开玩笑说："你朱丽兰是最善于挑起争论的了。总是喜欢领导群众'斗'群众，领导领导'斗'领导。"

朱丽兰的"不像"之五，是最讨厌有人动不动就请她"作指示"。

在生活中，我们常常见到这样的领导：下车伊始，"指示"连篇；人到哪里，"指示"到哪里，好像党的指示是他家的泡菜，想咬一口，就咬一口。可朱丽兰不。比如，她去参加某个会议，有人一上来就说："现在，我们请朱丽兰主任作指示！"接着就是掌声，就是欢迎，就是一套没完没了的无聊的仪式。每当遇到这种情况，她便当面直言："我最讨厌'作指示'这句话了！我没有那么多的指示。一个领导，哪有那么多的指示？什么叫指示？黑字白纸红头文件，才叫指示；经过党组集体研究讨论并要大家执行的，才叫指示。其余的，都是个人的意见。"

于是有人说："朱丽兰好就好在，当了领导不像领导，还是科学家的样子，还是科学家的派头。"而有人则对她作了这样的概括：

做朱丽兰的上级，你可以宽心，因为她很少把难题往上交；

做朱丽兰的下级，你干着舒心，因为她从不把责任往下推；

做朱丽兰的同事，你可以放心，因为她从不在背后搞小动作；

与朱丽兰共事，你得十分用心，因为她太负责任太较真儿！

然而，不管怎么说，朱丽兰毕竟是个女人。

G. 女人不是谜

有人说，人永远是个谜，而女人则是这谜中之谜。

朱丽兰是个女人，但朱丽兰是个谜吗？

在人们的印象中，朱丽兰是个"厉害的老太婆"，是个典型的"女强人”（尽管她最讨厌别人强加在她身上的这三个字），甚至简直就是个“工作狂”！她每天只要一走进国家科委机关大楼，就像被打了一支强心剂，总是风风火火、劲头十足。

然而，她每天只要下了班，回到家里，往沙发上那么一躺，便像一个泄了气的皮球，完全判若两人。

她实在是太累太累了！

不错，她是领导，而且是部长一级的领导。但她同时也是一位女人，一位母亲，一位妻子。作为妻子的她，再大的官回到家也是妻子；作为两个孩子母亲的她，在外面再风光回到家也得过普通人的日子。总之她既要尽到妻子的义务，也要负起母亲的责任。一个普通中国女人要面对的现实，她都必须面对；一个女人要承受的一切，她也必须承受。

于是，当我们打开她女性世界的另一面时，便不难发现，朱丽兰其实依然是一个地地道道的东方女人，一个实实在在的中国女人。在她身上，既有中国女性的淳厚朴实、善良贤惠，也有中国女性的勤劳本分、似水柔情。总之女人所具有的一切，她都具有。别看她在外面满世界风光，可一回到家里，就整个都变了样。

朱丽兰做得一手好饭，烧得一手好菜。她的几个拿手好菜，总能成为家里过节时的“保留节目”。尤其是她做的红菜汤，始终受到丈夫和儿女的一致好评。外人若有口福喝上一次，也必会留下难忘印象。一般来说，她每天下班回到家里，先将工作包一放，然后围裙一系，袖口一挽，该洗的洗，该擦的擦，该干的干。

不过，实事求是地说，由于她工作实在太忙，加上长年频繁开会出差，她干家务活的时候并不是很多，也不可能太多。但她属于那种能干、会干的女人。不干则已，一旦干起来，就像她在外面干工作一样，敏捷、利落、干净、漂亮，有条不紊，一点不拖泥带水。她说：“我干家务的办法是，首先把家庭生活简单化，然后尽量减少家务。但我只要一有空，还是尽力多干点家务，免得爱人心里不平衡。”

朱丽兰会织毛衣、毛裤。儿子的，女儿的，还有丈夫和孙女的，都是她亲手所为，且出手不凡，别具一格。一次，国家科委机关搞手工艺品竞赛活动，凡是参赛者都得交一个“作品”。谁也没想到的是，朱丽兰积极上台参赛，其作品竟是为孙女织的一套毛衣毛裤；而大家更没想到的是，她为孙女织的这套毛衣毛裤，居然还获了奖！

朱丽兰会做针线活儿。她自己的衣服坏了，从来都是自己缝，自己补；儿子、女儿以及丈夫的衣裤一旦出了问题，也是由她解决；至于家里的被子、床单、蚊帐等有了毛病，更是由她大包大揽。一次，她发现女婿的衬衣领子破了，便让女婿脱下来。她先把领子拆开，把破了的一面翻进去，再把好的一面翻出来，只一会儿工夫，经她“革新”之后的衬衫领子，便如同新的一般。

朱丽兰会理发。她家有一把理发推子，说不清已经跟了她多少年了。她在德国学习时，身边就带着这把理发推子，每到礼拜天，她便给中国的留学生们理发，既省钱，又省时。于是大家都亲切地叫她“朱大姐”。后来，时间长了，她理发的名气越来越大，“朱大姐”的名气越来越响，找她理发的中国留学生也就越来越多。但只要有时间，她总是来者不拒。而在家里，儿子和女儿的头，从小都是由她负责。甚至儿子长大后，她偶尔还要给理上一次。至于丈夫的头，就更是由她全部承包了。

朱丽兰的丈夫，是北京航空航天大学的教授。每次丈夫的头发长了，都是由她亲手“处理”。同是中国的知识分子，苦惯了，朴素惯了，没有那么多的穷讲究。有时，她一边给丈夫理发，一边还为丈夫挑白头发，每挑出一根，便会心疼地说上一句：“瞧，又有一根白发了！”但她对丈夫也有“苛刻”的时候，比如公家给她配备的小汽车，就从来不让丈夫用。她的秘书说：“朱丽兰一心疼起公家的车来，就不心疼自家的老头了。”

朱丽兰喜欢体育。年轻时，她特别喜欢锻炼，有好几个体育科目成绩都很出色。尤其是乒乓球，打得相当不错。当年在苏联敖德萨学习时，她还在市级的乒乓球比赛中夺得过冠军。她出任国家科委副主任后，一次由吴仪等女部长组成了一个“巾帼软式网球队”，她还是其中的一位。她开始并不怎么会打，不久便挥拍自如。到了后来，在四次比赛中，她竟四次蝉联冠军。有人问她，你连连夺冠到底靠的是什么？她如实招来：“其实我的技术和体力都不如别人，我是胜在心理素质上。”

朱丽兰还会弹钢琴。在朱丽兰家的客厅里，摆放着一件一般高级领导家不会有的东西——钢琴。朱丽兰早在上海教会学校念书时，便开始学弹钢琴了。能拥有一架属于自己的钢琴，是朱丽兰少女时代的梦想。但为了追求事业的成功，这个梦想她一直没有机会实现。后来虽然成了家，可没钱，家里也就一直没有一架钢琴。所以，每当她在宾馆或其他一些公共场合看到钢琴时，心和手便会同时发痒。

有一次，她出访德国，被安排在一个高级套间。一进屋，见房间里摆放着一架相当高级的钢琴，她兴奋得手舞足蹈，立马掀开钢琴盖，像一个孩子似的弹了起来，足足过了一把钢琴瘾。后来直到 90 年代，她有了一定的积蓄，才终于买回一架钢琴。遗憾的是，因为钱的问题，她买回的是一架二手钢琴。不过在朱丽兰的眼里，钢琴就是钢琴，新旧不重要，重要的是能否弹出新曲。她说：“听音乐不仅可以消除疲劳，消除烦恼，而且在音乐声中，还能让我感受到一种说不出来的美，甚至进入一种超凡脱俗的境界。”

所以，只要她在家，只要她有时间，音乐就会陪伴着她，成为她最好的休息方式：要么听名曲，要么自己弹钢琴。她最喜欢听的曲子，是贝多芬的《命运交响曲》；她最喜欢弹的曲子，还是贝多芬的《命运交响曲》。不知什么原因，她太爱这首曲子了，爱得几乎不能自已。尤其在人生的紧要关头，这首曲子总是伴着她。在德国学习时，她孤零零一个人漂泊在外，语言不通，举目无亲，唯一陪伴着她的，便是贝多芬的《命运交响曲》；而她正是靠着这首曲子，在德国度过了两年孤寂的留学生活。所以，每当弹起这首曲子，她内心深处，便会掀起感情的狂涛巨澜，便能获得一种与命运抗争的神秘力量。难怪她说："我不能战胜别人，却可以战胜自己！"

朱丽兰在生活中很勤俭。别看朱丽兰大权在握，手上攥着国家数以亿计的人民币，但东方女性天生的勤俭节约的美德，在她身上体现得十分鲜明。作为国家部长一级的领导，如果她真想像有的"领导"那样，费尽心机把自家变富，凭她手中的权力和满脑袋的智慧，可以说并不是一件困难的事情。但她对自己小家的要求很简单，说："我只要有一块安静的地方就行。"她的家和其他科学家的家一样，相当简朴。她平常在家，用水用电，都很注意节约。离家上班之前，她总是先把水龙头拧紧，把电灯关灭。她上下班时，若见机关走廊里的灯没关，她会一个一个地给关掉。在科委旧机关大楼上班时，通向她办公室的二楼楼梯通道上的电灯，几乎每天早上都是由她关掉的。甚至，她在出国访问期间，每次离开宾馆时，也要将房间的灯一一关掉。有时时间紧了一点，秘书就说："算了吧，别关了，你在国内给中国人省，到了国外还要给外国人省，你累不累呀？"她说："嗨，该省就省吧，外国人的电也是电嘛！"说完，啪、啪、啪，硬是坚持把一个个开关全部关掉，这才心安理得地离开房间。

朱丽兰在饮食上不讲究。平常在家，有啥吃啥，从不挑食，一碗稀粥，外加一盘青菜豆腐，便心满意足。她唯一的嗜好，就是喜欢吃几块巧克力。至于那些大吃大喝、铺张浪费的宴席，她毫无兴趣。有一年春节，丈夫出差，女儿在上海，儿子也不在家，全家都走了，只剩下了孤零零的她。她买了一堆白菜，再买几块豆腐，一日三餐，全是白菜炖豆腐。虽然简单了一点，可做起来快，吃起来也快，刷起碗来更快。每顿收拾完毕，她就趴在写字台上写稿。少了家务，多了清闲，好不快哉！远在上海的女儿怕她一人在家寂寞，打来电话，问她过得好吗？她说好好好，一日三餐，白菜炖豆腐，好极了！女儿一听当场便在电话里哭了。她问，女儿你哭什么呀？女儿说，过春节了，大家都是大鱼大肉的，你却一人在家吃白菜炖豆腐，妈妈您太苦了！

她一听，扑哧一声笑了，说，女儿啊女儿，你真是个傻丫头，生活简单使人长寿，也使人长乐。白菜炖豆腐有什么不好？既省事，又爽口，还省钱。告诉你吧，我这几天已经写了两万多字的讲稿了，这个春节我可赚了一把！

其实，朱丽兰也很想女儿。当母亲的，哪有不想、不爱女儿的。只是这么多年来，她给女儿的时间太少。女儿生下来才几个月时，有一次她急着要上班，又想再抱抱女儿，慌忙中她刚把女儿抱起，脚底一滑，一下便摔在了地上。可她自己重重地摔倒在了地上，女儿却还紧紧地搂在她的怀里。后来，她实在不能照顾女儿了，只好将女儿送到上海奶奶家。在那段时间里，她每天下班回来，第一件事就是看女儿的照片。有时在睡梦中，还呼叫着女儿的名字。甚至只要有人去上海，她就托付别人去替她看看女儿，并嘱咐说："你就去看看吧，帮我数一数，看我的女儿又长出几根头发了。"

是的，几十年来，为了追求生命的价值，为了实现强国的梦想，朱丽兰一直努力工作，牺牲了不少业余爱好，也牺牲了不少对家人的情感。出任国家科委副主任后，她与钢琴相伴、与音乐相随、与家人共度的时光就更是越来越少了。尽管有时候她也很想静静地坐下来，听一听音乐，弹一弹钢琴，与家人聊一聊天，可又实在没有时间；尤其是一想到肩上的担子，一想到"863计划"中许多亟待解决的问题，就更是没了心情，甚至晚上还睡不着觉。

然而，尽管如此，朱丽兰对中国的科技事业，对中国的明天，始终充满热情，充满希望，充满追求。她说：

> 人活着，就得要有精神，要有追求，要有活力，要有能力。无论干什么事情，要么不干，要干就一定要干好！一个人的真正财富是自身的价值，而一个人的价值只有在祖国的事业发展中才能得到体现和增长。我之所以要努力地去做，就是为了一点，中国早日富强，我们的明天更好。我是一个普通的中国人，但我的

信条是：身为女性，我不能输给男性；做人要老实，但不能窝囊，要追求卓越。

这就是朱丽兰。一个具有战略眼光、战略思想的朱丽兰；一个具有真才实学和创新精神的朱丽兰；一个具有挑战性格和开拓意识的朱丽兰；一个不讲空话只干实事的朱丽兰；一个具有人格魅力和人生大境界的朱丽兰；一个卓越不凡而又普普通通的朱丽兰！

第三章
不与上帝和谈

生存与生命，是人类最基本的两大主题。

探索与发现，是科学家们最神圣的职责。

为了探索生命的奥秘，科学家们发明创造了生物技术。生物技术就是应用生命科学的基础原理，去操纵生命的一门综合的科学技术。今天我们说的生物技术，指70年代发展起来的现代生物技术，即近年来风靡全球的基因克隆技术。1978年，当美国一种有活性的人脑激素在大肠杆菌中生产成功后，全世界为之轰动。因为若用常规方法提取一毫克这样的人脑激素，需要十万只羊的下丘脑才能取得；而通过基因克隆技术，只需三百美元便可获得。因此不少科学家认为，基因克隆技术是20世纪最伟大的发现之一，其深远意义绝不亚于当年原子能的发现。

而对发展中的国家来说，生物技术对解决人民的疾病防治和吃饭等问题，尤为重要。世界卫生组织曾经公布：世界上每五个人中就有两个人感染过乙肝病毒，造成每年有一百万人死亡！中国是个典型的乙肝大国，乙肝病患者多达一亿两千万人！而基因工程乙肝疫苗的问世，可大大降低乙肝的感染率和发病率。

此外，粮食问题也是全世界的一大难题。通过生物技术工程，改变植物品种，可大大提高产量和质量，从而让地球重新提供更多更好的食物。故此，有人预言，生物技术将是21世纪重要的经济支柱之一。如果说第一次工业革命是机器取代手工，第二次工业革命是电脑取代人脑，那么即将由生物技术带来的第三次工业革命，便是人工生命取代自然生命。

中国从事生物技术研究的 863 专家，都是一批敢于向上帝挑战的人，一批不肯与上帝和谈的人。他们的研究成果正改变着上帝本来的主意，改变着自然原有的本色，同时也改变着我们和我们生存的这个世界。

A. 谁来养活中国？

生存问题，是人类最基本的问题。

人活着，就要吃饭；人要生存下去，就得先填饱肚子——这是连小孩子都明白的事情。所以自古道："民以食为天。"

"天"，在西方人的眼里，就是上帝；在中国人眼里，就是万物之长。中国人把"食"比喻为"天"，当然就是说，吃饭问题是老百姓最根本、最要紧的问题。

可见，粮食问题在中国人的心里是何等重要！

的确，中国是世界上历史最悠久的农业大国，而且已有十二亿人口，占世界人口的五分之一。人多嘴就多，嘴多吃粮就多。如果每个中国人每顿哪怕多吃一小口，国库都会发生倾斜。再者，由于在中华民族五千年的文明发展史上，饥饿始终像影子一样紧紧相伴，饥饿的恐惧已深深植根于民族的血液之中，所以中国的老百姓对"饥饿"二字特别敏感。回首往日饥饿的艰辛岁月，每个炎黄子孙都会感到沉重而心酸。

可以说，在中国这片多灾多难的国土上，历史档案里几乎每一页都能找到"饥荒"的字眼。世界上没有任何一个民族，能像中华民族这样对"饥饿"有着如此沉痛的记忆。有人作过统计，从公元前 18 世纪至今，大约四千年里中国共计发生了各种灾害约五千五百次，即是说，平均半年时间我们的民族便遭到一次灾难。1877 年到 1879 年，山西、河北、河南、山东四省连遭三年大旱，光饿死的人便高达一千三百万，占当时全中国人口的十分之一；而 1942 年至 1943 年发生的一次旱灾，仅河南一个省便饿死数百万！难怪一位研究中国历史的欧洲学者在五十年前便十分惊讶地发出感叹：拥有五千年灿烂文明历史的中国，原来竟是一个“饥饿的国度”！难怪“民以食为天”这句古语，偏偏出在中国。

1949 年后，粮食问题不仅被当作经济问题的中心，同时也被看作重大的政治问题。这是因为对历史深有感悟的毛泽东比谁都懂得，中国历史上每次由灾荒所引发的农民起义，几乎都是以饥饿和抢粮为前奏的。所以农业部把增产粮食确定为 1950 年农业生产的中心任务。尽管如此，粮食问题依然还是问题。尤其是 60 年代初发生的那场震惊世界的大饥饿，刻在中国人心里的阴影更是无法抹去。

实事求是地说，在 50 年代早期，中国的粮食算不上紧张；可从 1958 年到 1979 年，不仅粮食的进口数量一年比一年增加，而且食品糖、食油、棉花和羊毛等也都要进口。究其原因，是“大跃进”之后特别是在“文化大革命”十年期间，整个中国错误地理解了“以粮为纲”的政治口号，到处毁林种粮、毁草种粮、围湖种粮。这种愚蠢做法的结果是，不但没把粮食搞上去，反而还使粮食逐年下降。

此外，人口的急剧增长也是一个重要的因素。据 1994 年有关部门统计，中国的粮食产量虽然从建国初期的一千亿公斤增加到了四千五百亿公斤，但人口却从四亿五千万增加到十二亿，导致人均粮食占有水平增长缓慢，到 70 年代初才恢复到清朝后期的水平。

因此，尽管 1949 年后中国人的温饱问题得到了解决，但无论是当年的毛泽东，还是后来的邓小平，关于中国人的饭碗问题，依然还是个沉重的问题。

关于中国人的饭碗问题，湘西一所农校的一个教书匠，想了四十年。

这位教书匠，便是如今被世界公认为“杂交水稻之父”的袁隆平！

袁隆平是湖南杂交水稻研究中心主任、国家“863 计划”生物领域的专家。这是一位与中国的土地和粮食有着特殊感情的地道的农业专家，一位衣着普通、相貌平平、朴实得像湘西的一块泥土、因而无论在任何场合出现都不会引起人们注意的“土专家”。

然而，正是这位土得不能再土的“土专家”，经过多年的苦苦探索，终于破天荒地引发了震惊世界的“水稻革命”。而这震惊世界的“水稻革命”，恰恰是从饥饿开始的。

1953 年 8 月，袁隆平从重庆西南农学院毕业后，被分配到了湘西一所十分偏远的农校，从此开始了长达十九年的教书生涯。袁隆平当然希望自己能分到农业研究所之类的单位去，以实现自己立志要改变中国农业面貌的远大理想，可没想到自己却被分配到了湖南乡下来当一名中专教师！

但袁隆平一边教学，一边坚持搞科研，并尽可能做到教学与科研、教学与生产相结合。只是随着时间一年一年地过去，他想改变中国农业面貌的梦想似乎离现实越来越远。好在他在中学时代就喜欢拉小提琴，所以每当他心存忧虑时，便躲到山里一棵古老的香樟树下，举起琴弓，奏响自己最喜欢的《梦幻曲》；而每当这时，他的心才会获得一丝丝的安慰。

1958 年，“大跃进”“跃”遍全中国，也“跃”进了袁隆平的家乡。1959 年，“大跃进”和“大炼钢铁”更是来势凶猛，势不可挡。及至 1960 年，饥饿便像瘟疫般降临中国大地，也降临到了袁隆平所在的学校。学生们再也无心上课，便开始到处挖野菜，八方寻草根；而袁隆平也被饿得头晕眼花，没有力气走路，没有精神看书，更没有力气上课，只好上街买上几颗水果糖，以此维持苟延残喘的生命。

一日，袁隆平刚走出校门，发现旁边围了许多人，便走过去想看个究竟。挤进人群一看，原来是两具尸体；再一打听，原来两人是被活活饿死的。

当晚，袁隆平躺在床上无法入睡。他活了三十岁，见过死人，却从来没见过因为没饭吃而被活活饿死的人。一想到饿死在路边那两具骨瘦如柴的尸体，他便不寒而栗。于是他这才第一次想到，中国人多地少，饭碗问题对一个人的生命、对一个民族的命运，该是多么的重要！如果一个国家的国民连肚子都填不饱，怎么去种地，怎么去生产，又怎么去强国呢？

从此，如何解决中国人的饭碗问题，怎样填饱中国人的肚子问题，成了袁隆平的一块心病，同时也成了他人生的奋斗目标。尽管袁隆平每天都处于饥饿的状态，可一想到中国不知有多少人正在饿着肚子，不知有多少人正在走向死亡，他就拼命学习农业知识，拼命钻研各种农业技术。

有一天，受到遗传学启发的他，突然产生一个念头：既然高粱玉米可以杂交，那么水稻可不可以杂交呢？

袁隆平知道，早在 1926 年，美国的一位科学家便发现了水稻雄性不育现象。50 年代起，日本开始对此进行研究。接着，美国和菲律宾国际水稻研究所，也开展了此项研究工作。但终因难度太大，至今未获成功。于是，杂交水稻的研究便成了世界公认的一道难题。

但袁隆平想，外国人没有搞成功的东西，未必中国人就搞不成功。于是他暗下决心，一定要搞出杂交水稻！

此后，为了寻找到水稻雄性不育株，他顶着烈日，昼夜兼程，披星戴月，用一双沾满了泥巴的腿，几乎走遍了整个南中国。1964 年 7 月 5 日这天，经过连续十六天在农场稻田的苦苦寻找，他终于发现了一株雄性不育株！

接下来，他经过两个春秋的试验，并把两年来获得的科学数据进行了分析整理，然后撰写出了第一篇论文——《水稻的雄性不育性》，发表在 1966 年的《科学通讯》第四期上。

这篇论文的发表，不仅证明袁隆平的培育杂交水稻的理论是科学的，切实可行的，而且迈开了中国杂交水稻研究工作的第一步。甚至有人还说，袁隆平的这篇理论，吹响了世界第二次“绿色革命”进军的号角。

然而，就在袁隆平刚刚吹响第二次“绿色革命”进军号角之际，“文化大革命”的号角也吹响了。由于袁隆平有一个在国民党政府侨务委员会当过科长的“历史反革命”父亲，还有一个曾在教会学校念过书的“洋奴”母亲，再加上他犯了一个“矛头直指最高领袖”的“现行反革命”罪，于是上百张批判他的大字报很快刷满了学校的墙内墙外，而“黑崽子”“资产阶级臭老九”“现行反革命”等帽子也开始扣在了他的头上。他的所谓“现行反革命”罪，是指1966年春播之际，上级下达指示，要求必须在几天之内完成稻谷的播种。当时正是寒潮南侵之时，结果，凡是按上级指示播种的秧苗，全都烂了；唯有袁隆平按天气的实际情况推迟了播期的秧苗，全被保住了。于是袁隆平很感慨地说了一句：“农业‘八字宪法’，我觉得还应该加上一个‘时’字，以便让领导们都知道‘不误农时’的重要性和后果。”有人马上告了状，说袁隆平篡改了“最高指示”，他说的那句话便是“现行反革命分子”的依据。

对学校发生的事情，一心埋头搞杂交水稻研究的袁隆平开始并未引起注意，直到有一天他看见批判他的大字报已经贴到了他的教室门口，才趁食堂开饭之机赶忙偷偷看了起来。当他看见一张《彻底砸烂袁隆平资产阶级的坛坛罐罐》的大字报时，忽然想起自己培育杂交水稻秧苗的六十多个坛坛罐罐，于是转身便向存放坛坛罐罐的试验地跑去。可等他跑到试验地一看，他的六十多个坛坛罐罐已经全被砸了个稀巴烂，所有的秧苗也被扔得满地皆是。望着自己好不容易才培育出来的雄性不育秧苗被践踏成如此样子，袁隆平伤心地流下了眼泪。

当晚，袁隆平趁天黑无人之际，在妻子的掩护下，又偷偷摸摸到试验场地，把部分残存的秧苗收集起来，藏在了苹果园的一条臭水沟里。许是苍天显灵，几天后，臭水沟里的雄性秧苗竟绝处逢生，奇迹般地生长起来……

1970 年 10 月的一天，袁隆平和他的助手李必湖、冯克珊在海南岛一个叫荔枝沟的地方，终于发现了一株雄性败育的野生稻，袁隆平当即将它命名为“野败”。但要将“野败”转为“不育系”，进而实现“三系”配套，然后再直接用于大田生产，其间还横着一道道的难关。

当时，袁隆平面临两种选择：一是将费尽了千辛万苦才发现的“野败”这一最新材料全部封闭起来，而后师徒三人关起门来自己悄悄研究；二是将这一最新材料公布于世，欢迎更多的科技人员一起研究，共同攻关！

一向把科研成果当作全社会共有财产的袁隆平毫不含糊地选择了后者。他毫无保留地向全国的育种专家及时公布了自己的这一最新发现，紧接着又无私地把自己辛勤培育的“野败”材料全部奉献出来，分送给了我国有关单位。于是，湖南、广东、广西、江西、湖北、福建、新疆等十三个省、市、自治区十八个单位的五十多名农业科学工作者，先后赶到海南，与袁隆平他们一道研究、试验。

1973 年 10 月，袁隆平在苏州召开的水稻科研会上，正式宣布杂交水稻“三系”配套成功！

从此，在中国这片拥有灿烂古文明的土地上，拉开了杂交水稻大增产的序幕。

1975 年冬，国务院作出了迅速扩大试种和大量推广杂交水稻的决定，并投入了大量的人力、物力和财力，于是湖南出现了千军万马下海南的动人局面。当年全国多点示范便达五千六百多亩，第二年示范推广面积又达两百零八万亩，接着全国很快将试验成果开始应用于生产。

从 1976 年到 1988 年，十三年间全国累计种植杂交水稻面积共十二亿五千六百万亩，累计增产水稻一千亿公斤以上，为国家增加总产值二百八十亿元，从而取得了巨大的经济效益和良好的社会效益。仅 1987 年一年，袁隆平和他的同事们培育出来的杂交水稻，就给国家增产三百亿斤粮食，而一个辽宁省一年的产量才两百五十五亿斤。

由于水稻的增产，老百姓干枯的锅里又有了米粒跳动，饥瘦的脸上又开始泛起了红润，无望的眼里又透出了光泽，于是老百姓把袁隆平发明的杂交水稻称之为“翻身稻”“幸福稻”。湖南一位老农甚至还说：“我们现在能填饱肚子，全靠‘两平’：邓小平和袁隆平！”

而袁隆平也自豪地说：“利用水稻亚种间杂交优势，是各国育种同仁梦寐以求的愿望。但过去，它只是水中的月亮，看得见，捞不到。现在，我们不仅已将它变成水中的鱼，而且连网也做好了，只是打捞起来的问题了！”

但是，面对杂交水稻取得的成就，袁隆平并未就此止步。他每日每夜，每时每刻，依然会感到饥饿对中国人的威胁，依然会为饥饿问题而深感忧虑。

袁隆平对饥饿的忧虑有着足够的理由。

饥饿、疾病、战争，从来就是人类的三大敌人。甚至有人还说，人类的历史，其实就是一部求食史，一部与饥饿的斗争史。饥饿从来就是高悬在人类头顶的一柄达摩克利斯之剑，随时都有可能给人类带来毁灭性的一击。

难怪 1979 年，联合国粮农组织第二十一届全体大会正式决定：从 1981 年起，将每年的 10 月 16 日定为“世界粮食日”；并提出让“粮食第一”成为全世界人民的行动口号，以期唤醒世界公众的“饥饿意识”，以此警醒地球人类要努力发展粮食。

的确，人类同饥饿的斗争已经延续了几百万年，直到一百万年前，农业社会出现之后，人与饥饿的斗争才稍有缓解。

但缓解并不等于消除。

1974 年，联合国粮农组织曾经提出，要在今后的十年时间里，做到没有一个儿童因饥饿而死亡，没有一个家庭害怕第二天没有面包，也不再因营养不良而产生严重后果。但十年已经过去了，情况并无大的改观，今天的现实依然是：第三世界还有八亿人在饿着肚子，其中有一亿九千二百万是不到五岁的儿童；全世界还有八十八个国家处于缺粮状态，每年还有一千八百万人因饥饿而死去！

而且，随着世界人口的不断增多，粮食问题越来越成为下个世纪的大难题，饥饿将继续困扰着人类。据可靠资料表明，本世纪初，全世界的人口大约只有十五亿，可到了1994年，全世界的人口则已增至五十六亿四千二百万，1995年又增加到五十七亿四千二百万。有专家预测，到2030年，全世界的人口将增至九十亿，2050年将增至一百亿，是现在人口的一倍还多。而在今后的二十年到三十年中，世界人口仍将以每年八千五百万的速度递增；一些非洲国家因粮食供应不足而引起营养不良的人口，将由现在的一亿八千万猛增到三亿！

更何况，地球上可耕地资源的开发和开采，早已超过了限度；同时随着水土的不断流失，环境资源的愈加恶劣，粮食的生产还会大打折扣！那么地球如此之小，人口如此之多，人类将从哪里去讨取粮食，将用什么来填充肚皮呢？

而世界农业考察组公布的一份统计表，更是令人触目惊心：1995年9月12日凌晨1点30分，一个由美国华盛顿高层农业专家、气象专家以及遥感卫星专家组成的世界农业考察组，根据世界上一百多个农业国家提供的报告和卫星观测的数据，对全世界粮食作物的产量和市场供给情况进行了认真严格的分析，而后用一份统计表的形式，完成了关于世界农业的最新报告，并当即通过国际交换网络发往世界各地。而就在当天上午8点30分，当世界观察所所长布朗在自已的电脑上看到这份统计表并将它与全球的人口数联系起来考虑时，这才惊讶地发现：留给1996年的世界粮食的储存量，只够全人类吃四十九天了！

于是，布朗先生惊呼：在一个人口急剧增长的世界，留给下一年的粮食储存量，已经成为衡量我们这个小行星能否养活日益增长的人口的关键指标。随着世界人口的剧增和粮食储备的下降，人类最大的挑战将是如何度过每年青黄不接的季节。

甚至有专家还大胆宣称：未来的真正威胁，不是军事侵略，而是饥饿！

再从中国的情况来看，饥饿的威胁也并非空穴来风，袁隆平的忧虑自在情理之中。

众所周知，中国农业的耕地面积只占世界的百分之七，却养活了百分之二十二的世界人口；中国的播种面积只有美国的百分之七十，却要供养比美国多三四倍的人。尤其是近二十多年来，尽管中国始终坚持推行计划生育的政策，但人口这个包袱仍是一个巨大的负担。1988 年 7 月 11 日，联合国人口基金会送给中国一个人口钟，这个人口钟上的液晶数字显示：中国每一分钟，净增人口二十五人；每一小时，净增人口一千四百五十九人；每个年头，净增人口一千五百万人！仅仅这一千五百万人口，就与澳大利亚的总人口相等。有关部门统计，照此下去，到 2040 年，中国的人口将增至十五亿六千万！于是已有十二亿人口的中国，对全世界而言，肯定是一个吞吃粮食的庞大胃口！

此外，国际水稻研究所也早就发出警告，以稻米作为主食的亚洲国家，到 2025 年将面临严重缺水。从 1990 年到 2025 年，亚洲的人均可用水量将减少 40%－60%；其中的中国，早被联合国列为世界十三个缺水的国家之一。而全世界的大米百分之九十的生产和消费都在亚洲，假如到时真的出现严重缺水，水稻怎么生长？水稻不能生长，粮食从何而来？

何况，1990 年中国科学院的专家们已用确切的数据向国人证实：中国的土地沙漠化每年正以两千一百平方公里的速度向前推进。国际土壤中心则已经把中国列为全球生产用地最严重的国家之一。不少数据表明，中国现有的很大一部分土地正“带病”坚持生产，地力正日渐衰竭，若不给予有效治理，有朝一日很可能就寸草不生！

还有让袁隆平深感忧虑的，是全球性的粮食耗费问题。

中国是个产粮大国，同时也是个耗粮大国。据统计，中国人一天就要吃掉十五亿斤粮食！但口粮仅仅是耗粮中的一部分，而主要是那些以粮食为原料的食品加工业，它们每天都要吞吃数亿斤粮食！仅以白酒为例，酿造一公斤特殊的白酒，需耗费五公斤粮食；酿造一公斤一般的白酒，需耗费二点五公斤粮食。据1994年有关部门统计，中国年产白酒共六百五十一万吨。也就是说，光是1994年这一年，中国人就喝掉了一千四百三十二吨粮食，相当于北京市一千一百万人口三年多的口粮！

据有关权威部门透露，全国目前登记在册的酒厂就有四万家，光四川就有白酒厂六千九百余家，广东也有白酒厂六千多家。以至1996年3月14日上午，李鹏在人民大会堂山东厅听取一次汇报时插话说："现在的粮食不是多了，而是很不够！现在我们白酒的产量相当高，一年要用掉五百多亿斤粮食！"

从国外的情况来看，粮食的耗费同样十分严重。按照联合国粮农组织的统计，发达国家每人每天平均摄取的热量多达三千三百四十大卡，超过了人体需要量的百分之三十一，故每一百人当中，就有五人营养过度；而有一个肥胖患者，便意味着会有十六个营养不良的孩子。

据有关资料表明，美国人一天浪费和扔进垃圾箱的食品，足以供非洲大陆各国人民食用一个月。美国养有四千万条狗和两千三百万只猫，一只狗或猫所消耗的粮食，比第三世界国家中人均消费的粮食还要多。难怪联合国在《1992年人类发展报告》中这样公布："富裕的国家只占世界人口的百分之二十五，粮食的耗费却占去了百分之六十。由此而形成了人类的一大景观是：一小部分人吃掉了大部分人的粮食，多数人的骨瘦如柴，换来的是少数人的大腹便便和肥头肥脑！"

而且，在这个本来就缺粮的地球上，与人类竞相耗费粮食的，还有老鼠！

据联合国粮农组织统计，全世界现有八亿四千万人处于饥饿状态；但全世界每年生产的粮食，却有十分之一被老鼠白白吃掉！仅尼罗河两岸每年生产的小麦，就有一半都被老鼠偷偷吞吃。

据中国农业部有关材料披露，中国在80年代中期，鼠害曾一度猖獗肆虐。经过开展大规模的群众性灭鼠斗争后，鼠害在80年代末明显有所缓解。但进入90年代后，鼠害又逐渐开始回升，全国农田鼠害面积已高达四亿亩！

1989年，海南省水稻鼠害面积八万四千公顷，损失粮食六千五百六十吨；水稻病虫害面积近二十一万公顷，损失稻谷两万七千万吨。

因此，鼠类专家们不得不发出强烈呼吁："人类要想在新的世纪里更好地生活，就必须消灭老鼠！"

………

由此可见，粮食对我们生存的这个世界，是何等的重要；饥饿对生活在今天的我们，潜藏着多大的危机！

于是粮食问题，成了20世纪末最敏感也最沉重的话题，世界各国无不为此深感不安；而关于人类明天的饭碗问题，尤其是关于中国明天的饭碗问题，不仅让中国的水稻专家袁隆平深感忧虑，也让国外的许多专家、学者感到恐慌。

美国世界观察研究所所长布朗便是其中最典型的一个。这位世界著名的经济学家自1994年9月以来，针对中国未来的粮食问题，先后发表了自己一系列的看法，比如：

> 中国是个庞大的国家，用十几亿人口乘以任何一个数字，都是一个很大的数字；如果每个中国人多喝两瓶啤酒，那么挪威的全部粮食产量就被消耗掉了；如果中国人用日本人一样的水平来消费海产品，那么全世界从海洋捕获到的海产品，都将被中国人全部吃光。

> 中国的粮价上涨，将导致世界粮价的上涨；中国的耕地缺乏，将致使世界上每一个人的耕地缺乏；中国的水资源不足，将影响整个世界。

正从农业社会迅速转向工业化社会并已经拥有了十二亿人口的中国，将会成为巨额的粮食进口者，这将向整个世界发出一声响亮的醒世呼唤。它将给我们这个已经拥有五十七亿人口的星球带来巨大的生态冲击，它将迫使人们重新思考“安全”的定义，因为食物匮乏和经济不稳定带给我们的威胁，将比武力侵略更为可怕。

如果一个拥有十二亿人口的国家依靠世界市场来获得它所需要的大部分粮食，那么美国以及其他国家的粮食出口能力将会显得力不从心，从而会大幅度哄抬起粮食价格，让世界每一个有人生存的角落，都会深受影响。

到 2030 年，中国将减少一半的良田，而今后四十年中人口却会增加四亿九千万。中国的粮食缺口将达到二亿零七百万至三亿六千九百万吨，而世界却无法向中国提供足够的粮食。因此，21 世纪的中国将陷入一个饥饿的绝境，中国将会出现无法养活自己的局面。

…………

根据上述理论，布朗先生还提出了一个令全世界都大吃一惊的问题：

下个世纪，谁来养活中国？

布朗这一问题的提出，可谓惊世骇俗。世界各国，反响极大；对中国的震动，更是非同一般——上至中央领导，下至学科专家，甚至庶民百姓，无不对此投以极大的关注。

的确，中国人口如此之多，对粮食的需求数量很大，且越来越大。

若要依靠进口粮食来解决中国人的饭碗问题，几乎是不可能的事情。唯一的出路，就是依靠自己。

对此，李鹏说，吃饭问题始终是中国的头等大事。中国的粮食增产潜力很大，我们能够立足国内解决自己的吃饭问题。农业部长李江也对外宣称：中国人完全有能力养活自己。

中国人真的能自己养活自己吗？

对享有“杂交水稻之父”之称的袁隆平来说，最好的外交辞令，便是实实在在的行动。

袁隆平虽然大半辈子都一直与农田和秧苗打交道，却是一个心胸广阔、眼光高远的人。他认为，下个世纪究竟谁来养活中国的问题，不仅对中国人很重要，对全人类也同样很重要；不光对中国是件大事情，对全人类也是一件大事情！必须超越人的果腹这一最低需求，超越国家与民族的界线，从整个人类粮食发展的战略高度来考虑如何生产更多更好的粮食问题。粮食问题或者说吃饭问题虽然看起来是人类的一个基本问题，但是，粮食问题在今天不仅仅是个粮食问题了，它和一个国家经济的发展以及社会文明的更新已经紧密联系在了一起。虽说他发明的杂交水稻在全国已经进行了大面积的推广，并取得了显著的成就，但目前的中国，毕竟还有五千八百万人口没有解决温饱问题；当下的世界，毕竟还有八亿四千万人在饿着肚子；而明天的中国人和外国人，也依然还要靠粮食来填饱肚皮！

所以，对国外某些专家高谈阔论的事情，袁隆平没有什么兴趣，几十年的生活经验只让他懂得了一个道理，这个道理浅显又深奥，那就是：老百姓的肚子饿了，就得有东西来填肚子；这个填饱肚子的东西，就是粮食，也只有是粮食。所以，他只想做到和一定要做到的，就是用行动和事实向世界证明：中国人在下个世纪里，不仅自己能养活自己，而且还会比现在活得更好！

其实，面对世界性的饥饿问题，面对中国人明天的饭碗问题，早在1984年，袁隆平便提出了超高产育种的战略思想。只是由于多方面的原因，他的这一思想当时没有引起应有的重视。

1985年，袁隆平怀着强烈的责任感，写出了《杂交水稻超高产育种探讨》一文。他在此文中明确指出："面对国际上的育种新动向和我国在本世纪末要把农产值翻两番的任务，我国杂交水稻育种必须制定超高产育种研究计划。"1987年，他又提出了杂交水稻育种新的战略构想。他认为，杂交水稻的育种，无论在育种方法上，还是在杂种优势水平上，都具有三个战略发展阶段。因此要挖掘杂交水稻增产的巨大潜力，以及更优良的品质，就必须冲破"三系法"的框框，向"两系法"发展，最后再向"一系法"冲击。

袁隆平这一新的战略构想公布后，很快得到了国际国内科学家们的认可和响应，被人称为"袁隆平思路""袁氏设想"，并成为中国杂交水稻育种的一种指导思想；甚至国外有科学家还声称，"袁隆平思路"是水稻史上的一块里程碑。

国家科委对袁隆平的这一新的战略构想十分重视。1987年，袁隆平的"两系法"杂交水稻攻关课题被正式列入"863计划"，并由他出任主题专家组成员和专题组组长。此后，由袁隆平率领全国二十二个工作单位、数百名科研人员，开始了对杂交水稻的新探索。

为了攻下"两系法"杂交水稻这个难关，年近六旬的袁隆平只要没有出差，每天都要去实验室，下试验田；凡是去找他的人，无论是中国的记者、官员，还是外国的专家、学者，只有在试验田里才能见到他。一次，一位外国记者去找他，当有人指着试验田里的袁隆平向这位记者介绍时，这位记者见袁隆平蓄着平头、打着赤脚、挽着裤腿，全身上下还沾满了泥巴，完全不敢相信站在他面前的这位老农民，居然就是闻名世界的"杂交水稻之父"。因为他亲眼见到的袁隆平与那些当地的土农民，从头到脚，没有一点区别。

1991年3月的一天，一位中央领导到湖南考察，与袁隆平等农业科学家座谈，由袁隆平汇报杂交水稻的研究和推广情况，他说："1990

年全国种植杂交水稻两亿三千八百万亩，约占全国水稻种植面积的百分之五十，而稻谷总产量占全国总产量的百分之六十以上，杂交水稻平均单产四百四十公斤，比全国水稻平均亩产增加八十五公斤。”中央领导一边听，一边还做了笔记。

袁隆平接着汇报说：“杂交水稻从三系到两系，再到一系，还大有发展前途。目前生产上三系杂交水稻起主要作用，但我们科研的重点放在两系杂交稻的研究上，现已初步取得了成功。两系杂交稻去年全省示范两千多亩，平均亩产达五百零七公斤，有的达六百多公斤。今年我们要示范两万多亩，等搞出个单产六百公斤的千亩示范片，再请领导们来验收。”

这位中央领导说：“十二亿人口的吃饭问题始终是个大问题。我看到了你们研究中心的杂交水稻，就看到了中国农业的希望!”

此后，袁隆平又开始向着更高更大的目标冲击。为了杂交水稻，为了中国人今天和明天的饭碗，他常年奔波于海南、长沙等地，几乎到了痴迷的状态。有一次，他还做了一个梦，梦见自己在农校的水田边散步，发现自己的战略设想完全变成了现实：田里的稻子长得比高粱还高，谷穗比扫帚还长，谷粒比花生米还大。梦醒来后他就想，要是把国家杂交水稻工程中心建在湖南长沙就好了。但他算了一笔账，建立这样一个水稻研究中心，需要人民币两千万元!

到哪儿去弄这笔钱呢?

从不发愁的袁隆平，开始愁眉苦脸了。

1994 年 12 月 16 日上午，李鹏来到湖南省农业科学院，会见了袁隆平等科学家。袁隆平向李鹏汇报说：“自 1973 年杂交水稻研究取得成功以来，全国累计种植面积达到二十四亿亩，共增产粮食两千四百亿公斤。目前用两系法育出的新组合比原来的增产百分之十。”

接着，袁隆平向李鹏谈了希望在湖南长沙建立杂交水稻工程中心的构想，希望李鹏总理能帮助他解决一千万元的经费。

李鹏听后当即表示：“我愿意拿出一千万支持你们! 但有个条件，

三年内要培育出亚种间杂交水稻新组合。”

袁隆平一听，高兴得一下站了起来，拍着自己干瘦的胸脯说：“请总理放心，我们保证做到！”刚一说完，精明的袁隆平马上把《关于建立杂交水稻工程中心的申请报告》递到了李鹏的手上，同时把早就准备好了的一支钢笔也递了过去。

李鹏接过笔来，当场签下了“同意。李鹏”四个字。然后李鹏说：“中国是个农业大国，农业搞好了，国家就稳定。到本世纪末，只有六年的时间了，我们要再增加五百亿公斤粮食，任务艰巨得很呀！十二亿人口吃饭的问题，始终是中国的一个大问题。像我们这样的国家，若是到国际市场上去买粮食，就是买回一百亿公斤也受不了。所以，解决吃饭问题，只能靠我们自己。”说完，李鹏才把报告递到了袁隆平的手上。

袁隆平接过有李鹏亲笔签字的报告，手指和心尖都激动得颤抖起来。他获得的仿佛不是一千万元人民币，而是国家总理对他的一种鼓励与信任！

1996 年，是中国粮食生产史上又一个特大丰收年。尽管这一年也遭受了自然灾害，粮食收成却出奇的好。据国家统计局统计，粮食总产量达到了四千八百五十亿公斤，比 1995 年增产百分之三点四，增产超过两百亿公斤！而从 1986 年到 1996 年十年间，中国的杂交水稻累计推广了一亿六千公顷，增产稻谷二亿四千吨，每年相当于增加了一个中等省份的粮食产量！

美国普渡大学教授汤·巴来伯格在《走向丰衣足食的世界》一书中，对袁隆平有这样一段评价：

> 袁隆平赢得了中国可贵的时间，他增产的粮食实际上使人口增长率下降了。他在农业科学上的成就，击败了饥饿的威胁。袁隆平领导着人们走向丰衣足食的世界；同时，他给那些保守者上

了一堂很有价值的课，这就是怎样在农业科学事业上去创造功绩。他把西方抛在了后面，成为世界上第一个成功地利用了水稻杂交优势的伟大科学家！

是的，如果说中国古代真有传说中的神农，那么袁隆平则可称之为中国当代的神农。

从1981年起，袁隆平先后获得了中华人民共和国第一个特等发明奖、联合国知识产权组织“杰出发明家”奖、联合国教科文组织科学家奖、英国让克奖、美国菲因斯特拯救饥饿奖、香港何梁何利基金奖、联合国粮农组织“粮食安全保障荣誉奖”、日本“日经亚洲大奖”等国际国内若干大奖。1992年，中共湖南省委、湖南省人民政府还授予袁隆平“功勋科学家”的称号。

袁隆平发明的杂交水稻，不仅为中国做出了贡献，而且在全世界二十多个国家得到了推广和应用。为了让杂交水稻更好地服务于全人类，1986年10月6日，湖南杂交水稻研究中心、湖南省科协和国际水稻研究所在长沙联合举办了“长沙杂交水稻国际讨论会”。美国、日本等二十多个国家和地区的九十名外国代表以及国内二十四个省市的一百五十五名代表出席了会议。1992年初，联合国粮农组织还作出了一项重要决策：借助中国的力量，把在全世界范围内推广杂交水稻技术作为一项重要的战略计划来实施，并在几个主要水稻生产国家优先发展杂交水稻。于是，在中国专家的指导下，人口仅次于中国的印度作出规划，在本世纪末种植一千万公顷杂交水稻！甚至连小小的越南，也计划在本世纪末推广七百五十万亩杂交水稻。

为此，袁隆平还亲自到美国指导如何种植杂交水稻。后来中国的杂交水稻在美国经过两年的试种，取得了显著的成效。美国一家公司还专程到中国拍摄了一部纪录片，片名叫《在中华人民共和国的花园里——中国杂交水稻的故事》。该片中的解说词称：“袁隆平先生解决了世界各族人民的吃饭问题！”摄影组的组长还说：“这个影片如果拿到西方去放映，将会震动西方世界，必将吸引更多的人了解中国！”

在邻国日本，中国的杂交水稻更是引起强烈轰动。日本人在《神气的水稻威胁》一书中说：“中国的杂交水稻，给日本带来了风暴！”甚至还有人宣称：杂交水稻是中国继“四大发明”之后，对人类做出的第五大贡献！

于是，“世界杂交水稻之父”的桂冠，便自然而然地戴在了中国袁隆平的头上。

作为一个科学家，袁隆平一生能获得这样一个称号，恐怕并不比获得诺贝尔奖容易，也并不比诺贝尔奖逊色。中国著名的计算机专家李国杰就说过，袁隆平对中国的贡献，并不亚于“两弹一星”！

但是，袁隆平在通向中国工程院院士的路上，却并不顺当。

1991 年 5 月，湖南省人民政府推荐袁隆平为中国科学院生物学部学部委员候选人。但在 1992 年公布的新增的二百一十位中国科学院学部委员中，生物学部新增了三十四人，袁隆平却榜上无名；1993 年，湖南省人民政府再次推荐袁隆平为中国科学院生物学部学部委员候选人，结果袁隆平再次落选。

1994 年 11 月 23 日，国家科委领导向国务院汇报全国农业科技问题。汇报间隙，李鹏突然插话，问了一句：“湖南的袁隆平，为什么没评中国科学院院士？”

有人答道：“中国科学院院士得凭外文和论文。”

李鹏又问：“是不是袁隆平的外文不行？”

有人答道：“袁隆平的外文不错。”

…………

后来，经湖南省人民政府、中国作物学会、中国农学会、中国科协、中国资源委员会等单位同时推荐，1995 年 5 月，袁隆平终于被批准为中国工程院院士。

其实，作为一个科学家，袁隆平看重的是自己的科研成果，而不是各种徒有虚名的桂冠。他淡泊社交，淡泊名利，一年四季，只管埋头田间搞试验，而对社会上各种名目繁多的头衔，能不沾边的就坚决不沾边，能辞掉的就坚决辞掉。他曾先后婉言辞去过全国人大代表、湖南省农业科学院名誉院长、副院长等若干头衔。他想的是，在即将到来的21世纪里，各方面的情况远比过去复杂得多，为了今天的中国能够自己养活自己，也为了21世纪十六亿中国人能有饭吃，他必须扎扎实实地做好今天要做的事情。

作为杂交水稻研究与发展的战略家，袁隆平总是比大家站得高、望得远。超级杂交稻实现第一期大面积亩产七百公斤的目标后，他并没有松一口气，而是又开始思考如何把亩产提高到八百公斤的问题。

袁隆平的一位学生，写到对袁隆平的印象时，有这样一段话：

> 最诱人的莫过于袁老师的灵感。不论是从那“鹤立鸡群”的特异稻株悟出天然杂交稻，还是从“叶里藏金”的表征中挖掘出“超级杂交稻”的形态模式，那看似微弱的缕缕思想火花，使杂交水稻得到一步步升华。不久前，袁老师去北京参加院士大会，那里有众多学术思想汇聚在一起，而他的思想里竟又跳跃出一个灵感，他兴致勃勃地打电话回来，把他的想法告诉了我们。刹那间，我们顿感豁然开朗：低温加短日照的双重机制，给两系杂交稻上了双重保险，从而使两系杂交稻制种风险等于零。可想而知，这个灵感解决了多少疑惑，将为两系杂交稻的制种扫除多少障碍！
>
> 袁老师远不只在科研实践中给予我们最佳指点，在日常的其他工作中同样让人领略他师道的厚重。袁老师英语水平很高，我最佩服他能听懂各地老外说的英语，就连那些说得像鸟语一样的印度、孟加拉英语，对他来说也毫无问题；他的词汇量超过我们多少不得而知，只知道许许多多的生僻词他信手写出，还给我们讲出它们的词性、用法等等。单看他那本被翻烂了的厚厚的英汉辞典，就可想象出他对英语的熟识程度。袁老师常常告诉我们学

习外语的方法，比如他教我利用循环记忆法和零碎时间背单词，教我学英语的好办法就是每天背一个纯正的英语句子，教我练习听力就是要将英语广播录制下来，并反复播放收听等等。他反对死板地学教科书，而认为在应用中学习才是有用的。他对我从严要求，记得有一次，袁老师布置我给国际水稻所的所长回封信，说他下田回来看。可是不巧天下起了倾盆大雨，袁老师一时回不来。可他没忘布置给我的这项任务，他用身边同事的手机给我打来电话，在电话里他说道：Hello，this is Yuan Longping speaking。这突如其来的电话，真使我有点手忙脚乱，袁老师在考我啊！但同时也使我十分惬意地感受到袁老师是多么风趣和幽默！紧跟着他继续用英语讲他由于下雨回不来，要我将回信的内容念给他听，而且边听边改，最后还给了我一个鼓励：much improved。

由于袁隆平首创的两系法杂交水稻产量高、米质优，特别适合大面积种植，所以目前中国有一半的稻田里播种的都是他亲手培育的杂交水稻；而且每年收获的稻谷有百分之六十都源自于他培育的杂交水稻，每年增长的稻谷可养活六千万人口，相当于三个澳大利亚。于是，袁隆平这个“中国农民”的名字，越来越受到国际上高度的重视。

然而袁隆平对一些虚荣的东西总是看得很淡很淡，从来不为名利所累。在他看来，这个世界一切都可以超脱，都可以舍弃，唯有杂交水稻，才是他心中不死的上帝！如他自己所言：“杂交水稻这一科研成果不仅属于中国，也属于世界。希望这项成果能为解决人类仍然面临的饥饿问题，做出更大的贡献！”在他心里，除了杂交水稻，就是农民。他可以推脱许多冠冕堂皇的“大事”，却愿意为面向农民的报纸题词：祝农民朋友早日致富！他语重心长地给同事和学生们说，农民光靠种粮是富不起来的。我研究的目的，就是为了让农民种粮的单产得以最大限度的提高，让农民在有限的土地上，腾出部分土地种植经济效益高的作物，这叫种植结构调整，从而实现致富目标。

为了这一目标，他甘愿奉献一生。

B. 让你活得更好

袁隆平一生考虑的是人的饭碗问题。

侯云德一辈子考虑的，则是人的生命健康问题。

侯云德是中国预防医学科学院病毒学研究所所长、863 生物领域第一、第二和第三届首席科学家。“863 计划”实施十多年来，在所有专家中连任三届首席科学家的，只有两人，一个是蒋新松，再一个就是侯云德。

四十年来，侯云德一直从事分子病毒学研究。通俗点说，就是专门研究人的生命的奥秘，专门研究人的某些疾病发生的原因，然后再找出预防、根治这些疾病的最佳办法。

一句话，想方设法，让你活得更好！

生命问题是自然界中最为复杂的问题，生、老、病、死，是这个世界人人都逃脱不掉的烦恼。据说，当年的佛祖释迦牟尼就是为了解除人的这四大烦恼才出家修炼、创立佛教的。佛祖释迦牟尼能否解除人的这四大烦恼，不在我们的讨论之列；生、老、死的问题，我们也用不着过多忧虑；而唯有病，是摆在我们面前一个实实在在的问题。人只要活着，就会生病，无论是你和我，还是他和她，谁都逃脱不了疾病的纠缠与苦恼。疾病既是人类最“忠实”的“伴侣”，又是人类最可恨的敌人！

因此，人为什么会生病？怎样才能使人不生病？生病后又如何才能得到及时有效地治疗——尤其是癌症和艾滋病之类的病，便成了一些生物学家一辈子苦苦研究、探索的问题。

侯云德决心献身医学事业，以解除疾病对人的痛苦，是在他刚满十九岁那年。

十九岁，一个稚嫩的年纪，也是一个充满了梦幻的年纪。这一年，从小便怀有一颗慈善之心的侯云德，由于受了当医生的哥哥的影响，中学毕业时，什么也不想干，就想当医生，于是毫不犹豫地报考了同济大学医学院。结果，一举中的，如愿以偿。

七年寒窗苦读，侯云德顺利完成大学学业，毕业后顺利跨进了中央卫生研究院的大门。1958 年初冬，他又被选送到苏联，在莫斯科苏联医学科学院伊凡诺夫斯基病毒研究所攻读副博士。

在苏联学习期间，侯云德留给苏联专家最深的印象，就是刻苦。留学四年，他绝大部分时间都是在试验室和图书室度过的。伊凡诺夫斯基病毒研究所每天下午 4 点半下班，下班时用侯云德自己的话说，别人都走了，就他一个人死活赖在那儿不走，直到午夜最后一班地铁时间到了，才匆匆乘车赶回宿舍睡觉。后来，他的行动终于感动了门卫，每次受到破例“宽待”；再后来，被感动的门卫干脆把研究所试验室的钥匙塞到他的手上，于是他每晚都能坚持加班到深夜。

侯云德的导师是位博学而善良的苏联女教授，深为侯云德刻苦钻研的精神和出众的才华所打动。为了支持他的工作，女教授在他到苏联不足一月的时候，便为他专门配备了一位助手和一名小工。

侯云德除了埋头搞试验，还坚持撰写论文。留苏期间他发表了十七篇论文，有的论文影响还不小。由于他频频发稿，以至于苏联《病毒学杂志》的编辑们竟专程跑到研究所来打听：侯云德到底是何方圣贤？而与他同处一个研究所的苏联同事，一旦遇到了什么难题，导师不在时，也把他这位中国留学生当成了可以信赖的老师。

通过不懈的努力，侯云德在研究呼吸道病毒和细胞融合机理方面取得突破性的成果。后来美国学者就是在他的这个研究基础上加以发展后，取得了世界杂交瘤细胞的重要研究成果。为此，苏联高等教育部破例越过副博士学位，直接授予他苏联医学科学博士学位。这在苏联病毒学史上尚是首次。当晚，他的导师还专门为他举办了隆重的庆祝晚会，他被感动得热泪盈眶，彻夜未眠。二十年后，当他以中国“863 计划”生物领域首席科学家的身份重返莫斯科时，当年的导师还亲自到机场去迎接他。

留苏回国后，侯云德被分到中国医学科学院病毒学研究所。之后他全力以赴，把主要精力用在了对呼吸道病毒病的病因的研究上。因为现代医学早已证明，引起人类感冒的主要病原是病毒。而他在青年时代就开始了对感冒病原的研究。他认为，感冒这种病，虽然看起来并不严重，却是一种十分常见的病，非常令人讨厌的病。中国人口多，患这种病的人相当普遍，如果能为中国的感冒病患者找到医治的办法，是他最大的欣慰。

不久，他通过对中国传统中药黄芪的抗病毒作用的开拓性的研究，发现黄芪可以抑制某些病毒的繁殖，可以诱生干扰素，可以预防感冒，并在临床上得到证实。这为副流感的分类和感冒的病原学诊断提供了新的依据，为后来研制可预防感冒的黄芪干扰素并推向市场奠定了基础。

然而，正当他风头正劲时，“文化大革命”开始了。

侯云德堪称抑制自然界病毒侵袭的高手，但他面对政治病毒的攻击，却毫无抵抗之力。很快，他就成了“修正主义的黑苗子”并遭到批斗，每天要他“老实交代”的是：苏联为什么会把医学博士这顶帽子给了他而没给别人？这个看似孩子似的提问，侯云德却感到相当复杂，怎么说也说不清楚。但说不清楚也要说，说不清楚更要说，而且必须说。书呆子的他这才知道，原来这个世界除了他的病毒研究室，还有一个比病毒研究室更复杂的“政治病菌所”。

祸不单行。1970 年，女儿生下来刚八个月，还没来得及叫上一声“爸爸”，便被白血病残酷地夺去了生命！

那一刻，望着女儿慢慢闭上了眼睛，听着夫人凄惨的哭声，再想起自己眼前的命运，侯云德悲痛欲绝，痛不欲生，极少流泪的他也忍不住流下了泪水。

病魔夺走了女儿的生命，更让侯云德深刻地体会到，人的生命太宝贵了！他作为一个研究生命科学的专家，对每个人的生命都负有不可推卸的责任。只要能为他人解除病痛，造福天下百姓，哪怕就是奉献自己的生命，他也愿意！

然而，他研究病毒的权利却被剥夺了，他的研究工作被中断了，他为此痛心疾首，又无可奈何。1971 年，他又被弄到江西的永修县农场劳动改造。此后，一年四季，风里雨里，每天挽起裤腿，不是下地种玉米，便是下田种稻子。直到 1973 年，政治的风雨稍稍缓和一点，他才可以重新开始研究工作。

一天晚上，他到办公室，发现墙角扔了一堆乱七八糟的资料。出于好奇，他蹲下去慢慢翻看。突然，他被一篇论述干扰素的文章吸引了，于是他干脆一屁股坐在墙角，慢慢看了起来。

看完这篇文章，他被压抑了多年的大脑兴奋异常。从事医学研究这么多年来，他是第一次接触干扰素。但凭他的敏感，凭他的直觉，他认为干扰素的出现应该是人类医学上一次了不起的革命；用干扰素来治疗疾病，必将有着极大的优越性。而且人类病毒学的研究，很可能从此进入一个新的时代——干扰素时代。因此，尽管他当时担任的是感冒和气管炎病研究室主任，与干扰素这一课题相距甚远，但他决定把干扰素作为自己的主攻方向，为中国填补这一空白。

然而，要想研制出干扰素，谈何容易！

干扰素的诞生，在国外经历了一个相当艰难的过程。

如果你坐在某个试验室，通过显微镜便可看见：一滴水珠，犹如一个偌大的湖泊，其中游动着数不清的小动物。这些小动物能小到在一颗沙粒上排满一百万个。生物学家把这些小动物称之为“微生物”。

科学证明，微生物中的病菌和病毒，无时不在我们呼吸的空气里、吃的食品上、用的饮水中以及我们的皮肤上和血液里。也就是说，微生物中的病菌和病毒时刻都在侵袭着我们人体，从而导致肝炎、伤寒、肺炎等传染病不断发生，层出不穷。在本世纪初，英国著名细菌学家亚历山大·弗莱明发现了青霉素之后，才基本制服了猖狂的病菌，为人类的生存带来了新的生机。

但病菌被制服后，猖狂的病毒却依然继续猖狂，继续威胁着人类肌体的健康。直到本世纪50年代，英国的爱撒克斯和爱德蒙两位科学家经过无数次艰苦试验，才发现了降服病毒的武器：干扰素！

干扰素的发现，如同当年青霉素的发现，很快轰动世界。

1974年，芬兰一位骨癌患者被迫截肢。根据以往的病例，这位病患者最多再能活上一年。但是，当科学家们在这位病患者身上注射了干扰素后，患者一年后却没有死，且至今依然活着。这一事实证明：干扰素不仅能抵御病毒的侵害，而且还具有抑制肿瘤生长和调节肌体免疫等多种功能。

然而，像干扰素这种可以起死回生的灵丹妙药，开始只能从血液中提取，其造价贵得惊人：从六百毫升血液中提取的干扰素，仅能供一次注射使用，且需花费上百美元！

于是，为了大大降低成本，更大批量地生产干扰素，以便普及推广使用，科学家们又着手搞起了基因工程技术。

1976年，侯云德所领导的科研小组终于在国内首次研制成功了人白细胞干扰素。这给侯云德带来极大的喜悦，同时又让他深感不安。因为他用人血细胞制备的干扰素，须用八百毫升的人血才能制备出一毫克；而一支二百五十分之一毫克的干扰素，就要一百多元的人民币！如此昂贵的药品，即便疗效再好，中国又有多少老百姓使用得起？

侯云德为此十分苦恼。

1977年，人的生长激素释放抑制因子基因工程在美国宣告成功，消息再次轰动世界！因为这证明，人类完全可以用基因工程的办法，让细菌来大量生产干扰素。于是世界先进国家立即开始启动干扰素基因工程，且进展神速，形势逼人。

侯云德当然不会等闲视之。1978年，他带领他的助手展开行动。

他的想法是，中国是个人口大国，干扰素有着广泛的用途；一旦研究成功，必定会给十亿中国人民带来福音。

但问题是，当时中国的生物技术还处于刚刚起步阶段，各方面的条件都不具备，实验更是遇到重重难关。比如，国外检验干扰素的基因活性时，必须用非洲的蟾蜍。因为这种动物生长在热带，产卵很多。可这种动物价钱高，又远在非洲，侯云德他们根本拿不出这笔钱来；即使想法搞到一点钱，也不可能到非洲去买，因为这点钱连到非洲的机票钱都不够；但要是用中国的癞蛤蟆，价钱倒是便宜，可一年只产一次卵，又实在太慢。

后来有一天，侯云德突发奇想，想到非洲的鲫鱼也是多卵的，能否用它来替代呢？他便跑到自由市场，到处打听这种非洲鲫鱼，最后在北京养殖场总算买到了这种非洲鲫鱼。且经过试验，获得成功。1979年，在美国召开的国际干扰素会议上，侯云德宣读了这篇论文，获得不少国外专家的好评。

1981年，侯云德到美国、日本和加拿大访问。当他看见这三个国家为干扰素投入了大量的财力、人力和物力并已经攻下了基因工程这一难关，再联想到自己的祖国落后太远甚至几乎还是一片空白时，他心里有一种说不出的难受。回国时，他除了肩上背一大包资料，脑子里装满一大堆问题，还诞生了一个新的设想：创建中国的干扰素基因工程实验室！

历经艰难，干扰素基因工程实验室不久终于如愿组建起来。可当时国内尚无一个成功的先例，一切只能从头做起。侯云德先模仿外国的样子做了几项试验，可所有的程序都是一样，出来的结果就是不同。绞尽脑汁查到最后，这才发现，是北京的水质比美国的硬！

怎么办？总不能从中国坐飞机到美国去买水，然后再乘飞机把美国的水运回中国吧？

只好另辟蹊径，从头试验。

说到试验，其条件更是难以启齿。比如，有一种盛同位素的容器，形状像圆珠笔筒，国内没有这种产品，侯云德只好从国外带回一批。类似这样的小玩意儿，在国外都是一次性消费，用完就扔。可为了节省点钱，侯云德他们每次用过之后，先用肥皂水泡，接着用酸性中和，再用蒸馏水反复冲洗，然后继续使用，反复使用。这个办法有点像家庭妇女每顿洗碗刷筷，用了洗，洗了用；用了再洗，洗了再用。不同的是，比洗碗刷筷更精细，更麻烦。时间长了，谁都嫌烦。但兜里没钱，再烦也得干。

经过上百次的试验和无数次的失败，1982 年夏，基因工程干扰素终获成功！从此，中国成为世界上少数几个能将人的干扰素克隆的国家。

1984 年，侯云德与有关生产单位合作，进行中试开发研究。经五十多个临床单位和两千七百多例严格的疗效对比，证明国产干扰素对慢性活动性乙型肝炎、丙型肝炎、毛细胞白血病、慢性宫颈炎等常见病具有明显的疗效作用；同时，为考核干扰素对病毒病的实际疗效，侯云德又与天坛医院合作，治疗了三百多例与病毒感染有关的子宫颈糜烂病人，有效率为百分之九十。这一结果表明，干扰素对病毒病确有良好的疗效作用。

1986 年，侯云德被推选为“863 计划”生物领域首席科学家。

当了首席科学家的侯云德更是深感自己的责任重大，对工作不敢有丝毫的懈怠。他知道，由于生命科学与人口问题、人类生存问题和健康问题、粮食问题、资源问题、生态环境保护等问题密切相关，所以生物技术在国际上正处于飞速发展的阶段，世界各国都把它作为主导科学来研究，并已经和正在实现一定规模的产业化，开始大量渗透到生命科学的各个领域。而且有人估计，到 2000 年，全世界的生物技术市场，至少可以达到六百亿美元！

中国人口众多，生物技术对人民的生存、健康和社会发展以及环境、粮食等问题，同样密切相关。但中国与国外相比，各方面都相差甚远，而最大的差距，是产品的产业化还是空白。

因此，在侯云德的领导下，“863 计划”生物领域专家委员会先后成立了三个联合研究开发中心，选定乙型肝炎疫苗、干扰素、白细胞介素-2 作为首选目标产品，然后进行研究、开发和中试生产，决心与国外的产品一争高下。

由于侯云德从早到晚忙得不可开交，身体渐渐不支。他本来就患有严重的糜烂性胃窦炎，过去偶尔发作一下，还无关大局；现在经常犯病，一旦发作起来连饭都吃不下，顶多只能喝点稀粥或吃点面条，或者凑合着咽上两片面包。

家人和同事都劝他住院治疗治疗，可为了早日生产出干扰素，以解除更多人的病痛，他死活也不肯躺在医院的病床上。晚上有时胃疼得实在不行了，就在桌上趴上一会儿，或者用手捂上十几分钟，等稍有好转，再继续伏案工作。

有人问他，你都已经是六十多岁的人了，干吗还那么亡命工作？他笑了笑，说，不容易呀，我能赶上一个尊重科学、同时也尊重科学家的好时代，实在太不容易啦！我现在没有人为的阻挠，也没有其他的顾虑，让我担任“863 计划”生物领域的首席科学家，我没有理由不尽心为国家、为人民效力。

1989 年，侯云德研制的第一个人 aIb 型干扰素产品获得成功。人 aIb 干扰素系世界首创，属国家一类药物，是中国第一个经国家批准的基因工程高技术药物。该产品与国外同类产品相比，具有副作用小的优点，在生产菌种和适应症方面，也有创新。

1993 年，人 aIb 干扰素荣获国家科技进步一等奖，并推向市场！侯云德兴奋地说：“基因工程 aIb 干扰素的研制成功并推向市场，是我从事病毒科学研究一生中最感欣慰的事情！”

晚年的侯云德还是那么忙碌。

和从前一样，他每天一早便推着破旧的自行车，悄悄走在西城的一条小巷里，然后7点30分准时跨进自己那个简陋的实验室。晚上回到家，还是和三十多年前一样，坚持伏案工作至深夜。

侯云德把毕生的精力都投入到了对病毒的研究之中，唯一的爱好就是空闲时写上几首诗；而他的夫人钱止维女士也同样笔下生辉，写得一手好诗。侯云德对夫人一往情深，年轻时他和夫人交流感情的最好方式，就是互相写诗；尤其是在苏联学习期间，他与夫人两地飞鸿，互赠诗词，加起来足有好几十首。

1995年8月4日，是侯云德和夫人结婚四十周年的纪念日。头天，夫人对他说："明天是我们结婚四十周年的纪念日，好久没有写诗了，我俩各写一首留作纪念如何？"

侯云德说："我现在太忙了，哪有闲心写诗哟！"

夫人说："毛主席那么忙，还早上爬起来写诗呢！这样吧，我们也明天早上写，不占用工作时间。"

于是翌日一早，二人各写诗词一首。

夫人写了一首《满江红·赞夫婿》。词是这样写的：

颖质天生，
双眸凝，
精气盈溢。
细看来，
布衣藏秀，
眉梢英集。
历尽磨难剑锋出，
壮志即酬功名毕。
纵然是，
聚少离别多，
长盼切。
……

侯云德则为夫人和诗一首。诗是这样写的：

俩小壮志兮均实践，
几多酸辛兮何需言，
沧桑人生兮恨晚知，
朝青暮雪兮奈何天。

是的，步入老年的侯云德先生已不再感叹人生的艰辛，有的只是日复一日的紧迫。尽管他已不再是 863 的首席科学家，可他依然日日夜夜为“863 计划”的种种问题思考着，忙碌着。他说：“我们的目标是，在 21 世纪初要有十至二十种新药取得国家颁发的证书和生产号，以此形成生物高新技术产业的基础，为中国和世界人民的健康做出应有的贡献!”

据科学家预测，以基因诊断、基因疗法、基因工程药物为内容的“基因时代”将于 2010 年以前到来，并有望在 21 世纪前半叶使各种顽疾得到有效治疗。到 21 世纪末，人类将摆脱疾病的困扰，可以健康地活到一百五十岁。在不久的将来，人们生病时，完全可以利用基因技术对照“天书”找病因，既快捷又准确。

当然，这只是一种预测。

但相信，中国有了侯云德这样的科学家，明天一定让你活得更好!

C. 守住国人最后的遗产

金银财宝，房屋土地，森林草原，煤矿油田，等等等等，曾被人类视为这个世界上最宝贵的财产。

然而，历史进入 80 年代后，人类基因资源，却成了这个世界最热门的抢手货。

于是有人说，基因资源才是人类最珍贵的财产，也是人类最后的遗产！

早在1865年，奥地利遗传学家、现代遗传学之父孟德尔便证明，生殖细胞中的“遗传因子”，决定着生物体的形状。后来，人们将“遗传因子”称之为基因。

基因于我们其实并不陌生，比如自然界中的花草鸟虫，尽管岁月流逝千万年，可它们的形状和行为却始终不变，就是遗传基因作用的结果。还有，儿子像父亲，孙子像爷爷，“龙生龙，凤生凤，老鼠的儿子会打洞”等等这些生命现象，也均是遗传基因携带的遗传指令行事的结果。

至20世纪初，科学家们又进一步发现，基因是按照顺序排列在细胞核的染色体上的，每一个基因，都携带着遗传密码；而每个人通过四十六条染色体所能表达的遗传密码，几乎是不可限量、无穷无尽的。一个人从受精卵发育起，直到生命结束，一生中始终受到自己身体中的遗传基因的支配。因此，人类若是一旦弄清了所有基因中所携带的遗传密码的确切含义，便可揭开生命和各种疾病的秘密。

然而，人类和其他生物一样，都是由细胞组成的。人类的细胞中有二十三对染色体，上面含有十万至二十五万个遗传基因，使用着约三十亿个碱基对，要想把其中蕴藏的遗传密码信息全部破译出来，是一件极其艰难甚至不可思议的大工程！

从20世纪70年代起，DNA体外重组和淋巴细胞杂交瘤制备单克隆抗体两大技术的出现，至1982年基因工程药物——人重组胰岛素产品的面世，再到1986年的生长激素、干扰素、白细胞介素等一系列基因工程药品和上百种单抗技术的相继问世，短短几年里就有一批生物技术企业在欧美一些国家展开角逐，以医药生物技术产品为主体的现代生物技术产业开始形成，从而使基因的研制开始走向商业化的道路。

进入80年代，随着巨型计算机的问世，每秒上亿次的运算已是举手之劳小事一桩，于是人类开始对基因这个秘密王国发起攻势。1984年，美国一些科学家便提出要对人类基因组进行测序，随后美国能源部开始组织科学家展开研究。1986年，美国又率先提出了“人类基因组计划”，并于第二年正式列入国家预算。之后，德国、英国、法国、意大利、丹麦、巴西、日本、突尼斯、印度等国先后响应。于是1988年，一个庞大的跨国人类基因组计划国际组织便正式形成。

90年代后，生物技术加快向农业、环境、海洋等领域延伸和产业化，美国等发达国家掀起了生物技术的“第二次浪潮”。由于转基因植物的头号种植大国美国不断向其他国家出口技术，引发了各发达国家在这一领域的激烈竞争。于是作为对全社会最为重要并可能改变未来工业和经济格局的生物技术，以其日新月异的发展，受到了世界各国的普遍关注。

1990年10月1日，美国将“人类基因组计划”正式列入国家重大项目，美国国会还通过了三十亿美元的研究经费，正式启动了“人类基因组计划”，并预计在十五年内将人体总共十万个基因的图谱全部描绘出来，旨在破译人类全部遗传基因和全部碱基排列次序，帮助人类找到治疗癌症、艾滋病等绝症的有效途径，从而通过基因治疗保证人类身体健康，使人类在分子水平上认识自我。

据报道，现已确定了三万个基因的方位，并知道哪些基因属于哪个器官。估计到2005年，人类基因图谱将彻底查清，基因与疾病的对应关系也可逐步核准。目前，有关人的性格的基因的研究也有初步的结果。在美国、欧洲、以色列发现约百分之十五的人有追求好奇、容易冲动、好走极端这种基因；还发现自杀也与基因有关。如作家海明威及其父亲、兄弟都是自杀的，与家族遗传基因关系甚大。

毫无疑问，“人类基因组计划”是本世纪末最大的生物工程研究计划，被称之为人类史无前例的“胆大妄为”之举。甚至有人还说，此计划完全堪与美国的曼哈顿原子弹计划和阿波罗登月计划媲美。因为它不仅通过提示人类生命活动的遗传学基础而带动整个生命科学的发展，而且将为21世纪的分子医学奠定基础。若果真如此，那么六千多种人类单基因遗传病和危害人类健康的多基因病，如恶性肿瘤、心血管疾病等，都将可能由此得到预测、预防和治疗，并且农业、工业和环境科学也将从中获益。如果人类全部基因的遗传密码都能被破译出来，并能编著成书，则相当于一千本《辞海》——一部“人类生命百科全书”。有了这本书，人类便真正掌握了一把洞悉了解自己的钥匙。

及至1986年上半年，“人类基因组计划”的第一阶段工作已顺利完成。美国国家人类基因组研究中心宣布，将开展试验性的基因研究。目前，科学家们已开始了大规模的基因功能分析，对癌症、早老性痴呆、糖尿病、高血压以及病态反应等疾病有关的遗传基因已能辨认。其重大的科学价值和巨大的商业价值越来越得到充分的显示，因而引起了全世界对基因的高度重视。据统计，因遗传基因的缺陷而引起的疾病有六千多种。近几年来，基因疗法的治病范围正在逐渐扩大，截至1995年底，全世界已有七百多名患者接受了基因治疗，治疗的疾病有血友病、严重贫血病、关节炎和心血管疾病等十五种以上。

因此，如果说被誉为“第二次绿色革命”的农业基因工程的出现改变了人类文明，那么人类基因工程的再度掀起，则正在改变着人类自身。

早在国际人类基因组计划刚刚启动时，中国的一批遗传学家便敏感地意识到了研究人类基因的重大意义。著名的医学遗传学家、中国科学院院士吴旻先生，便是其中突出的一位。

吴旻是一位很有意思的老头儿。几年前，有一次他被邀请去外地参加一个活动，报到时，对方要求他在签名簿上留下自己的座右铭。对方的这一提议令他颇感意外，但他稍稍想了想后，还是提起笔来写下了这样一句话：

“狗在吠，骆驼队在前进！”

纵观吴旻一生的足迹，若将他比喻为沙漠中的一匹骆驼，倒是十分贴切。

关于这匹“骆驼”，有不少有趣的小故事。

儿时的吴旻是个出了名的“药罐子”。好像他来到这个世界的主要任务，就是忙着生病似的。三岁那年，患了伤寒，病了整整一年；上小学后，一到冬天，便咳嗽不断，低烧不止；上中学后，染上了疟疾；初中毕业考试时，又引发胃大出血……所以高中尚未毕业，同学们就送了他一个绰号：“老病号!”但谁也没想到，就是这个著名的“老病号”，居然以优异的成绩考上了同济大学医学院!

成了大学生的吴旻，身高一米七，体重却只有四十五公斤，且骨瘦如柴，面色泛青，给人的感觉总是一副病兮兮的样子，好像只要风一吹就会被刮倒。吴旻说，他的同学刚一见到他，一转身便对其他同学说：“这人看来活不了几天了!”

为了与疾病做斗争，改变自己“老病号”的形象，吴旻选择了两个办法：一是发奋读书。他每晚在只有两根灯草的桐油灯下坚持啃大部头的德文解剖学、生理学等，第二天一早又起来咿咿呀呀地练习德语的发音。如此这般，长年不断。二是坚持游泳。同济大学当时位于四川宜宾长江边，他每天坚持到长江去游泳，无论刮风下雨，雷打不变。即使每年冬季最冷那几天实在无法下水，他也要跑到江边打上一桶水，冲个冷水澡。

游泳这个习惯吴旻坚持了一辈子，从未间断。1965 年，他被传染上了乙型肝炎，转氨酶高达五百单位。从医院出来后，他既不卧床休息，也不吃药打针，而是自己给自己制定了一个游泳计划：每天游五十米，然后逐渐增加。半年后，他一次可游一千米。结果转氨酶居然神奇地降下来了。1992 年底，年已七十七周岁的他患了糖尿病，他还是每天坚持游泳。两年下来，糖尿病也得到了控制。

也许吴旻从小对疾病的痛苦有着比常人更多更真的体验，所以攻克疾病、保障人的身体健康，便成了他终生为之奋斗的目标。

1949 年，吴旻从同济医科大学毕业，留校担任病理学助教。1954

年，北京中央流行病研究所成立，吴旻调到该所病理室，担任助理研究员，开始了中国最早的实验肿瘤学研究。1958年，吴旻被派往苏联医学科学院学习。三个月后，他成功克隆了人体肿瘤细胞！三年半后，苏联医学界十八名权威专家通过投票表决的方式，破格授予他医学科学博士学位。于是他成为第一个获得苏联医学科学博士学位的中国留学生。

1961年，从苏联回国的吴旻决心创建中国的细胞遗传学。1966年，吴旻和凌丽华对七十名从新生儿到六十一岁正常人的八千零三十一个核型进行了有关参数的测量，提出了中国人体细胞染色体的基本数据和模式图。这不仅是中国第一份最详尽的染色体基本数据，也是当时世界上在这方面最为详尽的参数资料。

“文化大革命”开始后，吴旻虽然没有受到太大的冲击，但1969年，他全家还是被下放到海拔三千多米的青藏高原安家落户，劳动改造。初到青海，正值酷冷的严冬，他连炉子都生不着，全家人冻得浑身发抖，只好缩在屋里搂成一团，相互取暖。不久，吴旻的双手双脚，全长了冻疮，由于无医无药，痛得他直抹眼泪。

但吴旻还是坚持了下来，并在青藏高原立住了脚跟。后来，他不但成了当地一名出色的赤脚医生，还学会了骑马、做酥油茶和青稞糌粑。1973年，中国医学科学院肿瘤研究所需要重建，吴旻在周恩来的过问下，又从青海返回北京。这段最苦的日子，不仅让他了解了中国老百姓的疾苦与艰辛，更增强了他要为人民排解疾病痛苦的决心。

回到肿瘤研究所不久，吴旻便和同事们一起，建立了细胞生物室。他除了恢复对人类细胞遗传学的研究外，还开辟了一个新的研究领域：从遗传学的角度，探讨肿瘤病因和癌变原理。过去，大多数科学家都只从环境因素上去寻找肿瘤的病因，而吴旻则通过多年的研究，得出了肿瘤是一种遗传性疾病的结论。

从80年代起，国际上开始了基因治疗的尝试。但人体内的基因毕竟是先天铸成的，现在科学家们要改变它，必然令人难以接受；不少人还从道德伦理上对此加以抨击，认为人是上帝造的，对基因组的触动，就是对上帝的亵渎！

但科学家就是一批专门与上帝作对的人，一批不肯与上帝和谈的人。随着基因治疗不断取得成就，基因治疗逐步被人们所认可，比如美国等一些先进国家还为基因治疗专门立法。

在中国，吴旻是最早重视基因治疗的科学家之一。早在 70 年代，他便在他的重要译著《人类遗传学原理》一书中提出了基因治疗问题。他在文中这样写道："对于基因缺陷而导致缺乏某种酶的'不治之症'，是否可以设法把正常基因补充到患者的基因组里去呢？这一工作虽然离临床使用尚有一段距离，但却开创了一条治疗基因的全新途径。"

1985 年，吴旻再次撰文，向国内介绍生物技术的新方向——基因治疗！并提出中国基因治疗的主要目标应该是肿瘤。他认为，比起罕见的单基因遗传病来，肿瘤的患者更多，对人民生命健康的威胁也更大。而国内现有的对恶性肿瘤的治疗手段都不能令人满意，尤其是对晚期甚至某些较早期的恶性肿瘤仍然束手无策。因此，他一方面在各种会议和报刊上呼吁中国要提倡开展基因治疗；同时从 1987 年起他在研究室里也开始了对基因治疗的探索，为中国日后肿瘤的基因治疗奠定了基础。

美国人类基因组计划刚刚启动时，吴旻等中国科学家们便敏感地意识到了基因研究的重大意义，于是总是在各种场合强烈呼吁中国也应该建立自己的人类基因组计划。可当人类基因组计划和水稻基因组计划同时提出时，限于国家财力有限，最后只把水稻基因组计划列入了国家计划，而人类基因组计划则被搁在了一边。但吴旻坚持认为，中国拥有世界百分之二十二以上的人口，人类基因组如果没有中国各民族基因组的数据，便不成其为人类基因组。因此，为了尽早启动中国人类基因组计划，他继续坚持努力！

1991 年底，美国人类遗传学者和参与人类基因组项目的科学家们联名紧急呼吁，要求对人类的遗传多样性立即进行世界范围的调查和保护，否则人类基因组项目就将永远失去这个机会。借此大好时机，吴旻便在国内多个场合反复呼吁：

> 人类的遗传多样性寓于世界民族和各遗传隔离群之中，研究这种多样性是人类基因组项目的重要内容之一。而中国有五十六个民族和许多遗传隔离群，他们在遗传上均有其特点，所以中国各民族是进行遗传多样性研究的丰富资源，人类基因组项目不能缺少中国。此外，鉴于各民族已经逐渐互相通婚，有些民族的基因已经濒临灭亡，因此保留各少数民族的基因组，便成为当务之急。如果中国现在不做，将永远失去这一机会。

1992年底，吴旻以保存中国不同民族基因组的迫切性作为契机，向国家自然科学基金委员会递交了“中国人类基因组计划”的重大课题建议书，而后又在全委会上作了答辩。最后国家自然科学基金委员会经过认真讨论，通过了吴旻的建议书。

1993年，国家自然科学基金委员会终于批准了“中华民族基因中若干位点基因结构的研究”这一重大项目，并由国内十九个试验室共同协作研究；与此同时，中国人类基因组计划也被列入国家“863计划”。

至此，中国人类基因组计划得以正式启动。

中国人类基因组计划是一项跨世纪的长远计划。由于吴旻年事已高，便退居二线，出任该计划的顾问，而由两位较年轻的专家担任“863计划”人类基因组研究课题负责人。这两位专家，一位叫强伯勤，一位叫陈竺。

强伯勤是中国医学科学院基础医学研究所的研究员、中国科学院院士、中国人类基因组研究的首席科学家。这位1962年毕业于上海第二医学院医疗系的专家，从1980年起，便一直从事基因工程的研究。他所领导的课题组在分离与脑发育相关基因中有着不少新的发现，为中国人类基因组的研究做出了较大的贡献。

陈竺是上海血液学研究所所长、中国科学院院士。这位曾留学法国并获得过巴黎国立医院外籍住院医师头衔和科学博士的年轻专家，自1989年从法国留学归来后，便开始了对人类基因组的研究。他在对白血病的研究上，克隆了数种染色体易位所致的融合基因，丰富了对白血病原理的认识，为形成中国特色的肿瘤治疗新体系做出了贡献；同时，近两年来，在他的带领下，还为中国引进了一批研究基因的关键技术，克隆了一批与正常造血以及白血病分化相关的人类新基因，并初步明确了其结构和功能。

“863计划”人类基因组计划启动后，在这两位专家的领导下，全国“863计划”人类基因课题的研究工作迅速开展起来。像上海肿瘤医院的顾健人、复旦大学的余龙等专家以及北京医科大学、浙江医科大学等单位，一直都在积极地努力之中。此外，杨焕明、王琳芳、缪时英、袁建刚、沈岩、郑德先、朱立平、刘德培等一大批教授，也在积极努力地做着中国的基因研究工作。

然而，近几年来，随着世界基因热的蓬勃兴起，中国的科学家们越来越感到，中国的基因资源既面临着新的大好机遇，也面临着历史性的严峻挑战，同时还潜藏着深重的危机！因为种种迹象表明，一场史无前例的听不到炮声、看不见硝烟的“基因争夺战”正在全球悄然打响，并向着东方的中国步步逼近！

80年代初，美国一家公司有一个叫林福昆的中国台湾人，成功地复制了促红细胞生长基因后，便开始大规模地生产并投放市场。这种治疗肾性贫血的新药因疗效明显而大受欢迎，致使全世界年销售额高达十至十二亿美元！这是生物技术商业化最成功的例子，它让全世界都看到了基因工程巨大的商用价值。

人类的历史就是这般的有趣，当金银财宝在某些人的眼里已经变得熟视无睹、一钱不值时，基因又成了人类争抢的宝贝。自1990年美国率先启动“人类基因组计划”之后，科学的竞技场和我们生存的这个世界便从此不得安宁；而东方的中国，更是成了“多国部队”眼中的“基因新大陆”。

《青年周刊》发文指出：

中国的基因资源在世界上最为丰富，中国已经成为世界列强掠夺基因的狩猎场，人类基因工程正在中国大地上流失。中国百姓在浑然不觉的时候，自己的遗传物质已被取走并很快转化为商品，中国人却永久性地丧失了制控权，反而不得不出巨资购买其产品，沦为材料提供者与利润丰厚的市场。

《中国医学科学院院报》发文指出：

大肆采集中国人血样基因的活动如任其发展，数以亿计的中国人基因组资源便转瞬成为外国财团的囊中宝物，而中国百姓并不知道自己的遗传物质被取走后很快成为商品，自己却失去了制控权，沦为附庸。

一封署名“山西一个共产党员”的来信则这样写道：

自1994年以来，一位留美中国人与一位美国研究人员每年数次来山西某食道癌高发区，以极其低廉的价格收买我国食道癌及胃癌家系资料和标本，并从有的医院购买肿瘤病人的病历和外科手术记录以及各种检查记录，随后将这些资料非法带到国外。据反映，目前他们已搜集标本和病例六百例左右，计划在1997年收集该地区食道癌家系一千四百例。

1996年7月19日，美国最权威的科学杂志《科学》也报道了一条消息：

> 美国某大学已与中国大陆六个医学中心签订了合作协议，计划在中国大陆抽取两亿个中国人的血样和基因。该项目主要由美国数家制药厂和药品公司赞助，预计在 1997 年投资一千万美元，主要用于分离和鉴定像糖尿病、高血压、肥胖症等所谓的“文明病”和复杂遗传病的基因。

该项目的负责人之一称：“中国提供了低成本的研究途径，同时巨大的群体也许能使科学家花费较小的代价得到基因。而且这个国家有明显的城市和农村差异，从而有可能看出农村向城市迁移过程中的健康效应。”据有关报道，所谓的“低成本”，指的是他们在大陆每采集一份中国人血样，只付给中国人十元钱的人民币！

在此需要提及的是，在美国做基因研究工作的，大部分都是中国人；而美国人在登陆中国“基因新大陆”的过程中，利用的有力“助手”也正是中国人，尤其是一些在外国专家手下工作的留学生。这些中国人轻车熟路，知彼知己，穿梭于国内国外，常常起到非常微妙的作用。于是国内有学者把其中个别图谋不轨、唯利是图者，斥之为“买办”和“内奸”！

美国人率先登陆中国“基因新大陆”后，接着生物工程较为发达的德国人也来到中国，并深入中国腹地，寻求“合作”和“资助”对象；随后嗅觉灵敏的法国人也进入中国大陆，以开办基因公司的名义，与中国有关单位合股，而后利用中国的基因资源、病种资源以及科技人员和有关场所，分离新的与疾病有关的基因。据有关情报表明，法国人至少在北京和上海已经站稳了脚跟，而且很快还会有新的计划和举动。

世界各国对中国的基因为何如此迫不及待呢？

首先，从广义上讲，人类基因组只有一套，即人类只有一个基因组，而这个基因组所包含的基因是有限的，其总量只有五万至十万个。所以说，人类基因组是一种有限资源，而非再生资源。

其次，从研究的角度来说，基因的研究工作只有第一，没有第二，谁一旦率先研究发现了某个有用的基因，后来者即使又发现了，也是徒劳。而且据目前所知，人类基因组所包含的全部基因中，大约只有百分之一的基因是有用的。

因此，基因争夺战的目的，实质上就是争夺有用的基因。这些有用的基因一旦争夺到手，就能获得知识产权，就有巨大的开发潜力，就意味着可以获得源源不断的美元！在西方，一个新发现的有用的基因一旦问世，光是这个基因的转让费，就高达数千万乃至上亿美元！所以有人说，抢夺一个国家的基因，就是抢夺一个国家的重大财产；保护一个国家的基因，就是保护一个国家的重大财产。

再从中国的情况来看，中国拥有十二亿人口、五十六个民族，不仅病种最多，而且任何一种疾病几乎都可以在中国找到突变基因。也就是说，中国就是世界上最大的一个基因大国！因为中国人口多，家族隔离群也最多，所以拥有大量的疾病人群，使得疾病谱系十分的广泛；加之中国社会过去长期处于半封闭状态，人口比较稳定，流动量小。因此寻宗问祖，确定家系，就比西方国家特别是美国容易得多。

而且，中国不少地区都是疾病高发区。也就是说，某一种疾病全都集中在一个地方流行。比如，河南的林县，是中国食道癌有名的高发区；江苏的启东县，是中国肝癌的高发区；还有山东半岛，是胃癌的高发区。外国人对中国的基因之所以特别感兴趣，正是因为中国有如此众多的疾病高发区；有了这些疾病高发区，一旦查找起基因来，就方便得多，准确得多，也更有价值得多！

于是，国外许多基因公司以巨大投资，开始在全世界范围尤其是在中国千方百计地寻找家系，查找基因，甚至有的还打出了巨幅广告！其目的并非完全是为科学，也有其商业利益。因为研究基因就像开发某种专利一样，是有知识产权的，一旦谁拥有了基因图谱，就会禁止他人复制、发行；若是谁想使用，对不起，得先付钱。

所以，如果一个国家不加紧对自己民族基因进行研究，不编写出自己民族的基因图谱，就会始终受制于人；不光使用基因图谱要花大价钱，而且自己还被别人了解得一清二楚，最终丧失自己掌握自己命运的主动权。

难怪有些发展中国家无奈地感叹说："过去，西方人抢走了我们的黄金钻石，现在又来掠夺我们的基因，这太不公平了!"

然而，要想防止这种掠夺，并非易事。因为这种掠夺不用枪，不用炮，更不用原子弹，而完全靠的是冠冕堂皇、彬彬有礼的现代科学技术。你自己如果不能破译基因密码，那就只有眼睁睁地看着别人破译——有什么办法呢？谁让你无能为力，软弱好欺!

面对世界如此激烈的基因争夺战，同时也面对中国基因潜藏的极大危机，中国的科学家们当然不会无动于衷，等闲视之。

外国人登陆中国"基因新大陆"后，"863 计划"生物领域和医科院系统的科学家们非常着急。他们深知，中国五十六个民族的基因，乃我中华民族最宝贵的遗产，它与国家的利益和民族的命运紧密相连，绝不容许任意流失到国外。当然他们也明白，像基因这种关系到国家和民族利益的重大研究课题，科学家们只有把个人的研究兴趣变成一种国家行为，并积极投身到国际竞争当中，才会有所作为。所以，近几年来中国的生命科学家们围绕着中国的基因问题，做了大量的工作，并积极呼吁上级有关部门，尽快采取措施，保护住中国自己的基因资源。

比如，"863 计划"生物领域首席科学家强伯勤就说："近年中国基因流失问题已经十分严重，外国的一个研究所在我国有的地区以五十美元购买一个糖尿病例资料，并由当地负责临床检查；一个美国公司在一篇关于成功定位喘息基因的新闻报道中透露，他们应用了来自中国南方某地一个喘息病的大家系的资料。因此，政府有关部门对此应该引起足够重视，应加大专项资金的支持，确保重要家系资源在国家部门中开展研究，或用于在确保中国知识产权基础上的平等互利的国际合作。”他在一份报告中还建议：“中国政府应迅速制定有关法规，保护我国人类基因资源，防止非法外流。”

中国人的基因资源流失情况，不仅引起科学家们的警惕，也引起普通国民的不满。一封来自安徽省安庆市的检举信这样写道：“如果我们不能克隆出自己的基因而让人家抢走，将来是要付出惨重代价的。我们这代人必须做好这件工作，否则上对不起祖宗，下对不起子孙!”

1996年11月26日，中国二十多位在基因研究方面颇有建树的科学家，云集北京香山，针对中国的基因问题举行专门会议。此次会议为期三天，专家们对中国人类基因组研究中的种种问题进行了认真的研讨，最后达成如下五点共识：

一、中国作为基因大国，如果外国有人企图染指中国基因组资源的话，必须坚决进行抵制，绝不容许中国基因组资源外流和被掠夺；

二、中国科学家应该立即加入抢救基因的行列之中。机不可失，时不再来，必须把握住这一难得的历史机遇；

三、应该尽快做好基因知识的普及工作，使中华同胞都了解人类基因组与疾病相关基因研究的意义、目的、现状和前景，了解世界基因争夺的利害关系，为保护中华民族的基因组资源而自觉地做出努力；

四、欢迎世界上任何国家、地区和机构与中国进行真诚的、平等互利的合作，欢迎外国投资支持中国科技者进行新基因分离和基因研究，并欢迎进行技术帮助；

五、对某些可能不利于中国进行基因组研究的言行，中国科学家将通过科学的、道德的和伦理的途径，向世界发表自己的看法和意见。

与此同时，“人类重大疾病相关基因的研究”这一重大项目，也被正式列入了国家“863 计划”。该项目拟在“863 计划”原有专题工作基础上，进一步突出重点，加强对中国重大疾病基因资源的采集和保存，加大对最有希望在近期获得突破的重大疾病基因和重要功能基因研究的支持力度；同时加快在自主研究和知识产权保护基础上的对外合作步伐，使中国的人类疾病基因研究迅速接近和达到国际水平，使中国跨入世界基因研究大国的行列，为下个世纪中国分子医学和生物技术的发展奠定牢固的基础。

通过“863 计划”和其他国家计划的资助和一个时期的努力，中国在人类基因组方面的研究工作很快取得了较大的进展，不仅为人类重大疾病基因的研究培养了一支科研队伍，形成了一个较完整的技术体系，而且在肝癌、食道癌、白血病等相关基因的分离、克隆和结构、功能研究方面，也取得了较大的成绩，从而在国际人类基因组数据库中，输入了第一批中国人的数据！同时，在国内有关肿瘤、心血管疾病、精神神经疾病高发区，也建立起了采集现场样品的网络。

当然，我们必须承认，中国的人类基因组研究与国际相比，仍存在着这样那样的问题。

问题之一，经费不足，投资太少。中国目前在人类基因组研究方面的投资，每年只有四百二十万元人民币，而国外一个人类基因组研究实验室一年的经费就是中国的几十倍。据报道，在未来的三年时间里，有六家美国的研究机构将参与一项耗资六千万美元的试验性研究。这项研究一旦达到预期目标，则有可能在 2005 年完成人类基因总图谱的绘制工作。因为国外投资雄厚，对人类基因组的研究都是自动化的，比如机器人加样，自动测序，各种数据结果均由计算机直接输入人类基因数据库等。但中国经费太少，不可能购置先进设备，也没有好的技术条件，绝大多数的研究组只能靠作坊式的人工操作。

问题之二，每个计划之间的协调不够，且投资比较分散。目前，中国人类基因组以及重大疾病相关基因的研究，分散在全国各地三十多个研究组进行，基本上是各自为战。这种各自为战、零打碎敲的格局，很难与国际基因组研究的中心化、自动化、集成化抗衡。近年来，中国一些很有积累的疾病相关基因，正是因为研究速度跟不上，在即将成功之际被国外实验室抢先发表，结果前功尽弃，功亏一篑。

问题之三，与国际合作不够，有待加强。目前，人类基因组的研究已日趋国际化，发达国家对此极为重视。中国只有在保护好中国人类基因组资源的基础上，在平等互利的原则下，进一步加快与国际合作的步伐，才能提高研究进度，有所作为。因为像人类基因组这样的尖端学科，只有通过国际合作的方式，才可能引进资金，引进世界上最先进的技术和设备，从而使自己具有国际竞争力。否则，一些有用而又有限的重要基因一旦都被国外提前发现，即使你手上的基因攥得再多，也等于一堆废物！

…………

然而，不管怎么说，中国的"人类基因组计划"毕竟已经正式启动，而且在"863 计划"的带动下，近几年已取得了不少可喜的成绩。中国基因工程研究不仅参加了人类基因组研究计划，而且在依靠基因工程技术来改良动植物品种、治疗人类重大疾病以及药物研究等方面，也达到了较高的水平。因此，我们有理由相信，中国政府和中国科学家们只要加大努力，中华民族的基因资源不仅会牢牢地掌握在我们的手上，而且还必将为人类基因组的研究发展做出更大的贡献。

第四章
科学就是献身

追求美好与舒适，是人类的天性。

自古以来，人类一直在努力提高生产力，试图把自己从繁重的劳动生产中解脱出来，以获得更多的富裕时间来改善自己的物质生活和精神生活。于是渴望生产的自动化，便成为人类千百年来一直追寻的梦想。

从原始的手工作坊，到现代的工业自动化，人类走过了一条极其艰难而又漫长的崎岖小道。从 20 世纪 70 年代末起，国外在自动领域方面的研究成果，开始得到广泛应用，如宇宙探索、资源开发、生产过程中的高度自动化以及大规模的经济计划管理等。其中尤为引人注目的，是机器人的大量使用。

而中国对自动化的真正研究，从 70 年代才开始起步，机器人就更是一片空白。于是为了填补这一空白，加快中国工业自动化的进程，智能机器人被列入国家“863 计划”。

遗憾的是，为了中国的机器人，为了中国的工业现代化，有的科学家竟过早地献出了自己年轻而宝贵的生命！

A. 留给历史一份清醒

中国的优秀知识分子，历来有一种与生俱来的家国情怀。“修身齐家治国平天下”，是他们一生推崇的理想人格；“鞠躬尽瘁，死而后已”，是他们薪火相传的思想目标；超越个人情感、以天下为己任的士子精神，是他们血液深处的传统美德。他们用一生的心血与智慧默默书写的，都是四个字：国家大事！

在“863计划”自动化领域，便有这样一位科学家。他整天满脑子想的，全是国家大事；他一生为之奋斗的，也是国家大事。

这位科学家，叫蒋新松。

蒋新松1956年毕业于上海交通大学。因成绩优异，被直接挑选进了中国科学院自动化控制研究所。不久，他和另外三位年轻人被称为中国科学院的“四大小才子”；而他，则是这“四大小才子”中的“大才子”！

然而，不幸的事情往往在一个人最得意的时候发生。1957年上半年，蒋新松因为在一次座谈会上提了一些意见，1958年初便被打成“右派”，还降了两级工资；接着又被调离原有工作岗位，每天和一帮老“右派”一起打扫院子和厕所。

1958年6月，蒋新松被下放到河北藁城县一个叫茅庄的地方进行劳动改造。蒋新松先是被分配到妇女组干活，干活的内容包括锄草、整枝、打杈、间苗。虽然劳动强度不是很大，可干活的方式却让人别扭：当地农民都习惯蹲着干活，蒋新松却从来没有蹲过，因此几天下来，他便腰酸背疼得再也无法忍受了。于是他又被分配到了老头儿组，再后来，随着他体力的逐渐提高，他又被分配到了青年组。什么打坯、起圈、套犁、翻地、看水、推车，他样样抢着干。老乡们说，蒋新松学什么就像什么，干什么就是什么。

很快，“大跃进”的“共产风”刮了起来。在刮来刮去的“跃进风”中，蒋新松的改造就更加频繁了：他今天被派去食堂当管理员，明天又被分到铁匠铺管账；他一会儿被喊去当炊事员，一会儿又被叫去拉风箱；后来，又被派去拉运钢铁。他推着载有二百五十公斤重的废钢铁的小车，进城，出城，再进城，再出城，每天都要往返八次。

由于实在太累，他居然一边推着车，一边打瞌睡，等车碰到了田埂上，才猛然醒过来。

1958 年底，蒋新松回到了北京，被重新分配到了控制理论和生产过程自动化研究室。1962 年，由于他表现好，被摘掉了“右派”帽子。不久，他写出了一篇研究论文。这篇论文通过层层筛选，决定在瑞典斯德哥尔摩召开的国际计量学会年会上进行宣读。然而，由于他是“摘帽右派”，他的论文尽管最终也在国际讲坛上作了宣讲，可站在大洋彼岸讲坛上的，却是另一个身影。

1963 年，蒋新松被派往兰州炼油厂。1965 年，又被调到东北工业自动化研究所，即后来的沈阳自动化研究所。然而就在这时，轰轰烈烈的“文化大革命”开始了，蒋新松刚回到沈阳自动化研究所，一张张大字报便劈头盖脸地向他这个“摘帽右派”刷来。1968 年 8 月 27 日这天，他甚至还被造反派揪出来，挂上牌子，押进批判会场。之后，他又被定为首批下放农村劳动改造的对象。

1978 年，当了长达二十年“右派”的蒋新松终于获得平反。

像蒋新松这种情况的人，在当时的中国可谓千千万万。这类人复出后，一般有如下四种表现：一是历经几十年的磨难，才华早已耗尽，信念已经摧毁，剩下的时光就是如何保住老命，混天度日，苟且偷生；二是大权在手，春风得意。在“机不可失，失不再来”“有权不用，过期作废”的思想指导下，滥用职权，尽情挥霍，及时行乐，以此捞回多年失去的损失，求得心理上的平衡；三是整天抱着一本过去自己挨整的“老账”，东跑西颠，上告下访，年年月月，日日夜夜，没完没了的“算账”，仿佛只有“算账”，才是自己最神圣的事业；四是忘掉过去，着眼未来，不讨过去的“债”，只算明天的“账”，完全以一种新的人生姿态去追赶时代的步伐和迎接新的挑战，尽可能利用剩下不多的生命再为国家做些事情，以实现自己毕生的追求和梦想。

蒋新松属于第四种。

平反后，他的想法很简单：活着干，死了算。自己既然平了反，好不容易获得了一个名正言顺的报效国家的机会，就应该珍惜，再多为国家做几件事情。因此，国家的事情，依然是他心中最大的事情。

1979 年 5 月，蒋新松被任命为沈阳自动化研究所机器人研究室主任。于是，二十年来第一次真正获得了科学研究权利的他，马上便把自己的科研目标，明确定在了自动化科学的前沿——人工智能与机器人的研究上。

其实，早在八年前，蒋新松和他的同事们便在国内首次提出了要搞机器人的设想。那是 1971 年，研究所的另外两名专家——吴继显和谈大龙，当时也有要搞机器人的想法，三个人便经常在一起悄悄议论此事。他们认为，人工智能技术是 20 世纪的三大技术之一（另两个为原子能技术和空间技术），国外在工业、农业、医疗、军事等领域，已经有了应用，而中国还是一片空白，他们应该肩负起填补这个空白的责任。

1972 年，时任室主任的吴继显提出了搞机器人的设想。蒋新松和谈大龙当即表示赞同，于是三人便联名给中国科学院起草了一份《关于人工智能及机器人》的研究申请报告。同年 10 月，中国科学院在沈阳召开的电子、自动化科研工作座谈会上，此报告受到了与会者的重视。

从 1973 年 3 月起，蒋新松、吴继显、谈大龙三人便在北京开始了有关机器人的调研。他们到了地质部、石油部等部门和单位，一边调研，一边宣传机器人。当时的中国，都在忙于搞政治，闹“革命”，几亿个“革命者”吃了饭都闲着没事干，谁还顾得上去搞什么机器人？所以当蒋新松他们向别人讲起机器人时，别人都像在听“天方夜谭”。甚至有时他们说完，别人便忍不住想笑，又不好意思当着他们的面笑，便背过身子去笑。为了讨好别人，以取得别人对他们的信任和支持，他们无论走到哪个部门，见人就给人家敬烟。可由于他们穷，买不起好烟，只能买两毛钱左右一包的烟，所以别人一见他们递烟过来，本来会抽烟的，也忙说“不会不会”；有的还比较含蓄，一见他们掏烟，便忙说："算了算了，就抽我的吧！"他们当然不好意思抽别人的烟，也只好撒谎道："不会不会！"洽谈结果，就可想而知了。

正当蒋新松他们在北京到处碰壁之时，一天晚上，吴继显的爱人从沈阳偷偷打来电话说：不得了了，"家"里有人说，"一个胖子（指吴继显）带着两个瞎子（指蒋新松和谈大龙两个戴眼镜的）在外面到处乱窜，要进行追查！现在已经给蒋新松贴出了大字报。你们赶快想法子先躲起来吧！"

蒋新松他们三个人一听，也搞不清"家"里到底是什么来头，只得"三十六计，走为上策"。于是他们就像当年的地下工作者一样，在接到"紧急情报"的当晚，便火速转移：蒋新松跑到他的老根据地鞍钢躲了起来，谈大龙跑到西安躲了起来，吴继显由于一时找不到合适的地方，便只好跑到地质探矿厂干苦力活去了。

不久，"批林批孔"运动开始，三个人奉命回到研究所里，蒋新松受到批判，机器人课题也受到批判。有人在批判会上质问蒋新松："难道洋人的今天，就是我们的明天吗？"面对那位无知的兄弟，蒋新松哭笑不得，无言以对。此后不久，有人还在上海复旦大学所办的《自然辩证法》杂志上公开撰文，对搞人工智能和机器人研究进行批判，认为这是"唯心主义的伪科学"。面对这些，蒋新松感到，这不仅是某些人的悲哀，也是一个国家的悲哀。

第一个回合，就这样败下阵来。

1975 年，邓小平复出，全国科技形势又有了好转。蒋新松等三人又"旧病复发"，提出要搞机器人，并积极行动起来。可就在这时，"反击右倾翻案风"又开始了，研究所决定，自动所要为工农兵服务，机器人的课题必须停止。于是，蒋新松受命去了鞍钢，吴继显仍到地质探矿厂劳动，而谈大龙则被派去一家养鸡场，整天挑选哪个是公鸡蛋哪个是母鸡蛋。

第二个回合，也这样败下阵来。

现在，第三个回合又开始了。蒋新松出任机器人研究室主任后，第一件事情，就是把机器人立为研究室的主要研究课题。他认为，中国的机器人还是一个空白，中国要实现工业现代化，机器人是一个重要的环节。这是一个民族在现代进程中必不可少的一步。这一步今天不迈，明天也得迈，反正早晚都得迈。因此，1979 年 9 月，他率领中国科学院人工智能、机器人代表团，前往日本参加国际人工智能学术研讨会，同时对日本的机器人进行考察。

在横滨参观日本海洋技术研究中心时，小松制作所研制的八条腿的机器人引起了蒋新松极大的兴趣，因为这种机器人具有在深水中作业的功能。蒋新松看得很上心，一边看，一边琢磨，思路受到很大的启发。

1980 年，蒋新松和同事们终于搞出了中国第一台工业机器人。这台机器人试验成功那天，蒋新松让机器人当众写下了几个大字：

欢迎参观！中国机器人！

然而，开拓中国机器人发展的道路，到底应该先从哪儿入手呢？

机器人的出现，是人类生产方式的一大进步。

世界公认，人类的第一台机器人诞生于美国，那是 1954 年。短短六年之后，联合控制公司又生产了世界上第一批商用工业机器人。此后，美国许多大学相继成立了机器人和人工智能研究室。至 60 年代末，美国的机器人研究便到达了一个高潮。

世界上另一个机器人大国是日本。日本的经济由于在 60 年代末便进入了高度发展期，生产力的高度发展便造成了劳动力的严重短缺，因此，从美国大量地引进机器人，便成为当时日本一大革命性的举措。进入 70 年代后，日本的大小工厂竞相仿制机器人，于是机器人很快在日本蔚然成风，从而掀起了日本机器人发展的第一次高潮。由于受到日本的影响，机器人开始在世界各国得到重视和广泛的应用。到 70 年代末，机器人便在世界上掀起了第二次高潮。一些经济学家预言，机器人将成为本世纪末继汽车产业和电子计算机产业之后的又一大产业。

而 1979 年的中国，机器人却还是一片空白。

从日本回来后的蒋新松，一直苦苦思索的是：究竟如何来填补这个空白？又经一段时间的思考和论证，蒋新松的思路渐渐清晰起来。他认为，从整个人类发展的眼光来看，从一个国家的战略发展方向和长远利益来考虑，进军海洋有着非同寻常的意义，而且，进军海洋比进军天空相对要容易得多，因而去海洋开发资源比到天空去开发资源，更省时，更省力，也更省钱。如果能选择水下机器人作为突破口，那么中国工业自动化的步伐便会大大加快，中国开发海洋的步伐也会大大加快。于是，他大胆提出：进军海洋，先搞水下机器人！

他的这个设想提出后，有人给他开玩笑说："看来旱鸭子要下水了！"有人认为他简直是在说梦话，甚至，还有人说他是神经病！

的确，中国是世界著名的人口大国，劳动力可谓是大大过剩。更何况，1979 年的中国，千头万绪，百废待兴，"四人帮"刚倒台不久，城市的人口就业问题依然是一个大的社会矛盾，因此到底搞不搞自动化的问题还是一个争论不休的问题。尽管机器人是机器，而不是人，但面对这种新的机器，人们仍是忧心忡忡，持怀疑态度。因为多数人认为，发展机器人就像日本和西方国家一样，是为了代替和减轻人的劳动力，降低劳动成本，是为了把人从繁重的体力劳动中解放出来，所以得出的结论是：在中国，人都用不完，还发展机器人干什么？特别是有的工厂，对搞机器人很是恐惧，怕一旦搞了机器人，就砸了工人们的饭碗了，所以只要听说沈阳自动化所的人去了，就大声喊叫："自动化所的人又来了！"像孩子见了狼似的。甚至还有人认为，一个人在中国才值几百元钱，而一台机器人却要几十万元，一旦出了毛病，连修都没法修，完全是多此一举！

蒋新松对此却有自己与众不同的思考，他认为在中国发展机器人，不是为了减轻人的劳动力，而最根本的一点，是为了提高一个民族的工业化水平，提高劳动质量、产品质量和劳动效益，从而让中国的产品在国内和国际市场具有更强的竞争力。而水下机器人在开发海洋中所承担的作业，是人根本无法替代的。

1980 年 2 月，蒋新松被任命为沈阳自动化研究所第一副所长。五个月后，又被任命为该所所长。上任后的他，第一件事就是把水下机器人立为所里的主攻方向。

为了取得丰富的第一手资料，让搞水下机器人的计划更具说服力，从 1980 年 4 月起，蒋新松开始组织调研组对全国二十多个单位进行了深入的调研。他还亲自奔赴南海舰队，深入了解水下潜水作业情况。在同潜水员们的交谈中，他了解到，潜水员在水下作业时，穿着五十多公斤的潜水服在水下行走，最棒的小伙子至多作业十五分钟，便会四肢发软，浑身无力。而且，茫茫海底，能见度极差，二十米以下，就很难看清目标，五十米以下，便漆黑一团。遇到复杂情况，潜水员只得用手去摸，稍有不慎，深度一旦超过了六十五米，便会在不知不觉中因氮气麻醉而致死。也就是说，中国的大部分六十米以外的大陆架内海底，潜水员们都不能进入，更不用说大陆架外的广阔海洋了。因此，南海舰队方面积极表示：为了加快中国进军海洋的步伐，希望他们赶快研制出水下机器人。甚至有的潜水员还流着眼泪对蒋新松说："深水作业太需要水下机器人了，你们应该抓紧行动。如果你们真能研制出水下机器人，那不仅能大大提高我们水下作业的效率，还能使我们的生命安全得到保证。"

然而，正当蒋新松在艰难之中积极运作水下机器人之事时，妻子却偏偏得了乳腺癌。医院要妻子住院做手术，并要家属签字，可蒋新松当时正在国外考察水下机器人，妻子只好天天抹着眼泪等了他一个多月。蒋新松考察结束回国后，妻子才做了手术，不幸的是，妻子的乳腺癌已经到了晚期。就在妻子手术期间，蒋新松又正在参加由中国科学院在沈阳主持召开的水下机器人论证会。此论证会事关重大，搞好了，水下机器人就有可能立入国家研究计划；弄不好，很可能就会告吹。蒋新松是水下机器人的主管，在这个会上唱的是主角，自然无法离开，所以他只好医院、会场两边来回跑。

这段时间的蒋新松，可以说过的是最苦、最累、最难的日子。妻子刘稀珍和他刚结婚不久，他便被打成了“右派”，二十多年来一直跟着他受苦受难，却始终忠贞如初。现在，他好不容易平了反，翻了身，不仅获得了搞科研的权利，而且还当上了研究所的所长，两口子刚过了几天人的日子，没想到病魔又突然降临到了妻子的头上。于是，他每天凌晨 4 点起床，写自己的思考，写会议材料，写水下机器人的各种论证报告，7 点到医院把妻子的事情安排好，8 点准时参加水下机器人的论证会。会议期间，他常常是刚在会上发完言，马上又跑步到医院照顾妻子。妻子的依赖性原本就强，病后更是一刻也不肯离开他，所以他每次一到床前，妻子抱着他便哭，就是不撒手。他只好耐心说服，反复动员，直到妻子停止了哭声，松开了双手，他又才急急忙忙地赶回会场。由于患病后的妻子只能吃牛肉，但他没时间去买，便只有利用开会中途休息十分钟的时间，跑步去买，等买上了牛肉，再气喘吁吁地捧着牛肉回到会场，继续开会，继续论证。

到了晚上，蒋新松就更忙了，又要护理病重的妻子，又要照顾两个正在上学的孩子，还要总结当天的会议情况和考虑第二天的工作安排。更严重的问题是，北方的冬天马上就要降临沈阳，降临他的小家，可他、妻子和孩子，还没有过冬的棉衣和棉裤！所以每当夜幕降临，当蒋新松把所有该忙的事情忙完后，这位满脑子整天都装着国家大事的科学家，不得不在一个十五瓦的灯泡下，一针一线地为妻子、为孩子，同时也为自己赶做棉衣和棉裤……

蒋新松是个模范丈夫，他不光会做棉衣、棉裤，还会织毛衣、毛裤，缝补衣服和被子，而且，还做得一手好菜，凡是逢年过节，或是家里来了客人，都是靠他一人掌勺。此外，他干起其他的家务活儿来，也是一把好手，家里的电灯、水管、厕所等一旦有了什么毛病，他只要一动手，马上就好。

不幸的是，妻子手术后才一年，便去世了。中年丧妻，乃人生的一大不幸，蒋新松的精神受到了极大的打击，他悲痛难忍，欲哭无泪。然而谁能相信，这位坚强的男子汉就在妻子去世的当晚，居然一夜不睡，独自坐在一条小板凳上，一边守着妻子的亡灵，一边流着眼泪，一边却背着英语单词！以至于三年后他去美国考察时，竟成了考察团里最好的翻译。

为了争取早日定下水下机器人这个课题，蒋新松跑到北京，找到中国科学院技术学部主任、学部委员李熏，向他详细汇报了研究水下机器人的打算。李熏先生听了后，很受感动，当即表示支持。他说："21 世纪将是进军海洋的世纪，我们应该有所准备。我们既然已经能上九天揽月，也要下五洋捉鳖！"不久，历经了四年坎坷风雨的水下机器人终于在 1983 年正式立入中国科学院重点研究课题，并正式命名为"海人一号"。

然而，水下机器人的研制是一项综合性的高技术，不仅国内尚无先例，国外也是在 70 年代中期才刚刚开始的。所以蒋新松决定走一条自行研制与引进外来技术相结合的道路。

1984 年秋，蒋新松率领考察代表团前往美国和加拿大，对水下机器人和国际的技术合作问题进行考察。在短短三个星期的时间里，他们从美国到加拿大，跑了十几个城市二十八个单位，获得了大量的第一手数据。由于过度劳累，加上在生活上过于节省，他的心脏供血不足，出现严重不适，但作为代表团团长的他，始终坚持不住高级宾馆，而住美国最便宜的每晚只花十多美元的汽车旅馆；始终坚持不去高级饭馆，而每顿都到华人开的小餐馆去吃点米饭或者面条；始终坚持不租高级轿车，而只要时间来得及，就坚持在美国大街上走路。由于他患有甲亢，有时走着走着，就走不动了，便停下来歇一歇再走。总之，每天能省一美分，就省一美分。离开美国时，他给自己什么也没买，而把从自己生活费中节省下来的钱，全部用来买了一大堆有关水下机器人的技术资料，从美国背到加拿大，从加拿大背到北京，再从北京背回沈阳。等他背着这一大堆资料回到家时，便一下瘫倒在沙发上，再也动不了了。

考察回来后，蒋新松很快作出决策：在自己攻克一些关键技术的同时，再引进美国沛瑞公司的制造技术。但沛瑞公司一张口要价就是一百万美元！美方到沈阳洽谈时，他决定与对方讨价还价。为了准备好一份成熟的谈判底稿，他几天几夜不睡觉。结果有一天昏倒在了楼梯口上；接着又昏倒在了火车站台上。住院后，他高烧不退，心房纤颤，心电图异常，心血管机能出现严重障碍。医院当即决定，做抢救手术，并发出了病危通知。可手术后拆线的第三天，他便强烈要求出了院。后几经周折，终于同美方达成了协议。

1985 年 12 月 12 日，中国第一台水下机器人“海人一号”首次在大连港试航获得成功！一年后，“海人一号”又在南海进行了为期四十天的试验，创造了我国自行研制的水下机器人深潜水下一百九十九米的纪录，从而实现了中国水下机器人零的突破，引起海内外的关注。专家们评议后认为，“海人一号”是中国第一台水下机器人，其技术已达到了同类型的世界水平。

1987 年 2 月，国家科委以国家的名义，任命蒋新松为中国“863 计划”自动化领域首席科学家。这对蒋新松来说，无疑是一生中最大的荣耀。为了制定好 863 自动化领域的战略目标，他带领一批专家走访了全国三十四个单位，最后确定了计算机集成制造系统和智能机器人两大主题。

在此期间，他身兼多职，既是国家“863 计划”自动化领域的首席科学家，又是沈阳自动化研究所所长，同时还是国家机器人示范工程总经理。这当然就很忙，就很累，但做国家大事，是蒋新松从小的愿望，现在，他终于获得了为国家干大事的机会和权利，因此他暗自下定决心：一定要为中国的自动化开拓一条新的道路！

国家机器人示范工程，是蒋新松当时主管的一个大工程。这个工程起始于 1983 年。当时，蒋新松根据世界自动化的发展趋势和着眼于 21 世纪的考虑，向国务院领导提出：在中国建立一个面向全国、面向全世界的开放的机器人研究开放基地。他的这一建议，得到了科学院和国家计委领导的支持，并作为国家“七五”重大工程项目列入国家计划，同时任命他为国家机器人示范工程总经理。为了实现这一宏伟目标，他带着一个调研组，上到国家十多个部委，下到全国十几个省市，进行认真的调研和反复的宣传。在北京，他每天背着一大捆资料，找这个领导，找那个部门，从早到晚，来回挤公共汽车，从不打的。他患有甲亢，一次由于太累，竟在北京地铁口蹲了一个多小时，然后才背着资料继续赶路。

1986 年，他因拼得太狠，又第二次住进了沈阳医院。由于白细胞大量减少，他被关进了无菌室里，用一个玻璃罩把整个身体罩了起来。而这时，机器人示范工程马上就要动工，他放心不下，竟悄悄把有关人员召集到玻璃罩跟前，隔着玻璃罩听情况汇报，然后再一点一点地部署工作计划……

此后，蒋新松的身体每况愈下。由于他每次从外面回来几乎都要住院，所以他的司机说：“蒋所长就像一辆破旧的自行车，每次从外面回来都要先到医院‘修理’一下，然后才能骑上一阵子，接着再修，再骑。”

1988 年，蒋新松倡导并亲手创建的机器人示范工程终于完成，并开始投入运行。接着，他筹措资金一千五百万元，将二十台点、弧焊机器人系统推向市场，开创了中国机器人产业化的历程。短短几年中，该中心接待了一百多名世界各地著名的机器人专家，在国内外引起很大的反响，不仅成为中国高级机器人以及工业机器人开发工程转化的基地，而且还是高级机器人人才培养的基地和国内外机器人学学术交流的基地。其规模和内容不但在亚洲一流，在世界范围也屈指可数。而与此同时，他又亲自担任总设计师，带领一批专家们研制成功了一千米无缆水下机器人。

1991年，苏联解体，他又果断地作出一项惊人的决策：与俄罗斯合作，研制中国的六千米水下机器人！

蒋新松非常清楚，解体后的俄罗斯最需要的是钱，而发展中的中国最需要的是技术。在水下机器人的问题上，中国最擅长的是控制部分，俄罗斯最先进的技术是深水下的密封等。如果两个国家各干各的，很难造出世界上最优秀的水下机器人；但要是把两国最先进的技术结合在一起，中国可以解决俄罗斯不能解决的问题，俄罗斯也能帮助中国克服一时难以克服的困难。

蒋新松把自己的这一点子称之为“瞎子背瘸子”的哲学：一个瞎子、一个瘸子，若是各走各的路，各做各的事，肯定达不到目的。但要是让瞎子背着瘸子走路，瘸子虽然腿坏了，但眼睛却很明亮；瞎子尽管眼睛不行，腿却很健康，两人一合作，取长补短，就能做出正常人做的事情，从而实现共同的目标。

但六千米水下机器人属于当今世界最高水平的高技术，并不比发射一颗人造卫星简单，人造卫星是上天，机器人是入海，从一千米到六千米，国外一般都要经历十年左右的时间，何况又是跨国间的合作，因此不仅风险很大，而且困难重重。

为了抓住这个难得的历史机遇，搞成六千米水下机器人，从而实现他宏大构想，蒋新松于1991年夏天带着中国的专家们到俄罗斯海参崴远东海洋问题研究所开始调研、访问。他们从绥芬河坐火车到俄罗斯，由于当时车站很乱，进站后要绕好长的路才能上火车，为了省时间，六十岁的他，竟从火车轱辘之间爬过去。一到俄罗斯，他马上就与对方洽谈，所有洽谈的文件，全由他自己动手用英文起草。为了考察俄罗斯的水下机器人，他们去一个基地参观时，必须先乘小汽艇，才能登上大轮船。为防止晕船呕吐，他一上船就咽饼干，由于没水，他就只好干咽，结果呛得连气也喘不过来。

说来令人难以置信，蒋新松先后三十多次出国考察，从没乱花一分钱。为了省钱，有时他和好几个人挤在一间屋里睡觉，并常常亲自下厨，给代表团的同志们做饭。他把省下的钱，要么交公，以便用这笔钱让更多的同志出国学习；要么买上一大堆资料，从外国背回中国。他第一次出国，就为研究所买回了第一台计算机。

据国家科委原863办公室主任赵润乔说，有一次蒋新松到以色列考察，他白天访问各个大学和研究院，晚上工作到一两点，第二天凌晨4点又开始工作，而且天天如此。在访问和参观中，他一旦发现对方有什么成功的经验，当晚便加班工作，把对方的经验写出来，再打印出来，第二天便传回国内。而且，每一份考察报告，都很有深度。考察期间，他对一些旅游观光之类的事情从来不感兴趣，而是一门心思、踏踏实实地去考察每一个对国家对民族有借鉴、有帮助、有启发的事情。这与一些拿着国家的美元名曰“考察”实则游玩甚至想方设法、绞尽脑汁也要开开“洋荤”的腐败透顶的“昏官”形成鲜明的对比。

他去台湾考察时，正是大陆与台湾的关系最为紧张之际，但不管演习的炮声如何惊天动地，他每日依然沉浸在自己的考察中，像压根儿就没军事演习这回事儿一样。每天一考察回来，他就连夜组织全体团员进行讨论，然后亲自用电脑起草出考察报告，第二天便用电传发回大陆。

在俄罗斯考察时，由于俄罗斯当时的经济条件极差，他们一路上连起码的吃住都很困难，不仅吃不上水果，有时连蔬菜都吃不上。蒋新松的身体本来就不好，每晚住在小旅店里，还要坚持写调研报告，写谈判文件，写考察体会。有几次在途中他心脏供血不足，出现虚脱，可一想到六千米水下机器人，他就什么也不顾了。

通过与俄罗斯几次艰难的洽谈，俄方终于同意合作，但每天处于饥饿状态中的俄方代表首先提出的，就是钱的问题。

为了筹措这笔钱，蒋新松到处“烧香”“拜佛”，八方求“爷爷”告“奶奶”，整天愁眉苦脸，短短一个礼拜，就像老了十岁。有人见他如此不易，便劝他放弃算了。可他算了一笔账，搞这种世界最高水平的机器人，国外一般都要四千万至五千万美元，而中国只需花上一千万元左右的人民币，便能搞成。如此便宜的买卖，岂有不做之理！

蒋新松是个敢于讲真话的科学家，尤其是在领导面前，有什么就说什么，不看领导眼色说话，不看领导态度说话，不按领导意图说话，也不跟着领导的思路说话，更不去为领导的思路作补充。只要认为真理在手，他就照自己的意见说。若与领导发生了意见分歧，他也敢于同领导辩论，甚至争吵。据说，为了搞成六千米水下机器人，在一个星期里他和中科院的三位院长都发生过争吵，还和一位副院长拍过桌子。但第二天，他与对方见面，首先道歉，承认自己昨天不够冷静，请求原谅。可他检讨一完，又和你谈他的观点，直到把你说服，同意为他立项，他这才高高兴兴地离你而去。

蒋新松经过八方“游说”，不懈努力，终于有了好的结果：国家科委不仅坚决支持他的这一构想，还把这一项目正式列入“863 计划”。接着，他又上书宋健和朱丽兰，大胆立下军令状。于是，国家科委决定投资一千两百万人民币。不久，他与俄罗斯签订了六千米水下机器人的合作协议。

1995 年 9 月，中国的六千米水下机器人终于研制成功，并在夏威夷东海域成功地通过了深海试验的考核。它的总体水平不仅超过了原俄罗斯的六千米水下机器人，而且还超过了法国的六千米水下机器人。它从 1992 年 4 月起动初步设计，到 1995 年 9 月完成深海试验考核，只用了短短三年多的时间，并达到了 90 年代国际先进水平，使中国在即将到来的 21 世纪的海洋开发中，率先取得了主动权。

从 1987 年到 1995 年，蒋新松连续四届当选为“863 计划”自动化领域首席科学家。这在 863 所有专家中，他是唯一的。

1995 年，64 岁的蒋新松退居二线。可他为国家操劳的心，却始终无法退下来。他刚刚卸下了“863 计划”首席科学家的重任，“超级

863计划”（即新的“863计划”）的担子又搁在了他的肩上。当然，他最想解决的，还是中国国有大中型企业问题。

可以说，在中国的科学家中，恐怕再也没有人比蒋新松更熟悉更了解企业和职工了。几十年来，他的双脚踏遍了大半个中国的主要工厂，尤其是近几年，他的心更是无时不牵挂着中国上万家企业的命运。他家的所在地沈阳，就是全国企业的“重灾区”，众多的工厂倒闭，无数的工人下岗，退休老人无望的目光，失学儿童饥饿的小嘴，待业妇女憔悴的面容，大小厂长焦虑的神情，常常令他触目惊心。因此，面对东北的乡亲父老，面对全国的黎民百姓，作为一个中国的科学家，他感到汗颜，感到羞愧，同时也感到有不可推卸的责任！

于是，在他的晚年，又一个宏伟的构想在他脑子里诞生了：为解决中国的国营大中型企业问题探讨一条出路！

为此，退居二线的他又开始紧张地忙碌起来。他从北到南，由东向西，从早到晚，一年四季，跑企业、跑学院、跑研究所，采访、调研、咨询、演讲、开会、交流，忙得简直不亦乐乎。他生活简朴，出走随便，一路洒脱，无论到什么地方，从无一点讲究。唯一的讲究，就是无论走到哪里，他身边总要带着一台电脑。这台便携式电脑，就像他的影子，他走到哪就跟他到哪，从不离身。他白天搞调研，参加各种活动，晚上便独自坐于灯下，把自己的思考一个字一个字地敲进电脑。

经过一段时间对国内国外的实地考察、分析与思考，蒋新松自认为找到了一条解决中国大中型企业问题的出路，于是他开始撰写他一生中最后一篇研究报告：《我国制造业面临的内外形势及对策研究》。

在这篇研究报告中，蒋新松具体指出了中国国有大中型企业的六个问题：1. 产品问题；2. 企业结构不合理的问题；3. 管理问题；4. 质量问题；5. 工艺手段和装备落后的问题；6. 历史包袱沉重的问题。同时为国有大中型企业提出了三条对策：1. 利用敏捷制造原理对企业进行重组；2. 加速产品设计队伍的重建，增强新产品的设计能力；3. 利用现代化手段实现现代化管理。

在蒋新松看来，中国企业体制的最大毛病，是大而全、小而全。就是说，不管是一个大企业，还是一个小工厂，本来能力就有限，但只要一组建，就总是把功能搞得又大又全，做出一副包揽天下的样子，好像什么都能干，结果反而是什么都干不了。因此，他反对这种大而全、小而全的封建的庄园式体制，提倡全球化的敏捷生产，主张把中国企业的发展放在全球化这个环境当中，然后用敏捷生产的模式来组织。

为此，他为中国的企业设想了两种模式：一种模式是整机厂。这种厂两头大，中间小。两头大，就是风险大，效益也大；第二种就是成为全球敏捷生产的部件厂。这种厂不求全，也不图大，只在某一个专业上有所作为即可，只为世界某个公司生产某个部件。这种厂虽然赚钱不多，但没有风险，可以先养活自己。等到了一定时候，再求更大的发展。而且，企业的经营过程必须重组，即把一些企业先拆散，再按新的需要和模式组合成一个新的企业。而后将自动化和信息技术作为切入点，对大中型企业进行真正意义上的技术改造。这样，可以甩掉原企业的包袱，让剩下的人员自谋生路。

然而，正当蒋新松在为解决中国的国有大中型企业问题而不懈努力时，不幸却偏偏降临到了他的头上。

1997 年 3 月 29 日早上，沈阳气温零下八摄氏度，北风六级。蒋新松依然是凌晨 4 点就起了床，他敲了几个小时的电脑后，便草草吃了点饭，忙着换上一件衣服，准备去鞍钢。

7 点 30 分，送他去鞍钢的车来到他家楼下。他穿好衣服，刚要下楼，心脏却一阵绞痛。刹那间，他整个身体再也无法支撑了……

蒋新松当即被送进医院。经抢救，蒋新松又从死亡线上活了过来，诊断结果：急性大面积心肌梗死！于是医院给蒋新松下了病危通知，要求蒋新松绝对卧床休息，否则后果不堪设想。

可他办不到，也无法办到。他刚刚苏醒过来，便把秘书叫到床前，说："你赶紧给鞍钢打个电话，告诉他们对不起，今天可能去不了了，过两天一定去！"之后整整一个下午和晚上，他几乎都处于昏迷状态。但他只要一醒来，就总想说点什么，都被妻子制止了。

大约到了凌晨 3 点 50 分，蒋新松咳嗽了几声，醒了，又急于想说点什么，还是被妻子阻止了。过了一会，他便有意让妻子去给他拿点东西。妻子刚一走，他便像当年的地下工作者一样，示意所长助理王小刚靠他近一点，然后贴着王小刚的耳朵悄悄说道："小刚，昨晚我想了一下，那个讲座的题目得改一下。"

王小刚一听，眼泪都快掉下来了——原来老所长一晚上考虑的，是关于讲座的题目问题。而这个讲座的题目问题，只有他知道是怎么回事：不久前，沈阳成立了一个先进制造技术工程中心，这个中心以沈阳自动化所为依托单位，省科委刚批下来。该中心近期要组织一批全国有影响的专家，搞一次讲座，而安排的第一讲，就是蒋新松。住院前，蒋新松拟定的讲座题目是"先进制造技术"，可就在昨天，蒋新松告诉他，讲座的内容和题目要变一下。

"小刚，现在，国有大中型企业问题是中国最大的一个病人，我们的当务之急，就是要想法医治好这个'病人'。"插着氧气管的蒋新松说话有些吃力，他停了一会儿，又接着说，"我看市里的领导最近很关心大中型企业问题，我准备到时重点讲讲这个问题，题目就叫'中国国有大中型企业存在的问题和机遇'，副标题是'参与世界范围的敏捷制造体系'。你看怎么样?"

王小刚不忍心让老所长再说话，便含着眼泪说："蒋所长，你就放心吧，我都知道了，你别说话了，等你病好了再说吧。"

但刚过了一会儿，蒋新松又说话了，且语重心长："小刚，你现在是所长助理，很年轻，以后所里的工作，要努力多做一些……要多学习，不断拓展自己的知识面，才能胜任所里的工作。你们赶上了这么好的一个时代，工作上要大胆地去干，放开手脚去干……另外，要有责任感，压力感，紧迫感……”

“蒋所长，我全都记住了。我求求您了，您……千万别再说话了。”王小刚忍不住流下了眼泪。

3 月 30 日上午，蒋新松的病情有所好转，可氧气管、导尿管和示波器依然还难以离身。他醒来后的第一件事情就是给秘书王刚交代：退掉去浙江大学和西安交大等地的飞机票，并一定要给对方说明情况，请对方谅解。因为在此之前已经做好了要去讲学和参加会议的安排。接着，他又给王所长安排了下一步“863 计划”的几项工作。

这时，他该注射胰岛素了。可这种新注射器，护士还不会使用。他便自己给自己打针，一边做示范，一边还给护士讲如何如何使用。

在场的人见蒋新松的病情开始好转，都在心里暗暗松了一口气。连他自己也说了一句：“看来这回我又从阎王那儿逃回来了!”

下午两点，蒋新松的心脏病突然再次发作，接着又昏迷过去!

医生们闻讯赶来，立即全力抢救!

然而这一次，终因心脏衰竭，蒋新松再也没有醒来……

就这样，蒋新松永远离开了这个世界。

中国，永远失去了一位杰出的战略科学家。

而几乎所有认识蒋新松的人都说：“蒋新松是累死的。”

B. 机遇比命还要重要

为国家“863 计划”献出了生命的科学家，除了蒋新松，还有一位科学家，他叫李耀通。

李耀通是“863 计划”自动化领域智能机器人主题第四届专家组的组长。如果说，蒋新松是一位“土生土长”的机器人专家，李耀通便是一位“土洋结合”的机器人专家。

李耀通1943年出生于北京，父亲是首钢的一位技术八级工。首钢的技术八级工当时只有两个，他父亲便是其中之一。但中学时代的李耀通就从父亲长期不幸的境遇中开始感到，一个企业若是不搞自动化，光靠作坊式的技术，永远无力改变其落后的命运。于是他在填写大学志愿时，毅然报考了清华大学自动控制系。

李耀通跨进清华大学那年，是1961年。而1961年的中国，多数人都在挨饿；李耀通也因饥饿而得了浮肿病。得了浮肿病的李耀通走路十分困难，但即便如此，每天几乎是爬着上楼梯的他，也要到教室和图书室坚持学习。所以，他的成绩一直在班里名列前茅。

李耀通不光学习好，组织能力和号召力也很强。他在班里和系里，完全是个小领袖式的人物，故从大学一年级到毕业，一直被大家选为班长；而且每次选举时，都是全票。

1967年，李耀通从清华大学自动控制系毕业后，被分配到了核工业部西南物理研究院。该研究院位于四川乐山一个偏僻地带，加上当时正搞“文化大革命”，全国到处都是乱哄哄的，所以不少人到了那儿后，深感前途渺茫，整天无所适从，也无所事事，渐渐便消沉下去。

可李耀通不同，他对自己的前途充满信心，始终不放弃自己的理想和追求。他是某课题组的组长，一年四季领着二十多个人，变着戏法也要搞科研。每天吃过晚饭，别人都出门溜达了，他还在办公室里钻研。1977年，他报考李政道先生的研究生，专业过了，英语却过不去，因为他在大学时学的是俄语。他便连续用了二百七十个晚上，对英语发起冲击！结果，1979年考研究生时，他几乎不费什么力气，便轻松过关。评职称述职时，别的同事上台说了很多很多，他上台后却只说了两句：“我这么多年所干的工作大家有目共睹，就用不着我再说了。我只想说的一句话是，你们回去看看，有哪一家装东西的箱子，不是我李耀通做的。”就这两句话，他轻而易举，评上了职称。

1981年初，李耀通获得硕士学位。当年11月，李耀通作为访问学者，被派往美国国家航空航天局威斯康辛空间自动化与机器人研究中心、威斯康辛大学麦迪逊分校核聚变研究所和电器工程与计算机系学习深造。别的留学生大都很年轻，李耀通却已年近四十岁。为了多学点东西，他把自己的学习量和工作量加大了两倍甚至四倍！

为了提高英语水平，他几乎不与中国人交往，也从不说一句中国话，而全和美国人“混”在一起。按规定，一个学期一个学生最多可以注册十三个学分，他就注册了十三个学分，连暑假也不放过。结果，需要五到六年甚至七到八年才能获得的博士学位，他只用了三年时间。接着，他又做完了博士后。由于他出类拔萃的才干和超人的学习成绩，他被特聘为美国加利福尼亚大学戴维斯分校的教授，通过电视向美国的学生讲课。

李耀通讲课时全用英语，而且是在电视里讲课，这对一个去美国只有几年的中国人来说，是一件很难做到的事情，可李耀通做到了，而且还做得相当的漂亮。以至于不知内情的人，还以为李耀通在美国至少待了二十年，甚至有人还以为他从小就生活在美国。李耀通讲课时的风度、幽默以及深厚的学识和准确流利的英语发音，深受学生们的欢迎。因此每当学生们用填表的形式给授课的老师打分时，李耀通这位美国的中国教授，每次得到的总是五分！后来他去世后，不少他当年教过的美国学生纷纷打来电话表示哀悼，甚至有的还寄来了美元。

李耀通不光在教学上很出色，在科研上也卓有成效。有一次，美国能源部在著名的威斯康辛大学中心执行静电堆概念的设计，参与这项设计的只有一个中国人。这一个中国人，就是李耀通。就在这次方案设计中，李耀通夺得了最佳设计者的称号，在美国的同行中引起震动。1986 年，李耀通又用一种新的思维和一种非常规的方式解决了机器人中一个复杂的技术问题；而美国最著名的法路马丁博士由于使用的是常规方式，两年之后才得出相同的结论。1987 年，李耀通在美国国家宇航局空间自动化与机器人研究中心工作期间，为月球采矿问题提出了微波开采和月球自动机联合群体的概念，并完成了全部的设计与计算工作。他提出的这个方案，很快就被美国国家宇航局所采用。

之后，李耀通又在美国加州大学发起和组织了多功能高速公路用机器人的设计和原型研制的工作。他的这项工作，也得到了加州交通部的大力支持和高度赞赏。

…………

李耀通取得的一个接一个的成就，以及他的人品、学识、气质和风度，给美国同行们留下了很好的印象。在那些美国人的眼里，这位个子不高的中国人的脑子里仿佛总是装着各种奇思妙想，天才的火花似乎随时都在不停地闪烁，所以不少科学院、研究所和大公司纷纷向他发出邀请，并以高薪作为诱饵，要他去他们那儿工作；而他一个学期的电视授课结束后，聘请他的校方也决定继续聘请他讲课，并把下学期的课程都安排好了，报酬自然也很优厚。

显然，如果李耀通继续留在美国，凭他扎实的英文底子和在美国已经取得的地位，要想过点好日子肯定是不成什么问题的了。邀请他的美国人也认为，李耀通肯定会留在美国，因为1989年中国的出国潮正热火朝天，方兴未艾，许多中国人想来美国都来不了，像李耀通这样在美国已经站稳脚跟并“打下江山”的人物，岂有再回去之理?

但李耀通是一个在事业和生活上都喜欢追求新路子的人，他几乎没怎么考虑就决定回国。他当初出国是为了求新，现在他要回国也是为了求新。国内在搞国家“863计划”的信息他早就知道了，国内改革开放给科学界带来的大好形势他更是十分熟悉。他认为，一个真正的科学家，首先应该为自己的国家为自己的民族效力。现在国家大规模的建设急需科技人才，他没有任何理由留在美国。

再说，他也不愿在美国当个二等公民。美国有许多事情他都看不惯，比如，美国人总是先顾自己，然后才顾别人；如果遇到什么灾难或险情，美国人总是先抢救美国人，然后才可能抢救中国人。他说，我是堂堂正正的中国人，中国人并不比美国人差，我干吗要在美国当个二等公民？与其在美国当个二等公民，我不如回到自己的祖国，为自己的国家出把力。

于是，在美国已经工作生活了八年的李耀通，于 1989 年毅然回国，进了北京中国科学院自动化研究所。

李耀通回国时正值 80 年代末，美国、日本等发达国家已经进入了智能机器人的研究，而中国却还处在第一代工业机器人的研究阶段。李耀通对此很不服气，他说："我就不服外国人的气。我们中国人并不比外国人笨，外国人能搞出来的东西，我们中国人也一定能搞出来！"

李耀通回国后被安排在中国科学院自动化研究所的模式识别室工作。他当时的主要任务就是对机器人的视觉问题进行研究，即研究机器人的眼睛问题。他干起工作来非常认真，特别卖命，晚上加班到凌晨两三点是常有的事情；有时眼睛都充血了，还照样坚持干。

后来，研究室从瑞典进口了一台工业机器人，他对这台机器人进行了反复的研究和试验。为了搞清楚这台机器人，他和他的学生们一起去瑞典进行培训。一般的人到外国去培训，都是外国人说什么，就听什么；外国人教什么，就跟着学什么。可他不同，总是向专家们问这问那，经常提出各种各样的问题；尤其是对机器人中的一些核心问题，他总是穷追不放。

而且，李耀通是一个很有民族气节、很有骨气的人。他自信外国人能做的事情，中国人也能干，所以他无法容忍外国人对中国人的藐视。一次，他在德国的一家大公司参观，该公司一个较年轻的专家对中国代表团很不客气，认为给中国人讲机器人是白费时间，讲了也听不懂，因此说话时傲气十足："我给你们讲机器人，你们听得懂吗？"

李耀通装着很老实的样子，说："太具体了，可能听不懂。"

那个年轻的德国专家接着就摆开了架子，说："你们知道吗，机器人是很复杂的，我是在美国加利福尼亚大学专门学习过机器人的。"

李耀通一听，笑了："先生，幸会，我也在美国的这所学校待过。"

"是吗？"那位德国专家有些惊讶，"你在那儿干吗？"

李耀通说："哦，说起来很抱歉，我在那儿待了八年。另外我不得不告诉你一个小秘密，你是我的师弟。”

那位德国专家依然有些不服气，说：“我虽然是你的师弟，但我在那儿念过几年博士!”

李耀通笑了：“我在那儿教过几年书，而且，专讲机器人!”

那位德国专家一听，心悦诚服，马上主动伸过手来。

李耀通后来说，中国人和外国人打交道，首先得有自己的实力。如果没有自己的实力，就不可能与外国人平等对话，别人就会瞧不起你，甚至不理睬你。正如朱丽兰主任常说的那样，只有用珍珠，才可能换玛瑙。你手上没有珍珠，永远也别想换回玛瑙。高技术永远是用金钱买不来的!

为了推进中国工业机器人的发展，让西方先进的知识和技术在中国得到广泛的传播，李耀通从德国回来后，一边从事工业机器人研究，一边在中国科学院研究生班讲“机器人学”。他讲课的形式生动活泼，内容丰富新颖，不少知识都是当今世界机器人领域中最前沿最有价值的东西，所以深受大家尤其是年轻学者们的欢迎。

1991 年，李耀通主持中国与日本松下公司有关工业机器人的原点定标的合作项目。这次合作，日本人出钱，中国人出技术，主要针对松下机器人计算控制中出现的问题，研究开发新的软硬件系统。这项技术很复杂，当时国际上也才处于实验室阶段。但李耀通研究出来的原点定标方法，不仅在国内的机器人身上顺利通过了试验，在日本松下公司最新的机器人身上也大获成功，在许多方面都达到和超过了松下公司多年来一直使用的方法。于是日本同行对李耀通这位年轻的中国机器人专家刮目相看，而李耀通在中国科技界也因此声名鹊起。

1994 年，李耀通经过严格的考核评审，当选为国家“863 计划”智能机器人主题第四届专家组组长。

自“863 计划”开展以来，中国的特种机器人和水下机器人在首席科学家蒋新松和前两届专家组组长谈大龙、卢桂章的领导下，已经做出了很大的贡献。但中国的工业机器人多年来始终起色不大，至于如何让其在工业生产中发挥应有的作用，更是无从谈起。因此，李耀通出任机器人专家组组长后，除了对具体的科研项目作些适当的调整，他把更多的精力放在了科学技术与经济发展关系的思考上，而首先想解决的一个问题就是：中国的工业机器人如何闯出一条新的路子。

因为他知道，早在十年前，日本便拥有了一万四千二百五十台机器人，每年机器人的产量高达七千五百多台。如果将单项用途的低级机器人也包括在内，日本已经拥有产业机器人十二万台，到 1990 年可达五十五万台。而其他几个国家在 1983 年前的情况是：苏联一千二百台，美国四千一百台，西德一千四百二十台，瑞典九百四十台，法国六百台，英国三百七十一台，意大利一千三百五十三台，加拿大二百五十台，挪威一百七十台，芬兰一百一十台。而且，从 1983 年起，日本又投资了一亿五千万美元发展智能机器人，美国的机器人的投资也增加二十倍，而苏联则计划在 80 年代末生产出十二万台机器人。也就是说，现在世界上许多国家都把发展机器人立为国策，到 20 世纪末，全世界机器人的占有量可达两百万至四百五十万台！

可中国的机器人，近几年才刚刚开始。

“863 计划”开始后，中国实际上有三条线在搞机器人：一条是机械电子工业部，一条是航空航天部，还有一条就是“863 计划”自动化领域。“863 计划”最初主要集中力量搞特种机器人，可特种机器人的用途毕竟有限，到了 1991 年，就很难再有大的发展了，又开始搞工业机器人。而工业机器人国外早在 1960 年就开始搞了，其热潮早已消退。

因此，李耀通担任机器人主题专家组组长后，会同 863 自动化领域办公室，对工业机器人实行战略转移，重新确定了智能机器人主题的战略思路，即：把工作重点从原来的发展特种机器人转向搞智能工业机器人应用工程，让科学技术向社会生产实践发生倾斜。

所谓机器人应用工程，就是在大型企业中大规模地运用机器人，把企业机器人化。这实际上关涉到中国的企业走什么路子的问题——是照旧走传统的老路，还是走现代化的新路？

李耀通等专家经过调查，认为在企业中推广机器人的运用，不仅十分重要，而且很有必要。比如，广东中山县电风扇厂生产的一种风扇，如果是人工装的，卖价就会少两元；要是机器人装的，卖价就会多两元。为什么呢？因为机器人装的比人工装的质量好。还有广东顺德鹰牌电扇厂生产的一种吊扇，一天生产四千台电扇，但有百分之十五要返修。为什么？因为使用的是人工装配。设想一下，如果这家厂一年生产两百万台电扇，就会有六十万至八十万台电扇要进行返修，一年的损失该是多大？但要是使用机器人进行装配，返修率则只有百分之五。

此外，正在兴起的汽车行业也需要大量的机器人。因为仅仅是一辆汽车的车身，就有三千多个焊点需要焊接。假如这三千多个焊点用人工去焊，不光效率很低，质量也无法保证；但若是改用机器人去作业，不仅效率高，质量还能得到保证。

所以李耀通认为，“863 计划”既然作为国家计划，而且是国家的高技术计划，最重要的一点就是要与国民经济的发展同步，要对国民经济的发展在科学技术上起到支持作用。中国整个企业的发展，特别是制造企业的发展，如汽车、电子行业等，之所以没有市场竞争力，根本的一点就是没有走上自动化生产和规模经济的道路。而从世界发展的趋势来看，任何企业要想有竞争力，必须走自动化生产和规模经济的道路——中国的企业更是如此。

当然，有人对此也有不同观点，特别是有些不了解情况的企业家，认为搞机器人没用，多此一举。

但李耀通坚持认为，一个民族的工业要想有所发展，就得有自己的自动化，就得搞出属于自己具有知识产权的东西。机器人本身就是一个产业，这个产业只有靠自己搞，而不能从国外买。尤其是历史走到今天，中国的科学家到了应该走向社会的时候了，其科学技术和科研产品应该转移到企业中去。科学既是献身，也是创新。中国的工业机器人只有走出实验室，渗透到企业当中，与国民经济的发展接轨，直接结合于企业，服务于企业，才可能对促进国民经济的发展和推动社会的进步产生直接的作用，同时自身也才可能获得一条出路、一条生路。

为了实现这一战略目标，选择合适的合作企业，李耀通领着一班人马，南下北上，东奔西走，开始对全国的重点企业进行调研，展开宣传。

然而，机器人真要投放到市场，非常困难。一是许多厂家认识不够；二是许多厂家资金不足；三是不少企业对他们不信任，说他们就像一片浮云，风一吹，飘来了，再一吹，又散了，结果呢，把企业晾在那儿了。

于是李耀通提出“自带粮票，送技术上门”的口号，要求科研人员从企业的角度和需要出发来确定技术设计思想。即是说，企业需要什么样的技术，就搞什么样的技术；企业有什么样的要求，就满足什么样的要求；企业想解决什么样的问题，就解决什么样的问题。而不是像过去那样，科学研究与社会生产隔离，科学技术与企业和市场脱节。这种让科学技术完全为企业服务的思路，既能解决企业的真正问题，激发企业的最大活力，为企业创造经济效益，又能为企业节省经费，保证不花冤枉钱。结果受到企业的欢迎。

经过一段时间的调研，李耀通发现，民族工业的发展，确实需要自己的自动化产业；尤其是汽车和电子两大支柱产业，急需机器人化生产装备，以保证高效率、高质量的产品。于是李耀通决定，首先把工业机器人向家电企业和轿车工业推进，并以此作为突破口，探索一条具有中国特色的，由政府、企业、学院、研究所四者相结合的科技发展的路子，从而实现中国工业机器人走向市场、走向产业化的战略大转移。

如此一来，李耀通当然就很忙、很累。自从1989年回国之后，他主持完成了九项重大科研开发项目，在自动化和机器人技术的前沿领域做出了许多创造性的贡献；同时还创建了中国科学院复杂系统工程学开发实验室。由于他才华出众、成就突出，不仅被聘为中国科学院研究生院教授，还当选为国际自动控制联合会发展中国家委员会副主席。而在专家组里，他既要从战略的高度考虑工业机器人的发展方向，又要做很实际的课题研究，同时还要考虑他所领导的研究室的生存发展问题。换句话说，他一边领导专家们搞“863计划”，一边还要想方设法挣钱来养活他研究室的科研人员——他研究室的每个人每年光向所里交纳人头费就得四万五千元。所以他必须把全部的时间和精力都用在工作上。

一次，有两家客户找他谈课题，但他马上要去长春开机器人应用工程总师会。为了充分利用有限的时间，他叫一家客户跟着他坐火车到长春，在路上谈；而让另一家客户在长春住下来，等他白天开完会，晚上再谈。这样，整个开会期间，他白天夜晚轮流转。

在李耀通们的努力拼搏下，终于促成了一些颇有眼光和远见的企业与高科技的结合，促成了智能机器人主题向生产实践倾斜的战略转移。

1995年3月，由李耀通等专家设计研制的中国第一条自动装配线——机器人自动装配线在广东顺德验收合格；1995年8月24日，李耀通又与中国第一汽车公司、熊猫电子公司以及牡丹电子集团三家大企业签订了关于机器人与自动化生产应用工程的合同；接着，专家组又于1996年10月和中国华录电子有限公司签订了《面向电子制造业的机器人应用工程合作协议》……

此后，随着机器人在汽车、电子等生产第一线的逐步运用，李耀通所倡导的机器人产业化的步子逐步向前推进，并取得了一定的经济效益。当然，在完成旧的科研模式向新的科研模式转变的过程中，李耀通也真切体会到，探索一种新的科研体制，远比研制一台新的机器人复杂艰难得多，所以他时常深感步履维艰，力不从心。但越是这样，他越是感到自己在历史链条中的作用与责任。于是为了牢牢抓住中国历史上这一难得的大好机遇，他舍弃了所有业余时间，工作起来几乎到了拼命的地步。

其实，李耀通并非是个书呆子似的专家，而是个最喜欢玩的人。李耀通性格活泼、开朗、潇洒、幽默，且心胸开阔，从不计较生活中的小事。也许是他在美国待了八年的缘故，他特别崇尚“拼命地工作，拼命地玩”的人生哲学。在大学期间和参加工作后，他一直好动、好玩，跑步、爬山、游泳、下棋，还有打羽毛球，他样样都会。儿子小的时候，他最喜欢带儿子出去放风筝。他做的风筝又大又漂亮，还特别气派，所以儿子每次参加放风筝比赛，他做的风筝总是飞得最高最远，儿子总得第一。

在美国八年，李耀通身兼数职，整天忙得不亦乐乎；但只要有一点时间，他也总要想法玩上一把。他最喜爱的是大自然，每个周末，他几乎都要驱车几个小时去看大海。每当他坐在海边的礁石上，凝望着大海时，总会生出许许多多的感悟和联想。他后来曾对中央人民广播电台的记者说：“有时我坐在海边上看着那波涛汹涌的大海，觉得大海是那样的伟大，而自己却是如此的渺小。于是我想，如果我与大海搏斗一番的话，也许是人生最大的一次享受吧!”

刚从美国回来时，李耀通同样喜欢玩。一到周末的下午，他便喜欢和别的专家或者年轻的研究生们一起，打桥牌，下围棋，说说笑笑，打打闹闹。他在穿着上也很讲究，每天上班，西装革履，风度翩翩，俨然一副“洋学者”的派头。而且，他还会做一手地道的西餐，尤其爱吃比萨饼上那层味道鲜美的奶酪。由于他的体质天生出众，再加上他爱好体育项目和户外活动，所以谁见了他都说，身体很棒!

他的学生蒋永实说，李耀通老师刚回国那几年，身体特别的棒，他每晚加班熬夜，常常是穿着裤衩、光着膀子，即便是在秋天甚至冬天，他在实验室里也只穿一件衬衫。别的人都叫太凉太凉，他却一个劲儿地喊热。由于他的身体特别棒，体内热能多，所以和我们好像总是不是生活在同一个季节里。

然而，随着时间的推移，特别是他出任国家计划智能机器人主题专家组组长之后，工作之余玩的时间愈来愈少，到后来简直就完全绝迹了。他在衣服上也不再西装革履，也没有时间去西装革履，而是怎么随便怎么穿，怎么省事怎么穿。西餐当然也想吃，比萨饼上那层味道鲜美的奶酪也时不时向他发出诱惑，可他不但再没时间做西餐了，就连偶尔去品尝一下西餐的机会也没有。稀饭、馒头、咸菜，还有方便面，成了他日常生活的主食。他只感到要为国家做的事情太多太多了，而时间却越来越少，于是他越干越累，越累越干！

家人和同事都劝他注意身体，注意劳逸结合，他说："道理我都懂，实际上就是做不到，谁让我赶上了这样一个大好的历史机遇呢？谁让我当了机器人主题专家组组长呢？过去是想干不让干，现在既然有了一个让科学家们大显身手的好机会，我为什么不大干一番呢？个人的身体固然重要，但历史赋予的机遇有时比个人的身体还要重要。没办法，科学就是献身！"

1996 年 7 月 19 日，多年来一直处于生命极限状态下工作的李耀通终于病倒了。他不得不住进了医院。

其实，李耀通的身体早就不行了。

1991 年下半年，他患了腰椎间盘突出。当时病情很严重，腿部的肌肉都萎缩了。可他只卧床一周，又爬起来开始工作了。

1993 年，他检查身体时，发现肝上有指标不正常。他吃了一段时间的药，也没怎么在意，又继续上班工作。

1995 年底，他的腰椎间盘突出再次发作。这次病情相当严重，严重到了非卧床不可。但由于这时的他是机器人主题专家组组长，许多事情离了他就很难办甚至根本无法办，所以他家里的卧室，成了办公室；床头，成了研究问题的会场。每天一上班，他不是看文件、打电话，就是召集专家组开会，研究机器人如何实现产业化的问题。他在床上躺了两个月，也等于工作了两个月。用他爱人的话说，他人虽然躺在床上，却比在办公室还忙、还累、还操心！

1996年春节过后，卧床两个月之久的李耀通刚能下床走动，便又上班了。这时的他，肝区已经有了反应，但“863计划”十周年成果展活动开幕在即，举国瞩目，他必须全力筹备。十周年活动搞完后，他又和专家组到云南开会。开会期间，他的肝区越来越难受，但会议一结束，他又陪同德国公司的机器人专家到东北三省考察，谈有关机器人的合作项目。途中，他几次感到肝区难受至极，同事们劝他先回北京，他不同意，说与德国公司有约在先，不能失约；再说这次洽谈很重要。

回到北京后，他仍没时间去医院，因为他带的两个研究生马上毕业，要作论文答辩，他是导师，得组织评审工作。两个研究生通过论文答辩后，他的研究室正向自然科学基金会申请一个重大科研项目。该项目若能争取到手，可获五十万元研究经费。而这五十万无论是对研究室今后的发展，还是对研究室每个人员的生存，都至关重要，只有他才有可能办到。于是他每天东奔西跑，坚持硬挺着。

而这期间，他吃什么都感到恶心，而且感觉很累；尤其是上楼，每次都要歇上几次才上得去。大家这才感到，这位“拼命三郎”确实不能再拼下去了，便劝他休息，住院检查；他爱人更是多次催促他去医院。可他总是说：“中国的工业机器人刚蹚出一条路子，机遇难得。身体问题不大，等忙完这一阵子再说吧。”

1996年6月30日，他在爱人的再三催促下终于去了医院。结果，化验单一出来，所有的指标都不正常，所有的指标都显示着同一个结论：肝癌！

医生、家人和单位领导都惊呆了，也着急了，李耀通却显得很平静，心里似乎早有预料。当时，医生和家人并没有告诉他这一检查结果，他也不问；不但不问，反而还装着若无其事的样子，处处安慰别人。医生、家人和单位领导要他马上住院，他坚持不住院，说有三件事他必须做完才能住院。这三件事是：

一、他必须赶到长春去部署第一汽车公司机器人的应用工程；

二、辽宁邀请他去做关于“工业机器人产业化”的专题报告，他已答应过了，对方也做好了安排，他必须去；

三、自然科学基金会马上要进行重点课题的答辩，他是研究室的主任，必须去参加这个答辩。如果他不去，五十万元的研究经费很可能就会告吹。

他说：“我一定得先把这三件事情做完才能住院。尤其是答辩这事我也一定得去，不然我研究室的人下一步就没活干了。他们要生存，要吃饭，要搞机器人的研究，就必须有活干！”

他爱人说：“你自己都到了这个时候，怎么还老想着别人、别人，你现在应该好好想想你自己了！”

后来才知道，其实李耀通不是没有想过自己，而是早就想过自己了。他是个非常聪明的人，也是一个很敏感的人，不可能没有想到自己的病情。但他生性豁达、乐观，加上在美国受了八年西方文化的熏陶，所以对生死问题看得比较超脱。只是妻子和两个孩子，还有八十多岁的父亲和多年瘫痪在床的母亲，是他最大的牵挂！他在家中排行老大，是家里的顶梁柱，一旦真的倒下了，妻子、孩子和年迈的父母怎么办？

然而即便如此，他还是决定，不管自己的身体出现什么情况，先把这三件事情做完再说。

于是，他一点也不像一个已被查出有癌症的病人，硬是坚持到了长春第一汽车公司，对机器人应用工程作了详细的部署；接着又赶到辽宁，热情满满地作了关于“工业机器人产业化”的专题报告；然后这才开始准备答辩的各种资料、片子和答辩的讲稿。

1996 年 7 月 10 日，李耀通在自然科学基金会上成功地进行了答辩，终于争取到了五十万元的科研经费。然而让大家感到惊喜甚至震惊的并不是那五十万元的科研经费，而是他站在讲台答辩时面带微笑、慷慨激昂的模样——当时参加会议的人居然没有一个人看出他已经是一个查出了癌症的病人！

1996 年 7 月 15 日，李耀通在家人、领导和 863 专家们的再三催促下，不得不再次走进医院。

这一天，是李耀通五十三岁生日；这一天，他开创的工业机器人与中国第一汽车公司合作成功，隆重的剪彩活动在鞭炮声中热烈举行；而也就在这一天，命运对李耀通正式作了宣判：经再次复查，他被确诊为肝癌！

7 月 19 日，李耀通住进了医院。遗憾的是，由于他的病拖得太久，他的肝癌已经到了晚期，手术的机会已经错失了！

国家科委副主任朱丽兰和林泉秘书长得知消息后，立即赶到医院，并指示国家科委有关部门不惜一切代价，全力配合医院进行治疗。随后，有关部门很快请来国内最知名的肝病专家，对李耀通的病进行会诊、治疗。

曾经和李耀通在机器人方面有过合作关系的德国某公司，得知李耀通的病情后，也很快和中方取得联系，对李耀通和李耀通的家人表示慰问。为了帮助治好李耀通的病，这家公司的总裁拿着李耀通的病历，在德国到处寻找良师妙方。最后，他通过自己妹妹的关系，找到了一位曾经给叶利钦总统做过心脏手术的专家，恳求这位专家一定要想法挽救李耀通这位难得的机器人专家！

而李耀通的病情却一天天地恶化着。但李耀通不闻不问，甚至连一句有关病情的话也不向家人提起。他每天平静地躺在床上，不急，不躁，不气，不怒，仿佛一切都很自然，一切都很正常，一切早在他的预料之中。总之他对自己的病情，完全抱以一种温柔的等待的态度。

李耀通首先做的一件事情，就是把有关人士找来，详细地交代工作；国家科委和自动化所的领导或专家来看望他时，他谈得最多的，还是工作；甚至当首席科学家蒋新松来看他时，竟提出要和蒋新松一起探讨机器人课题的评审问题！

他的家人为他的病心痛不已，863的专家们为他的病忧虑万分，可他依然谈笑风生，像什么事情都没发生，也不可能发生。家里人越是看到他高兴的样子，心里就越难过，他就反复地开导家人。他每天躺在床上，除了想问题，便是与来看他的专家们谈生活、谈工作、谈机器人，就是不谈自己的病情。当时，与他同屋住院的，有两个印尼人，这两个印尼人不会说中国话，他就每天耐心地给他们当翻译。两个印尼人要兑换人民币，他还告诉他们，不要到自由市场去兑换，而要到中国人民银行去兑换，否则会上当受骗。后来他干脆把自己的学生叫来，让自己的学生领着两个印尼人到银行去兑换。

然而，李耀通毕竟正值中年，面对自己太短的人生，他不可能不深感痛苦，不可能不深感惋惜。因为他一直在酝酿着要完成一个宏大的计划，这个计划就是，他要在中国几种有代表性的国民经济支柱产业里，搞五到十个规模大的、效益高的、各具特色的机器人应用工程，而后再建二至三个机器人产业基地，开发出可与世界专业机器人产业公司媲美的系列产品。

这是他的梦想，也是他正为之拼命奋斗的战略目标。

遗憾的是，由于拼得太狠，他最终不得不躺倒在了病床上。

1996年10月20日，李耀通突然昏迷。经抢救无效，不幸去世。

这一年，李耀通年仅五十三岁。

第五章
越过传统的围墙

在中国的历史上，知识分子特别是学院派的知识分子，大多数都是以儒家的风度出现在世人面前。他们以谈商为耻，谈钱为辱，“无商不奸”的观念深深渗透了他们的血脉，因而金钱与经商，与他们从来无缘。

然而，进入 80 年代后，随着中国改革开放的步子越迈越大，随着国家“863 计划”的深入实施，特别是邓小平发出“发展高科技，实现产业化”的指示后，一批教授、学者便以一种崭新的人生姿态和大无畏的追求精神，勇敢地走出校园、走出书斋、走出实验室、走出禁锢了几千年的传统观念的“围墙”，而后纵身跳进滔滔滚滚的“商海”，把科研成果与社会发展有机结合，将高新技术转化为生产力，干起了既可推动社会发展又能挣钱的大买卖，为中国近代科技的历史书写了新的一页。

北京大学和清华大学的两位教授，便是其中典型的代表。

A. 渔民的儿子陈章良

让我们先来阅读这样一幅画面：

1973 年一个炎热的夏天。紧靠福建省福清县的大海上，一艘小船在风浪中醉了似的左右摇晃着。一个身材瘦高的十二岁的小男孩，迎着风浪站在船头，一次又一次地向大海抛撒着手中的渔网。一阵又一阵的风浪迎面扑来，小男孩冻得浑身发抖，嘴唇发紫，可他手中的渔网依然一次又一次顽固地撒向大海……

这个迎着风浪、冒着危险出海捕鱼的小男孩，叫陈章良。他之所以如此玩命，只为挣回一点点可怜的学费，以保证自己能够继续上学。

十八年后，即1991年10月28日上午，贾乌德·侯赛因青年科学家奖颁奖仪式在巴黎的联合国教科文组织总部第七大厅举行。贾乌德·侯赛因青年科学家奖，是印度著名科学家贾乌德·侯赛因教授倡议并资助设立的一个重大奖项。这个奖在国际上享有盛名，被人称为"青年诺贝尔奖"，专门用来奖励全世界在自然科学、社会科学和技术领域成就最大、贡献最突出的三十五岁以下的青年科学家。此奖每一届都是两位得主，可这一次，由六名世界著名科学家组成的国际评委会经过严格的审查考核后，最终却只评选出了一位青年科学家。

9点整，颁奖仪式正式开始。当联合国教科文组织总干事马约尔博士把奖杯和奖状送到获奖者的手上时，全场一百多个驻联合国的大使和出席会议的世界各国科学家们立即爆发出热烈的掌声；而马约尔博士则握住年轻的获奖者的手说："中国人能获得这个奖，真是没有想到！"但这位年轻的获奖者却自信而又有礼貌地说："谢谢马约尔先生！不过，中国人为什么就不能呢？"说完，他将奖杯高高举起，向评委和与会者频频致谢，而后将自己瘦削的脸颊紧紧贴在了奖杯上。

接着，年轻的获奖者铺开事先准备好的英文稿，发表讲话。可他刚讲了两句英文，一张字条便递到了他的手上。字条是中国驻美大使韩叙先生递上来的，他打开一看，只见上面写着一句话："请改用中文发言！"年轻的获奖者心领神会，停顿了一下，歉意地笑了笑，而后马上改用中文发言。

发言结束后，中国驻美大使韩叙先生走上前来，紧紧握住年轻的获奖者的手激动地说："过去在这种发奖仪式上，我总是握着别人的手说，祝贺您，祝贺您为你的国家争得了荣誉！今天，我终于可以说了，祝贺您，祝贺您为我们的国家争得了荣誉！”

这位为中国争得了荣誉的年轻获奖者，就是十八年前迎着风浪、冒着危险出海捕鱼而被冻得浑身发抖、嘴唇发紫的小男孩——陈章良！他现在的主要职务和头衔是：

北京大学副校长

北京大学生命科学学院院长

北京大学蛋白质工程及植物基因工程国家重点实验室主任

中国“863计划”生物领域专家委员会委员

第八届全国人民代表大会代表

中国生物工程学会副理事长

中国植物学会副理事长

中国农业部生物技术顾问

美国Sripps研究所兼职教授

英国De Montfort大学兼职教授

英国《植物学报》编委

国际植物病理学会植物分子病理学会及生物技术委员会委员

…………

在中国的近代史上，无数科学家苦苦奋斗了一生，结果多数都是战绩平平，甚至有的一事无成；而陈章良——一个穷困潦倒的渔民的儿子，从1961年2月来到这个世界，到1991年10月登上世界领奖台，只有短短三十年！在这短短三十年里，他不仅让自己的人生发生了天翻地覆的变化，而且还取得了中国许多科学家甚至几代科学家一生都没有取得的成就，其原因究竟是什么呢？

陈章良生命的小船，起航于福建省福清县一个紧傍滔滔大海的小乡村。

陈章良的父亲是个一字不识的捕鱼种地的行家里手。但一生辛劳的父亲辛劳了一生，留给陈章良和全家的，依然只有两个字：贫穷！

贫穷到什么程度？有这样一件小事让陈章良刻骨铭心：八岁那年，父亲和乡亲们辛辛苦苦地干一年的活，不但没挣回一分钱，反而还要向生产队倒贴钱，他家和村里的人只有靠野菜充饥。有一天，母亲在兜里摸了半天，摸出一个两分的硬币，小心翼翼地交到陈章良的手上，让他到村头的供销社去打点酱油回来当菜吃。双手紧攥着两分硬币的陈章良来到供销社的柜台前，把手中的两分硬币看了又看，最后还是把已经攥得发热的两分硬币递到了售货员的手上。当售货员手中的酱油勺子舀起一点点酱油倒进他的瓶子时，他最大的心愿，就是希望售货员手中的酱油勺子能在他的酱油瓶的瓶口上多停留一小会儿，哪怕能多滴进一滴酱油！

由于穷，陈章良长到九岁才开始上学。上学时，陈章良的名字不叫陈章良，而叫陈章粮，粮食的粮。这是父亲在“三年困难时期”特意为他起的名字，为的是希望老天保佑儿子长大后不要再饿肚子，能有一口粮吃。可上学后老师不喜欢“章粮”这个名，说不好听，不让叫，硬是要他改名叫陈章良。他只好按照老师的意见，把陈章粮改成了陈章良。

由于穷，家里不但付不起陈章良的学杂费，甚至连晚上用来复习功课的一点灯油都买不起。每当夜晚降临，陈章良只好靠着墙头闭上眼睛，在黑乎乎的茅草屋里用一颗怦怦跳动的心来“念”书。为了挣得一点学费，他和父亲一起出海打鱼。但在那个年代，出海打鱼是要被当作“资本主义的尾巴”来割的，于是他常常以“小孩不懂事”为借口，独自出海打鱼。有时候正打着鱼，风浪眼看着就要袭来，大人们都匆匆收网返航了，他却不顾风浪袭来的危险，偏偏要利用这个大家都没撒网的好机会，多撒几次网，以便多打几条鱼。

有一年暑假，陈章良偷偷出海打鱼，竟赚回了七十元钱！七十元钱对那个年代的中国农村人来说，简直就是一笔天文数字！那天傍晚，当陈章良把一分、两分、五分的硬币以及一张张皱皱巴巴的角票凑成的七十元钱，从一个小小的布口袋里哗啦啦地倒在家里的饭桌上时，全家人都惊呆了，也给吓坏了，因为劳苦了大半辈子的父母还是第一次见到这么多的钱。可当父母一下意识到这笔钱是儿子冒着随时都有被海浪吞没的危险用生命换来的时，父亲一下蹲在地上，铁青着脸一言不发；母亲则心疼地搂过儿子，失声地痛哭起来。

由于穷，陈章良上了中学后，依然十分自卑。但这个时候的他，已经开始琢磨如何摆脱贫穷的问题了。穷则思变，可能是一个对任何人都实用的道理。尽管父亲从小就教育他说，就是从天上掉下东西来，也得靠你自己弯腰捡起来。但从父辈的一生中，他却清楚地看到，要想在家乡那片土地上“捡”个“金娃娃”，是根本不可能的事情。所以他想来想去，觉得要想摆脱贫困，唯一的路子就是好好念书。于是考大学，成了他最现实的理想。

1978 年的一天，陈章良和乡里一百多个考生被一辆摇摇晃晃的拖拉机拉到县城参加高考。考场是一个破旧的祠堂。白天，祠堂是考场；晚上，祠堂就成了“旅店”——他们把自带的铺盖卷往祠堂的地上一铺，倒下便睡。但在考试的三天时间里，陈章良几乎没有好好睡过一次觉，因为他把自己一生的希望全都寄托在了这次考试上。

考试结束后，陈章良马上就从二十五公里之外的县城赶回家里，全家人正在田间忙着抢收稻谷。那天傍晚太阳还没落山，身心疲惫、又饥又渴的陈章良匆匆来到田边，第一眼见到父亲时，他多希望父亲能问他一句：“儿子，考得怎么样？”可父亲见他后的第一句话却是：“吃没有？吃了就快帮着收稻子！”那一刻，望着一脸褶皱、满头大汗的父亲，陈章良伤心地流下了泪水。

幸运的是，陈章良考上了海南岛华南热带作物学院栽培系，成为全乡一百多个考生中唯一的中榜者；虽说这是一所很不起眼的大学，而且各方面的条件都很差，但毕竟圆了他的大学梦。

初进校门时，别的同学都会说英语，唯独陈章良连英文的二十六个字母都认不全；别的同学学外语都有录音机，他却连个小小的收音机也买不起。由于穷，家里不可能给他一分钱，他就靠学校每月发给的十九元助学金和假期打工挣的钱过日子；分配的口粮不够吃，木薯和地瓜，便成了他大学期间的主要口粮。

奇怪的是，大学期间的陈章良尽管肠胃常常叫苦，他却总是向往北大、清华等名牌大学。一次，他听一个从北京回来的同学说，北京大学大得不得了，大得可以在校园里跑汽车。他就怎么想也想不明白，北京大学怎么会有那么大呢？校园里怎么能跑汽车呢？所以他在心底悄悄埋下一个愿望，有一天他一定要亲自到北京大学去看看，看北京大学到底有多大，看北京大学到底能不能跑汽车。

陈章良念大学时，正值70年代末80年代初，生物技术对刚刚开放不久的中国来说，还是一个相当陌生的领域；而分子生物学则刚刚开始进入中国的高等学府和某些科研机构。有一天，陈章良从图书馆里看到了有关介绍生物技术的文章，马上产生了浓厚的兴趣，并很快意识到生物技术的巨大潜能和美好前景。此后，他把自己的主要心思全投入到对生物技术知识的钻研上，除了想方设法从国外索取资料外，还请求出国的校领导帮他从国外带回一些资料，甚至从自己仅有的一点伙食费里省下钱来购买资料。

有一天，他从一本英国的《自然》杂志上读到了几篇由美国华盛顿大学教授、美国科学院院士玛丽·查尔顿写的有关植物基因工程技术的文章，非常兴奋，便给玛丽·查尔顿教授写了一封信，在信中表达了他对这个领域的强烈兴趣和献身这个领域的决心，并希望能到她的实验室去攻读博士学位。

没想到，玛丽·查尔顿教授很快给他回了一封热情洋溢的信，随后还派了一位华裔教授到他所在的学校对他进行面试。这位华裔教授与陈章良接触后，对陈章良在那样艰苦的学习条件下竟能获得如此丰富的知识感到十分惊讶，特别是陈章良奋发学习、追求科学的精神以及他那敏捷的思维和少见的才气，让这位华裔教授很是欣赏。华裔教授回去后，向美国华盛顿大学郑重推荐了陈章良。

1983年，陈章良以优异的成绩考取了美国华盛顿大学生物和医学部的研究生。从此，他第一次背离家乡，背离父亲，踏上了改变他命运的另一条路。

到美国的第一个晚上，陈章良就被“上”了一课：那天，当他扛着行李、拿着入学通知书走下飞机时，便开始四处寻找来接他到校的人。在他的想象中，华盛顿大学肯定会像中国一样，专门派人、派车到机场来接他。但事实上华盛顿大学根本就没有派人来接他。结果在那个多少有些凉意的深夜里，第一次站在异国土地上的陈章良竟然不知投宿何方。后来几经折腾，在一位美国教授的帮助下，他才好不容易找到了华盛顿大学的校门。陈章良后来说，这就是美国。如果一个人拿着入学通知书居然还找不着校门的话，还能指望你今后干成什么吗？他由此得到的收获是：人必须自强，尤其是在美国。

陈章良是个聪明而又敏感的人。到美国不久，他便意识到当时国际上最新的领域是世界著名生物工程学家毕齐所从事的重组DNA技术，而毕齐教授又正是他仰慕已久的科学家。于是几经努力，他跻身于毕齐教授门下，成为毕齐教授的弟子。

此后，陈章良如鱼得水。当时，陈章良在导师的指导下选定的研究课题，美国加利福尼亚和洛杉矶的几所大学也在紧张地进行，而且彼此的研究方法、路线，甚至手段都大致相同。即是说，陈章良和其他几所大学的研究者们实际上是在进行一场公开竞赛。所以陈章良清楚，他只有破釜沉舟，背水一战，比别人动更多的脑子、下更大的功夫，才能在这场竞赛中最先跑到终点，夺得金牌。于是几年时间里，他每天只睡五个小时的觉，几乎每天都要在实验室里至少工作十二个小时，有时长达十五六个小时，有时甚至干脆通宵达旦，其间实在扛不住了，就在实验室里眯上一会儿，接着再干。他现在每天只睡五个小时的觉，就是在那个时候养成的。

1985 年，陈章良率先“冲刺”，取得了两项重大研究成果：一是在世界上首次成功地利用植物基因工程新技术将大豆储藏蛋白的基因转移到烟草和矮牵牛上，并获高水平的表达；二是在第一项成果的基础上成功地总结出了这个基因的转化植株及其后代的遗传规律，并成功地作出了证明和提出了其表达的分子模式。第一篇论文在《欧洲分子生物学报》上发表后，引起国际生物学界的关注；第二篇论文在《美国科学院院报》发表后，被国际同行引用了数十次。而此时的他，还是华盛顿大学三年级的研究生。

陈章良的科研成果，引起了国际学术界的关注。1986 年和 1987 年，他连续应邀出席了两届美国高登学术会议。大会组委会还让他在会上作了半个小时的专题发言。不久，华盛顿大学提前一年半为他颁发了博士学位证书。

于是，陈章良成了 80 年代在美国的中国留学生中第一个获得博士学位的人。他的学术成就很快引起美国有关部门的关注：华盛顿大学为他颁发了生物学奖学金；美国能源部和农业部向他提供了一笔数量可观的研究经费；美国一些公司也愿意为他提供科研经费；美国最大的一家私人医学研究所还邀请他去担任一个重要的职务；甚至有的来动员说服他的时候，还随身带来了高级别墅的照片。

而就在这时，即 1986 年的一天，他突然收到寄自中国驻美国大使馆的一封信函。他打开一看，信函是中国驻美国大使馆的韩叙先生寄来的，内容是邀请他到中国驻美国大使馆去一下，说有要事与他商谈，并随信寄来了从美国密苏里州飞往华盛顿的机票。

陈章良到华盛顿见到韩叙大使后，这才知道，国内“863 计划”已经启动，生物技术已被列入七大领域之首。国家科委知道了他在美国的情况后，特让韩叙先生找他谈话，希望他能回国参加“863 计划”，从事和推动中国的生物技术研究发展，国内十分需要像他这样的从事生物技术研究方面的人才。

当晚，韩叙大使还请他共进晚餐。韩叙对他说，我知道你的背景，也知道你在美国已经有了非常不错的工作，但宋健主任对我说，国内要启动一个高科技计划，叫“863 计划”，这个计划里要启动生物工程，让我问你愿不愿意回去。如果你愿意回去的话，你可直接出任 863 专家委员会专家。当然了，你可以先回去看一看，我可以为你提供往返机票。你回去看了后觉得行，就回去；觉得不好，就留在美国，我绝没有逼你回去的意思。但是，坦率地说，如果你不回去的话，国家就可能会花费大量的外汇来购买你在美国开发的技术。

其实，早在 1985 年夏天，陈章良就动过学成回国的念头。当时，他找到了北京大学的副教务长、生物系的教授陈守良，打听回国后的种种情况。陈守良教授马上把他的这一想法告诉了国家计委科技局新技术处的处长严谷良。严谷良很快约见了陈章良。陈章良直言不讳地提出：如果他回国的话，希望国家能满足他在植物基因工程实验室、设备和试剂方面的要求。严谷良当即表示可以考虑。当时北京大学正准备筹建一个蛋白质工程实验室，如果再扩建一个蛋白质和植物基因工程实验室的话，正好两全其美。

所以，当韩叙大使提出回国一事时，陈章良当即表示，愿意回国看一看。

1986 年底，陈章良从美国专程回到北京。当他与国家科委、中国生物工程中心有关人士和北大校长分别作了交流后，决定回国。主要基于如下几点考虑：一是他认为自己毕竟是中国人，国内当时生物工程的研究很弱，他应该把学到的东西用于自己的祖国；二是美国人才济济，他回国发展，会比在美国更受重视，意义也更大；三是他在国外都做得不错，在国内也应该做得很好；四是他想挑战一下自己，证明一下自己，看在国内艰苦的环境和落后的条件下能不能干出一番事业。

之后，陈章良开始了回国的准备。他首先完成了他的博士论文的答辩。在博士论文的扉页上，他工工整整地写下了这样一句话：“我的这篇博士论文，献给生养我的土地和教育我的人！”美国华盛顿大学图书馆至今还保存着他的这篇博士论文。

博士论文答辩结束的第二天，陈章良便启程回国。临行前，一个美国女孩满脸疑惑地问他：“你为什么要急着回去呢？你的国家那么大，你这么小，那么大的国家与这么小的你，有什么关系呢？”望着那双可能永远也无法理解中国的蓝眼睛，陈章良笑了，说：“我是中国人，我的根在中国，我的事业也在中国。中国有个北京，北京有个北京大学。北京大学漂亮极了，比华盛顿大学漂亮多了，也大多了。那是我从小就梦想的地方！”

1987 年 1 月，陈章良回到了北京。年仅二十六岁的他，正式成为北京大学的副教授！而九年前，也就是他刚跨进海南岛那个简陋的校门时，他最大的愿望就是有一天能到北京大学看上一眼；可现在，他不仅进了北京大学，而且还一跃而成了北京大学的副教授！

这，也许就是人生，就是命运；而这样的人生，这样的命运，又意味着什么呢？

如果说，在美国的陈章良是从自卑到自强，那么回国后的陈章良心里只有决心与自信。

可以想象，陈章良第一次以北京大学副教授的身份坐在属于自己的办公室时，心情是复杂的，也是微妙的。当了北大副教授和 863 生物领域专家委员会委员的他，有两条路可走：一是从此“两耳不闻窗外事，一心只读圣贤书”，把自己关在书斋里写论文，做学问，谈理论，将来当一名大学者、大教授，继续走中国科技知识分子传统的老路；二是投身于中国改革的大潮之中，结合国内现实，有针对性地开展科研工作，并将自己的科研成果投放到市场，尽快转化成生产力，走一条科学技术与社会发展紧密结合的道路。

陈章良决定选择后者。

他心里很清楚，世界发展到今天，光靠论文包打天下的时代已经过去，搞科研就是要实事求是，就是要拿出真东西，解决实际问题。而当务之急——他的第一个战略计划，就是要尽快创建北京大学蛋白质工程及植物基因工程国家重点实验室。因为中国是个农业大国，而且是个落后的农业大国，这个落后的农业大国非常需要他这一代科学家用科研技术去推动和保障农业生产的健康发展。

说来难以令人置信，创建一个如此重大的国家重点实验室，最初的创业者却只有四个人：陈章良、潘乃穟教授和两个学生。而这仅有的四个人，四双手，却要担负起一边搞科研、一边搞建设的双重任务。从实验室的总体构想、设计草图，到实验室的一砖一瓦、一螺一钉，事无巨细，全都得亲自动手，事必躬亲。甚至有时为了买一个合适的电源插座，就得跑遍北京的城南城北，大街小巷。用陈章良自己的话来说，没想到建设一个现代化的国家大型实验室，居然首先要从寻找一个小小的螺丝钉开始。而更麻烦的是，为了购买仪器，他们不仅要申请指标、填写报表、请求审批，还要跑海关、接飞机、搞运输。等仪器弄回来后，还要亲自安装。实验室建在四楼，没有电梯，像五六百斤重的大型设备仪器也只有靠肩扛，靠手抬。有一次，陈章良亲自骑着一辆三轮车运送一个培养箱，由于培养箱太重，他骑着骑着就失去了控制，结果连三轮车带培养箱一同翻进了北大的未名湖。翻车时幸亏他反应快，及时从车上跳了下来，才避免了一场事故甚至说灾难。

但即便如此，陈章良和他的同事仅用了几个月的时间，便基本完成了北大蛋白质工程及植物基因工程国家重点实验室的创建工作。1988 年初，实验室的技术条件基本具备，世界上最新的植物基因工程工作在北大正式启动。

1990 年，陈章良和他的同事用基因工程技术培育出了基因工程香料烟草，并首次完成了大田试验。此项成果的问世，对减少烟草病害使中国的烟草生产造成的严重损失有着很大的意义，同时也标志着中国的抗病毒基因研究和应用已跨入世界先进行列。1991 年，此项成果通过国家教委的鉴定，荣获国家教委科技进步一等奖。

1991 年 4 月，陈章良主持的实验室又在国内首次成功地获得了天花粉蛋白基因，克隆后在大肠杆菌、酵母和烟草中得到了高效的表达。这预示着中国的一些传统中草药的有效成分可以通过生物技术进行大量生产，为中国中草药的开发利用转入现代化生产开辟了一条道路。

1994 年 4 月，在陈章良的指导下，实验室二十四岁的博士生邵莉和博士后李毅等从牵牛花瓣中成功地克隆了决定花粉颜色的基因，并将该基因克隆到中间载体，在正常开紫色花的矮牵牛中，获得了同株生长的紫白色相间和全白色的转基因花。这项在中国首次利用生物技术改变花朵颜色的成果，标志着中国在植物基因调控领域的生物技术研究又一次取得重大进展。

短短几年时间，陈章良的研究硕果累累。有的国家表示，愿意买走其成果。但陈章良不为所动，而总是把研究成果首先提供给国内的农业和医药部门使用。

1988 年，陈章良获得了首届“霍英东优秀青年教师奖”；1989 年，他晋升为北大生物系教授；1991 年 10 月，如前所述，他获得“贾乌德·侯赛因青年科学家奖”；1992 年 7 月，陈章良出任北大生物系主任，年仅三十一岁。

但陈章良并未就此停步。

北大生物系是全国高校最大的一个系，也是人员最多的一个系，更是生物学力量最雄厚的一个系。该系承担着国家“863 计划”以及国际合作等一百多个科研项目，不仅拥有全国第一流的生物技术人才，而且每年的学术成果也居全国同类高校与科研机构之首。然而一个令人十分尴尬甚至有点啼笑皆非的事实是，该系的教授和科研人员每月的奖金，却只有十三四元钱，还是人民币！

要解决这个极大的科研成果与极少的经济效益不平衡的问题，陈章良认为，必须打破长期以来“端着金饭碗等饭吃”的僵死局面；而要打破这种局面，就必须把科研成果转化为生产力；而要把科研成果转化为生产力，就必须放弃老路，走出传统，越过北京大学那高高的围墙。陈章良说："一道围墙把校园隔成了两个世界。许多冒牌公司打着生物工程的牌子大发横财，而地地道道地进入了世界前沿的生物系的科研成果，却躺在研究室里睡大觉。我们应该有自己的生物工程公司!"他非常清楚，国外的大学都有自己的高新技术公司。何况当今世界，要解决人类所面临的人口、粮食、能源、环境等严重问题，其主要途径都是大力开发和应用生物技术。作为新生物高技术发源地之一的美国，目前尽管已拥有一千多家生物技术公司，总资产高达两百多亿美元，但仍把生物技术列为"国家危急技术"，并将生物技术作为国家战略产业来加速发展。那么大量需要生物技术的中国，又有什么理由不让生物技术尽快实现产业化呢?

于是，为了积极响应邓小平提出的"发展高科技，实现产业化"的号召，尽快把"863 计划"的成果转化为生产力，陈章良向有关部门提出：尽快成立"北大未名生物工程公司"。他的这一建议得到了上级的支持。

在陈章良的张罗下，北大未名生物工程公司很快挂牌营业。两周后，一宗六十万元的买卖成交。一月后，国内八家制药厂相继接受了公司的技术转让，仅其中一项一年转让费便达一百多万元。两月后，三百多万元人民币便进入公司账上!

接着，陈章良又来了个"百米冲刺"：把原技术转让的形式一下改变和上升为与大企业"联姻"的形式。这样做的好处是，既可取得企业资金的赞助，又可得到企业管理的支持，还能获得经济上的实惠。

又接着，陈章良把一双"无形的大手"从国内伸向国外。1993 年，他寻找到外方合作伙伴，并随之成立了四个中外合资公司。仅 1996 年，其中一家公司的总收入便达六千万元人民币；而几年来公司上缴给北京大学的钱已将近两千万元人民币。当北大的部分教授和老师第一次领到三百元的奖金时，竟有点不敢相信这是事实。

这就是陈章良。他成功地把高技术渗进社会，与市场联姻，及时转化成第一生产力，让高技术在激烈的市场竞争中撞出了中国知识分子几十年甚至几百年来也未曾撞出的生命与智慧的火花，并让这“火花”变成了源源不断的美钞、马克、法郎和人民币，因而短短几年便改变了北京大学部分老师、教授贫穷的命运，同时也改变了北京大学百年来贫穷的历史。

再接着，陈章良又向北大的旧体制动起了手术。

多年来，中国的高等学校都普遍存在着“多教少教、教好教坏一个样”的现象。陈章良认为，这完全是由不公平的分配机制所造成的，其结果是扼杀了人才，抑制了生机，丧失了竞争。他与领导班子研究后，重新推出了一套新的举措：任何津贴的发放与每个教职员工所承担的任务、工作表现和完成任务的水平、质量紧密挂钩；并打破职务、资历的界限，在分配数额上拉开距离。一句话，多劳多得，奖惩分明。

然后，陈章良从教育本身的结构以及学科的建设出发，进行深层次的思考与改革。他认为，高等学府的教育，是一项为未来培养栋梁之材的宏伟工程，教育的发展必须适应未来科学技术发展的需要。过去旧的教学体制形成的最大弊病，是专业划分过细，学生知识面狭窄；老学科日渐僵化，新学科建不起来，培养出来的学生根本无法适应新的时代。而要想培养出有用的人才特别是科学帅才，就必须打破专业划分过细的传统格局，合并有关专业，把学生们投放到一个真正的大环境、大视野中去学习新的知识。为此，陈章良大胆取消了教研室，减少了二级领导机构，裁减了多余人员，让系主任与每一位老师直接对话。

为深化与充实他的这一改革思路，北京大学生物系在原来的基础上扩展组建成“北京大学生命科学院”，由他出任院长。生命科学院设有六个系、一个研究中心、两个研究所、两个国家重点实验室以及技术开发部。由此发生的变化是：师生员工们爆发了从未有过的生命力。

紧接着，在国家教委的大力支持下，陈章良又为北大创办了生物技术系。该系集中了十几名年轻的博士，从事基础理论和应用开发研究等。《哥德巴赫猜想》的作者、著名老作家徐迟对此深有感慨，他说："从表面上看，陈章良好像是改革了北大的一个生物系，而实际意义远远超出了本身。陈章良提供给这个社会与国家的是一个全新的思想观念，是一种高屋建瓴的科学帅才的气度，而站在21世纪门口的中国科学界最迫切需要的就是这一点。"

凡是与陈章良接触过的人都说，陈章良的思维十分敏捷，想法很多，常常是一个新的决策刚刚开始付诸实施，另一个新的想法又冒出来了。但他的目的只有一个：早日把中国的生物技术搞上去，参与国际竞争。

兴建"北大生物城"，便是他的一个新想法。他知道，在五六十年代，中国本来有些技术已接近国际水平，由于产业开发没有跟上去，所以数十年后的今天只好被迫大量引进外国的东西。现在，中国新崛起的生物技术在世界都居于中等偏上的水平，在亚洲则居第一。但生物工程的水平却相当低下，还不及日本的几十分之一。如果仍像过去那样不搞自己的产业基地，今后必然还会落得同样的结局。因此，他决定兴建"北大生物城"。

这一构想提出后，得到北京市委市政府、国家科委、国家教委、国家财政部等有关部门的大力支持，并很快开始付诸实施。这个被称为中国划时代的生物城位于北京西郊圆明园以北，占地面积五百亩，建筑面积占百分之三十，其余均为绿地园林，湖泊草坪，1999年10月奠基，将于二至三年建成并投入使用。

在"北大生物城"实施之际，陈章良的眼睛又紧紧盯住了国际上另一个大目标：1994年，联合国开发计划署决定在亚太地区建立世界上第一个"国际疫苗研究所"。陈章良得知这一信息时，联合国的初步选址工作已经结束。陈章良敏感地意识到，这一跨世纪的宏伟工程虽然不是北大分内的事情，却与中国明天的科学发展有关，它对获取信息，引进新的思维、新的观念和新的工作方法有着重要的意义。于是，为了让国际疫苗研究所能建在中国，在政府的积极支持下，陈章良积极协同北京市、国家卫生部等单位做了大量的工作，还将联合国的官员拉到中国来考察。结果，中国最终获得了这项计划的培训和教育两部分内容。陈章良说："如今的科学家已不是人们过去观念中的那个样子了。现代科学是一种广泛交流的科学，群体作战的科学，特别是搞实验科学，尤其需要有将帅之才的科学家，而绝不能躲进小楼，不问天下事。不做科研以外的事情，几乎就谈不上事业的发展，甚至连实验室都可能保不住。"

就陈章良个人而言，他在事业上不仅飞黄腾达，并拥有了相当雄厚的资金。但他知道，中国科技界目前已出现了严重的"断层"现象，像他这样的"幸运儿"在中国毕竟是极少数，只有想法让更多的青年科学家迅速脱颖而出，中国的科技队伍才会后继有人。而现在中国青年科学家们搞科研的最大苦恼和障碍，就是没有启动资金，所以他又琢磨起了青年科学家的科研经费问题。

1994 年 2 月 17 日，为准备八届人大十二次会议的召开，李鹏总理在中南海召开了一个由各方人士参加的座谈会，征求对《政府工作报告》的意见。陈章良作为科学界的代表，出席了这次会议。会上，当轮到陈章良发言时，他坦率地讲了不少在国外学有所成的年轻博士，由于没有启动资金而难以施展才华、报效祖国的问题。

李鹏听了后，问：你有什么具体的想法吗？

陈章良说：西方不少国家为了鼓励青年科学家，专门设立了"总统奖"之类的奖励基金，我们能否也从总理预备金中拿出一部分钱来，设立一个"总理奖"，以支持鼓励那些在国内外最优秀的青年科学家？

李鹏又问：这笔奖金需要多少钱呢？

陈章良说：若按每个学科算，每年每个学科选出两人，每人奖给五十万元，每年有五千万元人民币就够了。

陈章良说得很轻松，参加座谈会的不少人却吓了一跳：五十万元人民币？这对中国的知识分子来说，简直是一笔做梦都不敢想的天文数字；而眼前的这个青年人，大嘴一张，就像吐烟圈一样张嘴就来，是不是多少有点狂妄自大、不知天高地厚呢？甚至还有人在心里犯着嘀咕：这不是明摆着让李鹏为难吗？

李鹏想了想，明确表态说：中国科学和经济的崛起，迟早会落到青年人的身上，支持青年科学家是件非常重要的事情，政府一定设法解决。不过，总理预备金也是有限的，很多重要的部门都等着用钱。这是件大事，等我和有关的领导同志研究后再定。

几天后，元宵节到了，党和国家领导人邀请科技教育界部分人士前往中南海共度佳节，陈章良有幸出席了这次活动。席间，李鹏把陈章良叫到一旁，说：你上次提到的关于设立“总理奖”的问题，我很感兴趣。但叫“总理奖”似乎欠妥，是不是可以叫“政府奖”呢？

之后不久，陈章良便接到国家科委一位领导的电话，要他把给李鹏总理的建议写成报告，呈报上去。陈章良当天便写出了报告：

总理：您好！

2月17日受您邀请在中南海参加您的《政府工作报告》讨论时，我提出了关于设立“总理青年科学家基金”的设想，现提出书面建议，敬请审阅。

您一直十分关心青年科技工作者，从各方面给予了大力支持。随着我国国民经济的迅猛发展，越来越多的留学生已学成并希望归国参加建设。设立“总理青年科学家基金”，对于吸引杰出的青年科学家回国工作，使中国的科技跻身于世界前列，有着重要的意义。特别是在“总理青年科学家基金”的支持下，我国科技战线中坚力量将不断发展壮大，为中国问鼎诺贝尔奖提供契机。

操作方法建议如下：

1. 建立由学术威望高、有代表性的专家组成基金委员会，可考虑邀请数位有国际影响、获过诺贝尔奖的、支持中国科学事业的外国学者参加；

2. 建议奖励周期为两年，每门学科评选一至二名杰出的青年科学家，授予五十万元奖金，帮助建立一个基金实验室（大型仪器设备由原单位自行解决）；

3. 运转资金由国家自然科学基金资助。

总之，这项基金的设立对我国科技的蓬勃发展和经济的突飞猛进都将起到重要的作用，具有深远的历史意义。

坚信在我们的党和政府的领导下，我国的科技事业一定能够不断前进，在下个世纪达到前所未有的高峰。对此我充满信心！

建议人：陈章良

1994 年 3 月 20 日

不久，陈章良便接到通知：他的建议已经批准，并正式定为“国家杰出青年科学家基金”。

该基金每年评定一次，第一年（即 1994 年）支付的总额为三千五百万元人民币，从 1995 年增至为每年五千万元人民币，由国家自然科学基金会主持。而他本人则被聘为评审委员会委员。

此消息一经公布，立即在海内外引起强烈反响，不少青年科学家纷纷提出申请。1995 年 4 月 15 日，四十九位平均年纪只有三十七岁的青年科学家，首次获得了“国家杰出青年科学家基金”。

1995 年，日本经过严格的评审，选出了“世界十大杰出青年”。名单公布后，中国的陈章良赫然在榜。于是他又一次以一个中国人的身份，站在了世界的领奖台上。那天，当他接过日本天皇手中的金杯时，浑身上下，热血沸腾。更出乎他意料的是，颁奖结束后，日本天皇还亲自邀请他们十个“杰出青年”到家做客。当陈章良等十个青年来到日本天皇家时，日本天皇亲自在门口等候迎接。席间，受到特别款待的陈章良向日本天皇谈到了中国的巨大变化；特别谈到中国改革开放后出现的大好形势，并介绍了中国生物工程的发展近况。陈章良后来说：“当我和日本天皇面对面地坐在一起谈论起我的国家时，我有一种非常得意的感觉。我能以一名贵宾的身份被日本天皇邀请到家做客，能以一名杰出的中国青年的形象平等地出现在日本天皇的面前，我感到非常的骄傲，非常的自豪！当然，这也是我们整个中国的骄傲与自豪；同时，也让我再一次从外国人那一双双钦佩的目光中找回了中国人的自信。”

而就在这一年，三十四岁的陈章良，又一跃而成为北京大学的副校长！

在北大百年的校史上，能出任校长、副校长的，多为中国教育界、知识界德高望重、资历深厚、才华超群的杰出之士。而小小年纪的陈章良在这群杰出人士中，最多算是孙子辈。所以此消息一经传出，海内外舆论一片哗然，陈章良更是名声大振！

然而巨大的荣誉必然带来巨大的压力，同时还有各种各样或正确或错误，或好心或恶意，或赞扬或批评的议论和说法。面对这些，年轻的陈章良伤心过、痛恨过、失望过，甚至愤怒过。可他是一个很难放弃自己追求的人，名声越大，追逐的目标反而越高。他根本无暇顾及社会上那些沸沸扬扬的闲言短语。

他的下一个宏伟构想是：在北大生物城专门设立一个大型的科学家培养中心。中心的所有设施全部按国际一流标准来建造、配备。其目的就是为中国培养诺贝尔奖获得者。他说：“人生的苦恼无非有两种，一种是被逼着做事的苦恼，一种是有力无处使的苦恼，但这两种苦恼我全没有，因此我不得不全身心地投入到我为之钟爱的事业之中。现在，国家正处于非常有利的发展时期，只要把握好这个机遇，中国就大有希望。对此，我充满自信！”

从 1987 年至今，陈章良回国已整整十年。

十年来，他连续几届当选为“863 计划”生物领域专家委员会委员，也是“863 计划”中最年轻的专家委员。他所领导和指导下开展的一系列适合中国国情的生物工程研究，取得了显著的成果，对保障和促进我国农业生产的发展起到了积极重要的作用。在“863 计划”等部门的支持下，他的实验室目前成了国内最大的几个做大田试验的实验室之一。由他负责的生物工程公司，年收入现已高达一亿多元，税后利润近三千万元！

十年来，只要不外出，他每天都要在北大未名湖畔那座小小的实验室里工作十几个小时以上；他实验室的灯光在深夜 12 点以前，从来没有一天提前熄灭过。他每年都说：“我要到美国去工作几年，然后再回国工作，这样可以促使我有新的进步。”可每年他都挤不出一点时间。他除了坚持搞科技产业化外，还要坚持搞理论研究，撰写论文。因为他知道，中国一年在国际上发表的论文只有一万零五篇，而美国光是一个哈佛大学，一年就发表论文七千多篇！尤其在《科学》《自然》等世界最权威的刊物发表的论文，中国每年只有五六篇，而国外一个大学一年就是几十篇。因此，他给自己定下个任务：必须保持每年在国际上发表论文四至五篇，在国内发表论文七至八篇。目前，他已在国内外一级学术刊物发表论文一百多篇，其中的一篇论文还被国内外引用过一百多次。

十年来，他始终坚持锻炼身体，每天中午都要参加一个小时的体育活动。也许这与他喜欢挑战、不愿“拷贝”别人的性格有关。他最喜欢的是打排球，只要在家，北大的排球场上每天中午都能见到他那生龙活虎的身影；即便当了北大的教授，他依然是系教工排球代表队的主攻手。此外，他还喜欢游泳，尤其喜欢在大海里跃上浪尖那一瞬间的感觉。有时周末，也有意识地去爬爬山。他说爬山可以接受大自然的洗礼，感受大自然的胸怀，让自己的心胸在大自然中变得更加纯净而开阔。即使在深秋初冬，他也只穿牛仔裤和 T 恤。他在美国十年，从未去过医院；回国十年，医院也与他从来无缘。他说他只去过一次北大卫生所，还是为了拔掉一颗牙。因此，尽管他每天限制自己只睡五个小时，却总有使不尽的力气，用不完的精力。

1997 年 5 月的一个下午，在北大未名湖畔那个神秘的实验室里，三十六岁的陈章良在经历了从自卑到自强、从自强到自信以及各种酸甜苦辣、是是非非之后，谈到自己回国十年走过的路程时，深有感触地说了下面这段话：

回国十年来，我有许许多多的感受，最深的感受有四点：

第一，十年前我作了回国的选择，到今天为止，我认为我的选择是正确的。十年来我做了那么多、那么大的事，我感到很欣慰。我回来比在美国对国家的贡献要大得多。尽管在国内干得苦一点，但我无怨无悔。

第二，在美国，三十多岁的年轻人已经不算年轻了，三十多岁的年轻人担任了重要职务的多得是，因为有人四十多岁就当上总统了。但在中国，像我这样二十六岁就当了北大副教授，三十二岁就当上了北大生物系主任，三十四岁又当了北大副校长的情况，在全中国却只有我一个！正因为我在国内比较早地挑起了重大的担子，所以来自各方面的压力就比别的年轻人要大得多！为什么呢？因为你太年轻了！尽管你是不错，你是做了不少大事情，但社会一方面承认你，另一方面又大规模地嫉妒你，因为你太年轻、太年轻了！从国家领导人来说，希望扶持年轻人，但另一方面中国固有的传统的压力又大得很。这不是我一个人的问题，而是压了一大批年轻人。这种压力实在太大了，干起事业来，生活起来，都很苦很苦，苦得有时晚上睡觉都很紧张、很紧张，让人感到很辛酸，一种没法讲出口的那种辛酸！于是我想，我为什么要这么干呢？我到底是为了什么呢？我又不是在美国干不了才回国的。我和别的一些年轻人不一样，别的年轻人是要到美国去找工作，我是为了国家的“863计划”主动从美国回来的。我离开美国十年了，美国现在还保留着我的工作位置。所以，有时我也想不通，我为什么要可怜兮兮地看着别人的脸色做事呢？为什么要忍气吞声地去尊敬一个我并不尊敬的人呢？谁都有一个年轻的过程嘛，现实为什么会是这样呢？但我依然坚强地生活着。半途而废，不是我陈章良的性格！

十年来，我深深体会到，要在这么一个大的国家做事，自己的意志一定要很坚强，为事业奋斗的信念决不能动摇。你只有忍受许多的挫折和麻烦，承受得住许多压力，才可能在中国站得住脚——仅仅是站得住脚而已！

十年来，我努力工作，从来没有白天黑夜，从来不敢休息一下。只要有一天没进实验室，我的心里就会感到难受，像丢了一件什么东西似的。有时实在做不了事，哪怕让我在实验室里待上一会儿，我的心里也会好受一些。如果说我的实验室有一天晚上12点前没有亮着灯光，那就是一件怪事。

第三，国家处于大规模的变革时期，我们生活在这样一个巨变的年代，这个年代有许许多多的机会。改革后，给中国的年轻人带来了许多的机会。这是一个机遇与挑战并存的时代，我们能赶上这样一个时代，是我们这一代人的幸运。所以我是一个幸运者。这也是这片土地牢牢地吸引我的原因。由于国家处于变革时期，国家需要改革，需要建设，我们理所当然应该成为国家的支持者，理所当然应该负起历史赋予我们的这份责任，勇敢地挑起这副重担，为国家做出我们应做的贡献。历史已经把这副担子放在了我们的肩上，如果我们不挑起历史的担子的话，是件很丢脸的事情。所以再大的困难我也必须承受，决不畏惧。中国的建设需要大批的留学生。我非常感谢国家对年轻人的倾斜政策。我特别感谢国家“863计划”，感谢宋健和朱丽兰的支持。

第四，我的前途还在中国，我的根还在中国。既然我已经在这片土地上留下了这么多的汗水和心血，那么我就要继续勇敢地走下去。一个人活着，为自己是对的，但还应该更多地考虑如何为社会，为别人，如何让我们的国家更富强，让更多的人一起来过一种轻松、和谐、幸福的生活。过去十年，是我的财富，我应好好珍惜它。我毕竟还很年轻，我的路还很长，我要做的事情还有很多很多。我相信自己的实力，我对自己很有信心，我坚信我一定能取得更大的成功！

这就是陈章良。

身为北大的副校长、国家“863 计划”的专家，他却穿着 T 恤衫、牛仔裤，甚至玩起来像个大孩子。应该说，他是个成功者，也是个幸运者。他之所以能在短短十多年里取得许多人一生都无法取得的成功，除了他的天赋、勤奋、才干和锲而不舍的追求精神，还赶上了一个好时代，把握住了一个好机遇。

当然，在我们这个拥有五千年文明历史的古老国度里，三十六岁的陈章良毕竟太年轻了！他要走的路还很长很长，他要做的事还很多很多，他的身上也肯定存在着这样那样的缺点和不足，甚至在今后的路上也还会出现各种各样的困难和问题。然而令人欣慰的是，这位年轻的科学家用他的实际行动，在向世界展示中国实力的同时，也展示了希望，从而找回了东方人的自信。有了这种自信，经过深深自省后的陈章良，相信一定能伴随着我们民族的成熟而更加成熟。

B. 走出清华门

让我们离开北大，再走进清华。

清华，这座以理科著称于海内外的高等学府，自 1911 年 4 月 29 日举行开学典礼至今，近九十年来已先后培养了七万多名学子。当代中国一批又一批很有影响的科学家、文学家、工程师、教授和政治家，如诺贝尔奖得主李政道、杨振宁和著名科学家钱学森、竺可桢以及胡适、梁思成、朱自清、闻一多、高士其、华罗庚、王淦昌、王大珩、郭永怀、邓稼先、周光召等，都是从清华走向全国、走向世界的。因此，中国当代科技的历史，总能在这座生长大师的园林里找到闪光的印痕。

历史进入 80 年代后，中国改革的大潮席卷全国，同时也拍打着清华园的西门、东门、南门和北门，于是一向安详宁静的清华园不再安详宁静了，一批不甘寂寞、敢于挑战的学子们开始了新的思考。

自动化系的吴澄教授，便是其中的一位代表。

吴澄人生的一大转折，同样起源于国家的“863 计划”。

吴澄性格内向，温文尔雅，一脸书生气。若光从外表看去，他不属于那种充满激情、充满自信的叱咤风云似的人物，更不属于那种充满“野心”的狂妄之士。他给人的印象是，理智多于热情；平常而不平庸；寡言少语却富有思想。

“863 计划”开始前，吴澄在工作和生活两方面的表现都很本分、老实、稳重，属于那种安分守己、顺其自然的角色。这位在运河边上长大的孩子，自 1957 年第一次跨进清华的校门后，一直是个比较“听话”的学生。他深知自己上学不易，所以一门心思念书，没有任何分外之想，更无任何越轨之举。即便在“文化大革命”一片混乱的情况下，他也始终保持中立的态度，宽容而温和，并善于在历史的某个关节点或拐弯处把握好自己命运的重心。他做人做事的原则：一是要讲良心，二是不要有野心。也许正是学校看中了他做事的冷静和处世的稳重，研究生毕业后，他被留在了清华，分管自动化系专业。

1978 年，国内掀起出国留学热，不少人都纷纷出国留学了，清华却没有推荐吴澄出国，而是让他留下来处理青年工人的一大堆杂事。到了 1979 年，全国轰轰烈烈地搞起了经济，他再也忍耐不住了，觉得自己学的是自动化专业，国家的经济建设很需要这门专业，便向学校提出想去国外留学的请求。结果，第二批留学生出国时，他去了美国。

去了美国的吴澄有过许多想法，其中一个反复想了 N 遍的想法，就是再也不打算回清华了。但后来在某个睡不着觉的晚上，他忽然转念一想，落后的中国工业现在很需要自动化，自己出国是为国家而学，又不是为清华而学，为什么不回去呢？于是1983年初，他回国了。离开美国时，不知出于一种什么心理，不仅连一页废稿纸都没留在美国，甚至连一双烂袜子也带回了中国。

回国后的吴澄担任了清华自动化系的副主任，主管系里的科研工作。从这时起，他的思想和观念发生了很大变化，一向平静的心态变得很不平静起来。他认为，清华自动化系在他们这一代人的手上，不能还是板着一副老面孔，应该积极参与到国家的经济建设当中去，而绝不能像有的人说的那样，“清华自动化系只要有一台微机就够了”。

本来，作为清华大学的一名教授，吴澄也完全可以走过去大家早就习以为常的老路：首先为自己确定一个研究课题，接着想法争取一笔科研经费，然后踏踏实实地坐下来搞科研、爬格子、写论文、带研究生。最后，从讲师爬到副教授，从副教授爬到正教授，从正教授爬到博士生导师，从博士生导师再爬到中国科学院院士。

但吴澄的真实想法是，自己是搞理科的，学的是工业制造专业，如果只常年坐在办公室里搞理论研究，不可能为国家的经济发展和人民的物质生活带来什么实惠。而只有走出象牙塔，走出中国校园，走出知识分子传统的追求模式，把自己的专业技术融入到国家的工业建设当中去，才能真正做到学有所用，学有所成。因此，从1986年起，他除了在国内的工厂进行调研，还专程跑到美国，花了两个多月对一些大公司和企业做了调研，特别是对当时流行于美国各大企业的计算机集成制造系统情况做了调研。并且一回国，他就向有关部门写了一份建议，建议中国应该搞计算机集成制造系统。

而就在这时，“863计划”启动了。自动化领域的首席科学家蒋新松在考虑自动化的战略发展目标时，将计算机集成制造系统列入了“863计划”。所以，吴澄从美国调研回国不久，便被选定为“863计划”自动化领域专家委员会委员，并担任了计算机集成制造系统主题专家组的组长。从这个时候起，吴澄平静的校园生活被打破了，传统的人生之路和治学之道被改变了，生命的河床里开始有了浪花朵朵，甚至波涛滚滚。

那么，什么叫计算机集成制造系统呢？

所谓计算机集成制造系统（国外统称 CIMS），简单说来，就是组织现代化生产的一种哲理，一种指导思想，一种最先进的生产技术和管理手段。通过这种哲理、思想、生产技术和管理手段，可以在信息集成的基础上，把过去建立的一个个自动化“孤岛”有机地连接起来，让企业达到高度的自动化，实行全局的优化运行，使产品达到“上市早，质量好，价格低”的目的，从而在国际市场上具有更强的竞争力。一句话，它是一个企业适应全球竞争的技术基础，是一个国家的制造业走向现代化必不可少的一个重要策略和步骤。

比如，你想制作一个机器零件，只需将零件制作草图输入辅助设计的计算机里，计算机系统随即自动生成加工工艺流程和数控程序，这些信息通过网络传输到生产车间，车间的计算机接到信息后，指挥运货小车自动从仓库运来用于制作零件的毛坯，然后安装到柔性线上，不同类型的设备就可以根据设计好的程序有条不紊地工作。这样，只需相当于原来五分之一至十分之一的时间便可将毛坯制作成合乎要求的零件。

“计算机集成制造系统”这个概念在 1974 年由美国的约瑟夫·哈林顿博士首次提出后，在几个工业发达的国家很快开始流行起来；特别是进入 80 年代后，受到西方各个工业国的普遍推崇与重视。美国将计算机集成制造系统列为影响国家经济命运和地位的二十二项关键技术之一；欧共体在欧洲信息技术研究发展战略计划中专门制定了计算机集成制造系统推广计划，并投资了七亿四千四百万欧元，专门用于研究计算机集成制造系统；德国为了强调企业的经济效益，专门给应用计算机集成制造系统的企业资助了一亿五千万美元；日本政府、行业组织、研究机构则和企业联合一起，形成了多方结合的计算机集成制造系统应用开发力量体系；而瑞士、韩国、新加坡、巴西等国也先后纷纷制定了专门的计算机集成制造系统计划。于是，计算机集成制造系统成了世界主要工业国家竞相发展的一项具有战略意义的高技术，同时也逐渐成为现代企业自动化的一种新的生产模式和发展方向。甚至 1987 年美国国防部在一份报告中还特别强调：要重振美国经济雄风，让美国在下个世纪全球经济中继续保持霸主的领先地位，就必须大力重振制造业，因为制造业是一个国家国民经济的支柱！

而美国科学院对美国在计算机集成制造系统技术处于领先地位的五个公司曾经做过调查。调查结果显示，采用计算机集成制造系统后，可使产品质量提高百分之二百至百分之五百，生产率提高百分之四十至百分之七十，设备利用率提高百分之二百至百分之五百，生产周期缩短百分之三十至百分之六十，工程设计费减少百分之十五至百分之三十，人力费用减少百分之五至百分之二十。

遗憾的是，中国在制定“863 计划”纲要时，计算机集成制造系统在中国还是一片空白，甚至连真正了解这一名称和概念的人也为数不多。因此，当蒋新松和吴澄等人提出在我国发展计算机集成制造系统的建议后，便引起不少争议。有人表示反对，认为中国的制造业无论是在工艺装备、管理水平还是质量意识三个方面都比较落后；再加上中国人口本来就很多，所以计算机集成制造系统离我们还很遥远，用不着搞自动化。但也有人表示支持，认为全世界都在搞自动化，中国为什么不搞呢？

在吴澄他们看来，中国的问题不在于要不要搞自动化，而在于搞什么样的自动化。中国搞自动化不是像西方那样为了减轻人的劳动力，甚至降低人的劳动成本，而是为了让人的劳动更适应世界的竞争，提高劳动的质量和劳动的效益。中国如果不搞自动化，产品无论在国内还是在国外的市场上，都不会有竞争力；其产品的质量、推出新产品的速度以及销售服务水平、经营渠道等，也无法与外国抗衡。而要让产品在市场具有竞争力，必须做到以下四点：一是生产时间越短越好；二是产品质量越高越好；三是成本越低越好；四是销售服务越优越好。

而要想做到这四点，就必须搞自动化。因为自动化是提高生产率的强大手段，其应用范围几乎扩展到了人类活动的一切领域。据统计，现代社会里有百分之七十的物质财富都是制造出来的，大到飞机、坦克、火车、汽车，小到桌椅、板凳、碗筷、茶壶。当年中国的科学家搞“两弹一星”，解决的是中国的军事和政治实力问题；而今天中国的科学家要解决的，是中国的经济实力问题；而要解决中国的经济实力问题，就得靠先进的制造业。

美国麻省理工学院的一批教授通过对日本汽车工业多年的研究，写了一本书，书名叫《改变世界的机器》。在这本书的开头，第一句话写的是：“一个国家的人民要生活得好，就必须生产得好。”这里说的“生产得好”，指的就是制造业好。

的确，纵观已经走上了工业现代化的西方国家，没有一个不是经历了先进的制造业后才进入发达国家行列的。我们说美国强大，强大在什么地方？不就是它的汽车、软件等制造业强大吗？我们说德国强大，不就是它的工业强大吗？我们说日本、韩国强大，不也是说它的汽车、家电等制造业强大吗？就连小小的台湾也是如此，它虽然没有雄厚的资源，但制造业却很强大，其计算机已占世界第三位，微机占有量则达世界的百分之三十，甚至连机床之类的东西也打入了大陆，且占有很大的比例。

吴澄曾经到意大利参观过一个汽车制造厂，这家厂月产小汽车六千多辆，年产两百万辆。这家厂的每一辆小汽车，都是按照客户的订单生产的，每一辆都各不相同。而且每一辆小汽车当天制造完毕，当天就从厂里拉走。从小汽车订货、制造到出厂，全是一鼓作气的自动化流水线。吴澄说，这家厂给他最深刻的感受就是，一边看着小汽车像小河一样流出去，一边看见美元像大江一般流进来。

什么是强大？这就是强大！凡是国家强的，老百姓富的，都是因为制造业发达。一个民族要强大起来，需要有实实在在的内容，这个实实在在的内容，就是要制造出丰富的物质财富来。这是一个国家现代化的标志。否则现代化就是一句空话。而要想让制造业发达起来，就得靠先进的技术。因为世界的历史，已经由一战、二战发展到了冷战，现在又由冷战发展到了商战。在这个商战的时代，拼的不再是坦克、枪炮和导弹，而是科学、技术、智慧和财力。哪个国家的制造业不发达，哪个国家就永远是个穷光蛋！

中国的情况也是如此。改革开放以来，国力在逐步增加，制造业的进步不能不说是一大因素。但这种进步与世界发达的制造业国家相比，还相差甚远。因此在吴澄看来，中国不搞计算机集成制造系统，就很难缩小这种差距，很难生产出在国际市场上有竞争力的好产品，也就很难有真正意义上的工业现代化。

然而，真要在中国搞计算机集成制造系统，相当不易。

1987 年初，吴澄出任计算机集成制造系统主题专家组组长后，工作刚开始，不少人表示很不信任，甚至有人坚决反对。原因很简单，清华大学的教授们过去走的都是一条很单纯的学科路子，而吴澄不搞学科却搞起了工程，这无疑是离经叛道。于是有人对吴澄直言相劝：你老老实实地带上几个研究生多好，既清闲，将来又好评职称，干吗非要去搞什么“席梦思”——有人把 CIMS 即计算机集成制造系统戏称为“席梦思”。

吴澄外表书卷气，内心却极有主见。工业强国，是他上大学时就有的梦想。还在当研究生时，他去工厂作过调查，所以对落后的工业状况比一般人更有发言权。他认为，过去的中国知识分子探索的是一条如何救国的路，今天的中国知识分子应该探索一条怎样治国、如何强国的路。尤其是搞工科的知识分子，应该投身到社会中去搞工程，如果还是躲在书斋里死啃一辈子的书本，做一辈子的论文，工业强国的梦想永远只能是梦想！

因此，专家组成立后，吴澄等人便开始着手筹备国家计算机集成制造系统工程技术研究中心。该中心建在清华大学，吴澄出任中心主任，熊光楞出任总工程师。

第一次从“学院派”变成实干家，从两袖清风、孤芳自赏的穷教授变成“腰缠万贯”“日理万机”的大老板，吴澄心头的压力当然很大。因为要在清华大学建成中国最大的计算机集成制造系统工程技术研究中心，除了要冒很大的风险外，还有内部的、外部的、里里外外的各种关系、矛盾和问题都得处理好。而且像搞这样大的工程项目，对吴澄这样的“书呆子”来说，不单单是做学问的问题，也不仅仅是技术的问题，还有个现代化管理的问题；倘若没有现代化的管理，先进的技术就无法得以顺利实行。所以从这时起，吴澄再也没有一天清闲过；每当累得难以支撑时，他总会想起美国科学院院士、华人数学家、清华校友林家翘对他说过的一句话：“你不要急，你这样做对国家将来的发展影响很大，我看比拿一个诺贝尔奖还重要！”

1992 年，在清华大学等十一家单位的通力合作下，通过五年的艰苦努力，国家计算机集成制造系统工程技术研究中心终于通过了国家科委的验收。

研究中心建成后，受到了国内外同行的赞赏，除国内有两万多人次参观了这个中心外，还接待了包括撒切尔夫人、科威特王储等贵宾在内的两千多人次以及港澳台胞七百余人。1993 年，中心获得国家科委颁发的科技进步一等奖。

这期间，吴澄和蒋新松、李伯虎、张昭等专家们一起，先后深入到全国三十多所大学、研究所和企业进行广泛深入的调研，而后对一些企业进行“会诊”，看哪些企业需要实施先进技术，需要搞计算机集成制造系统工程。在此基础上，针对各个企业的具体情况，以企业的需求作为牵引，再确定战略部署和具体措施。吴澄说，由于历史的原因，中国的企业“病情很严重”。但正因为“病情很严重”，就不能盲目下手。就像一个病人，该吃补药才能吃补药，不该补的补了，反而会把身体补垮。

接着，吴澄和同事们又把脚步迈向工业的第一线。1993 年，在北京组织召开了全国应用工厂会议，在会上提出了“效益驱动”的原则，会后还派出专家组亲赴重点工厂选择“突破口”。他们每到一个地方，都与总经理、厂长直接对话，当场确定“突破口”目标。最后，他们选定了北京第一机床厂、沈阳鼓风机厂、成都飞机公司三家作为“突破口”。经一年多的艰苦努力，计算机集成制造系统工程在这三家企业中取得了显著的成效。

北京第一机床厂是一个有五千多名职工的大厂，是全国机床行业的排头兵，每年可生产四十至六十个品种、三千多台机床，占了国内铣床市场的百分之五十。但由于该厂过去没有实施计算机集成制造系统工程，在国际市场竞争中屡屡吃亏。比如，在80年代后期，中国铁道部要招标购买四台特殊的铣床，北京第一机床厂便加入了投标的行列；而与此同时，日本、德国、法国等国的厂商也加入了这一投标的行列。投标揭晓后，尽管北京第一机床厂的价格比其他几家都低，但产品交货期要二十二个月；而日本的企业因采用了计算机集成制造系统，只需十七个月。最终还是让日本厂商抢走了这笔大买卖。

但北京第一机床厂实施计算机集成制造系统工程后，生产机制和管理机制有了很大的改变。比如1993年的第三季度，仅仅因为一次快速反应的决策，便增产了三百八十九台新机床，创下了四千万元的销售收入。而1994年第二季度后，二十多亿美元的外国机床一下涌进中国市场，导致国产机床市场大滑坡，中国机床行业亏损企业高达百分之四十。然而即便在这种情况下，由于北京第一机床厂实施了计算机集成制造系统工程，半年内就改变了十多次生产计划，十个月便获得三亿五千万元的产值，上缴利税近一亿元！之后，澳大利亚、印度、德国、日本、白俄罗斯等国的厂商纷纷来访，订单源源不断。1995年9月，在北京举办的第四届国际机床展览会上，德国一厂商参观了北京第一机床厂的展台后，兴奋地说：“我来中国就是想寻求这种技术，没想到中国还有这么高水平的企业!”并当场签订了一份价值一亿元人民币的合同。接着，哈尔滨电机厂为生产三峡工程所用的水轮发电机叶片，对价值几千万元的铣床在世界范围公开招标。美国、日本、德国、加拿大等七八家大公司纷纷踊跃投标，北京第一机床厂是中国唯一的投标厂。结果，北京第一机床厂中标。过去，中国中标靠的都是价格低，这次靠的却是加工技术先进、产品质量稳定和性能好。

沈阳鼓风机厂是中国重大机电装备透平压缩机的生产厂家。该厂在实施计算机集成制造系统工程之前，从用户订货到交货需要十八个月，而国外企业只需十至十二个月；国外厂商两周便可提供精确的报价，而该厂则需要六周才能提供一个粗略的报价。这使它参加国际投标的资格都没有。可该厂实施计算机集成制造系统工程后，产品从订货到交货的周期缩短到十至十二个月，报价时间也在两周之内，生产能力大大提高。1995 年，在世界同行排名中从原来的十几名提升到了前六名。

成都飞机工业公司实施计算机集成制造系统工程后，工作效率比原来提高了一百一十五倍；MD 机头装配周期从原来的十二个月，一下缩短为六个月。在美国波音和麦道公司来华考察转包生产时，成都飞机公司以其先进的技术水平和现代化管理水平领先国内同行，从而获得了更多的转包生产订单。此外，成都飞机工业公司还带动了中国航空工业其他骨干企业实施计算机集成制造系统工程，从一个企业发展到了整个行业。由于有了先进的科学技术作支撑，使得中国东南西北四家飞机公司可以进行亲密合作。比如，生产一架飞机时，成都飞机公司造机头，沈阳飞机公司造尾巴，西安飞机公司造翅膀，上海飞机公司搞总组装，大大提高了效率和质量。

计算机集成制造系统的成功实施，不光受到了国内企业的青睐，也受到国际同行组织的高度认可。

1994 年，计算机集成制造系统工程研究中心经美国制造工程师协会（SME）评审小组实地考评后，获得美国计算机集成制造系统应用“大学领先奖”。1995 年，北京第一机床厂被美国制造工程师协会评为美国计算机集成制造系统应用“工业领先奖”。这是这个奖自设立以来，第一个美国本土以外的工厂获得如此殊荣；而能同时获得“大学领先奖”和“工业领先奖”的国家，全世界只有美国和中国。

对此，世界权威杂志美国《制造工程》这样评价道：“从建在清华大学的计算机集成制造系统工程研究中心可以看出，中国将作为新的工业强国出现在世界舞台上。”而当吴澄高高捧起奖杯时，美国计算机集成制造系统的上一届主席却对他说：“你们正在提醒美国人!”

是的，经过多年艰辛的努力，吴澄等科学家们不仅在清华大学建立起了计算机集成制造系统工程研究中心，而且有二十多项成果还达到了国际先进水平。更重要的是，让上百家企业应用了计算机集成制造系统，从而覆盖了机械、电子、航空、航天、轻工、纺织、石油、化工、冶金、通信、煤炭、兵器等多个行业，为摆脱中国企业的困境提供了宝贵的经验，为实现工业强国的梦想开创了一条可行的道路。

但是，面对十年来所取得的成绩，吴澄是平静的，也是清醒的，一如他本人那一贯平静、清醒的性格。因为他知道，他和他的同事们所做的一切，仅仅是开始；中国与世界先进的工业大国相比，还有很大的差距。

令他欣慰的是，作为清华大学的一名教授，他有幸赶上改革开放这个好年代，并在这个年代里挣脱了传统的束缚，扔掉了自己的清高，重新确立了一个教授的社会角色，并选择了一条与过去清华大学的教授们不同的道路，即把先进的高新技术与中国的企业相结合，同时参与国际商业市场的竞争。而且，还找到了制造业这个突破口，让工业强国的梦想变得不再是那么遥远。所以他充满信心地说：“只要我们坚持做下去，中国肯定大有希望。在漫长的历史中，我们个人的名字可以被人遗忘，但中国这个名字，我希望不被后人遗忘!”

第六章

信息走进你的家

人类得以生存和发展，主要依赖于三种东西：材料、能源、信息。

在农业社会，材料是主力。进入工业社会，能源成了主角。但随着电报、电话、电视、计算机的发明和应用，信息又逐渐取代了能源的地位。尤其是计算机，成了信息时代最重要的工具和人类有史以来最伟大的发明。因为飞机发明了一百年，性能提高几十倍；火车、汽车发明了一百多年，性能提高不到十倍；但计算机才发明了五十年，性能却提高了几亿倍——巨型计算机的最高运算速度每秒可达一万亿次！更重要的是，虽然飞机、火车能完成人的双腿无法完成的旅行，电话、电视也能把千里之遥变得近若咫尺，但这些东西都无法替代人脑。而唯有计算机能按人脑的要求做事，并能渗透到人类生活的所有领域。

由于计算机的大量普及运用，一个空前的信息时代正迈着震撼宇宙的步伐向我们走来。仅以美国为例，平均四个人便拥有一台计算机。而美国三军总司令的作战命令，通过计算机和天上的同步通信卫星，在几秒钟之内便可传送到分布在世界每个角落的美军连级以上的单位。然而十年前的中国，计算机于我们却相当陌生。当时的现状是：PC 机大多是组装；国产计算机工作站则为零。直到 20 世纪 90 年代中期，中国平均一千五百人才有一台计算机。

所以，“863 计划”开始后，中国的计算机走一条什么样的路，便成为计算机专家们一个重大的课题。

A. 历史需要有人负责

当今世界，谁离得开信息？

关于信息，先说三个小故事。

第一个故事，说的是两千七百多年前，西周后期的昏君周幽王为了博得爱妃褒姒的一笑，竟听从了一个大臣的建议，让士兵点燃了边防线上的烽火台。各路诸侯看到烽火，以为有敌入侵，火速率兵出击。可到达现场后，发现平安无事，并无敌情，方知上当受骗。而周幽王的爱妃褒姒见各路诸侯带着士兵颠来跑去，如临大敌，这才开怀一笑。周幽王见爱妃终于笑了，当即重赏出此主意的大臣。后来，真有敌军侵犯时，周幽王派人点燃烽火台。可各路诸侯以为周幽王又是故技重演，个个按兵不动。结果，周幽王被杀，褒姒被俘，西周因此而灭。

第二个故事，说的是五百年前，即 1493 年，西班牙伟大的探险家哥伦布发现了美洲新大陆。返航途中，他怕自己回不去，为防止意外，便给西班牙女皇伊萨柏拉写了一封信，报告了自己的这一重大发现。信写好后，哥伦布将这封信和美洲大陆的地图一起密封在一个瓶子里，然后将瓶子投进大西洋，祈望这个瓶子能早日顺流漂到西班牙。谁料这个瓶子在海上足足漂流了三百五十九年，直到 1852 年才被人发现。而这时，无论是西班牙女皇还是哥伦布本人，都早已化作黄土。

第三个故事，说的是本世纪 80 年代的某一天，美国的两个小孩在玩电脑游戏时，鬼使神差，竟然连通了美国五角大楼的军用系统。结果，美国总统府一片惊慌，误以为是苏联要发动核战争！于是紧急下令，做好了打核战争的一切准备。后来查明险情，方知虚惊一场，这才避免了一场足以毁灭全人类的核战争。

上述三个故事说明，一则小小的信息，既可以灭国，也可以改变历史，还可以毁灭整个人类！

信息之重要，可见一斑。

著名计算机专家汪成为对上述三个故事，都有兴趣。因为在他的生活中，“信息”二字已被他视如生命。

汪成为是863信息领域智能计算机专家组的组长。国家科委副主任朱丽兰对他有五个字的评价：战略科学家。

但是，汪成为自己却从不以“家”自称。他总是说：“我不过是一个想为国家、为人民多做点事情的普通人。”

请看他在《中国工程院院士自述》一文中，是如何说的：

> 我认为：历史是人的群体运动在时空中留下的轨迹。在我所干过的一些“系统”或“项目”中，凡成功者，都是“团队”的功劳，都是因为得到了老一代科学家的指点引路、同代杰出科技工作者的鼎力相助、后起之秀的无私奉献，都是众人拾柴火焰高的合力效应。……在项目完成后的评奖时，也许把某某人评为“排名第一”，那是对“功绩”形式化处理后的粗糙之处，别以为自己真该当“老大”了。我们任何人的作用都是极其、极其有限的，伟大的是我们这一代人的群体在时空中留下的轨迹，那才是永存的历史。

不难看出，汪成为是一个很有自知之明的人，一个很谦和的人，一个很善于认识自己、也很善于把握自己的人。然而，在汪成为的骨子里，自信和挑战精神，依然是他人生大厦中两根不可或缺的重要支柱。

汪成为是军人。

也许正因为是军人，所以他说话办事，既有专家的严谨和风度，又有军人的坚定与果敢。他不仅工作作风完全军事化，而且连平常生活中的作息时间，也完全军事化。

汪成为身体健壮，精力过人，每日凌晨4点准时起床，一起床便开始伏案工作：或读书，或思考，或记录，或写作。几十年如此，从不间断，也从不变动。他说，每天凌晨 4 点到 7 点，是我一天中的黄金时间。863 信息领域中许多重大的战略决策问题，我都是在这段黄金时间里思考成熟的。

甚至，汪成为的业余爱好，也充满了军人的阳刚之气。汪成为最喜欢的是京剧。他说，京剧一招一式，有板有眼，音调高亢雄健，铿锵有力。他不光爱好京剧，而且还是唱京剧的一把好手。有时科学家们相聚一起，为松弛一下紧张的大脑，他会自告奋勇，一展歌喉。他那充满了浓郁京味的声音，常常给人留下很深的印象。一次，他和日本的一个科技代表团外出游玩，途中，日本朋友说笑逗乐，全是些有气无力的玩意儿。后来他憋不住了，说，你们先歇一会儿吧，我给你们来一个中国的节目。说完，亮开嗓子，唱了一段京剧，把在场的日本人震得目瞪口呆。

而一旦进了办公室，汪成为就是一个工作狂了。他每天都忙，非常忙。看书、写稿、谈话、接电话、起草文件、打印材料，各种各样的事情，一个接着一个，几乎就没有一点空闲的时候。他甚至在操作电脑时，也是在一种半坐半站的姿势中进行。但他应接、处理各种问题的效率极高，就像一部高速运转的计算机，有条不紊，忙而不乱，一切随时出现、快速处理的问题，仿佛都在他事先编好的程序中。

汪成为口才极好，能讲，也善讲。尤其是在公众场合作演讲报告，他的思维、观点、表达，都是一流的，常常博得听众的一片喝彩。即便是采访他的时候，再复杂的问题或者事件，在他的讲述中，仿佛都像经过计算机处理过似的，逻辑严密，条理分明，思维清晰，听起来既复杂深奥，又简单明了，还生动形象。

难怪有人说，汪成为的大脑，本身就是一部高智能的计算机！

汪成为搞计算机，屈指算来已有四十来年的历史。而他之所以走上了搞计算机的道路，与他的人生追求有关。

汪成为生于上海，父母都是中国典型的旧知识分子。由于父母希望他弟兄三个将来只做学问，而不要涉足官场，所以便给他弟兄三个分别取名为：汪成为、汪成民、汪成用。意思是告诫三个孩子要正直为人，勤奋学习，长大后把所学的知识和技能全部“为民所用”。这“为民所用”的思想，后来成了汪成为一生的追求。

汪成为的童年和青少年，正值抗日战争和解放战争。所以在沦陷的上海，他曾经受过日本鬼子的欺辱；在颠沛流离的日子，他也曾经受过衣不蔽体、食不果腹的煎熬。但他第一次真正接触下层劳苦人民，是他十一岁那年。

十一岁那年，即 1945 年，外婆要把他从上海送到浙江的叔叔家，便托了个跑单帮的人领他上了火车。可他刚上火车，便再也找不到那个领他上车的人了。后来，身无分文的他只好流浪在了美丽的富春江上。他每日在船上给人家当小工，船每到一个口岸，他便上岸去给船上买炭、背米，然后再回到船上生火、做饭、涮碗。他唯一的要求，就是让大人给他一口饭吃。其间，上海的外婆以为他已经回到了浙江，而浙江的叔叔又以为他仍在上海，直到一年之后，叔叔才知道他失踪了。于是叔叔沿着富春江沿岸，一路找去，最后才在船上找到了已是骨瘦如柴的他。

这一年的流浪儿生活，令汪成为终生难忘。不仅让他从此再也不怕吃苦，还让他对下层平民的疾苦多了一种体验，一份情感。

1950 年，汪成为随父来到北京，考入北京师范大学附中。当时，师大附中是北京最好的学校，从解放区来的孩子，全都在师大附中上学。汪成为是插班生，不能住校，只有走读。他家住在西四的北边，师大附中在虎坊桥，为了参加早自习，他每天凌晨 4 点准时被小闹钟叫醒，然后一手挎着书包，一手提着小灯笼（因为当时的北京这段路还没有路灯），一人独自从西四走到虎坊桥，途中要走一个多小时。每天如此，风雨无阻。在后来几十年的岁月里，汪成为每日凌晨 4 点准时起床的习惯，就是在这时养成的。

中学毕业时，响应学校的号召，汪成为带头报考了北京师范大学物理系。1957 年，汪成为大学毕业，学校通知他到苏联去攻读物理博士。可第二天，领导又把他叫到办公室，然后拉下窗帘，神神秘秘地对他说：“组织决定，你去苏联不学物理了，改学导弹，行不行?”他几乎想都没想就答道：“只要对国家有用，叫我学什么都行!”后来，苏联取消了中方学导弹的名额，学校领导又找他谈话，给他三个选择，任选其一：一、继续到莫斯科学习；二、在北京挑选一所大学；三、到国防部五院工作。

汪成为当即表态说：“我愿到国防部五院工作!”

领导说：“国防部五院还不知在什么地方，而且更不知道你去后干什么工作。”

他的回答很坚决：“不管天涯海角我都去，哪怕是让我扫厕所我也去!”

就这样，汪成为去了国防部五院，并穿上军装，成了一名军人。

成了军人的汪成为当然不会去“扫厕所”，而是去学计算机。计算机是苏联老大哥给的。尽管这是一台模拟计算机，却是用于中国国防上的第一台计算机。汪成为能与这台计算机结缘，非常高兴。所以在向苏联专家学习计算机的两年时间里，他脑子里只装了三个字：计算机!

后来，苏联专家撤走了，他就发愤自学。由于他的刻苦，技术水平大幅度提高，一些疑难问题的处理，常常非他莫属；加上军方参与搞计算机的代表就他一个，所以这一时期的汪成为可谓一枝独秀。

然而，“文化大革命”开始后，汪成为一夜间成了“狗崽子”。他岳父最先被打成“特务”，随后父亲又被关押，接着他自已也被揪了出来，脖子上挂个牌子，每天接受群众的批斗。不久，还被脱了军装，赶出机房，真的扫起了厕所。

这一时期的汪成为精神上十分痛苦。这痛苦不是因为真的让他扫厕所了，而是让他离开了他最痴爱的计算机房。于是他对原以为熟悉的世界失去了判断。他不知道自己该干什么和不该干什么，也不明白这个世界为什么突然间会变得模糊不清。

就在这时，岳父被迫自杀了！妻子每晚的哭声，声声震撼着他的每一根神经。而更令他无法容忍的是，母亲这时也被揪了出来，并强行剃了“阴阳头”，每天押到台上，不是“交代问题”，就是接受群众的批斗！身为一个大男儿，亲眼目睹母亲受到如此奇耻大辱，他却无能为力，他的神经都快崩溃了！

但是，他每日咬紧牙关，暗暗告诫自己：不管怎样，一定要好好活下去，而且一定要活出个样子来。相信总有一天，自己所学的知识能为国所用，为民所用。

于是，当人们都去忙于刷标语、喊口号、打派仗时，他每天却利用扫厕所的空隙，偷偷学习英语。垃圾旁，草丛里，路灯下，球场边，甚至有时在厕所里，只要逮住一点机会，他就学习英语或者与计算机有关的业务书籍。这样三四年，无论外面的世界发生了什么事情，他天天如此，从不灰心，从不间断。

“文化大革命”结束后，汪成为成了计算机领域的拔尖人物。领导考虑到他在原单位不好开展工作，想给他换一个单位，他不同意，说，过去那点事算不了什么，根本不值一提，重要的是尽快投入工作！结果，他在原单位工作得有声有色，该用的人照样用，该办的事照样办；过去的事不提起，不计较，对个别曾经整过他的人，不但不搞秋后算账，反而还主动谈心，沟通思想。

1984 年，国防科委要组建系统工程研究所，需要一位懂计算机软件的专家，挑来选去，他成为最佳人选。于是，他第二次穿上军装，第二次成为军人。

1986 年，“863 计划”启动，他被专家们推选为信息领域智能计算机专家组组长，挑起了发展中国智能计算机的“大梁”。

有人说过，可以搞清过去五万年的历史，却未必预知未来五百年的事情。计算机的神速发展，便是最好的说明。

作为军人的汪成为当然清楚，人类第一台计算机的问世，便与军队有着密切的关系。那是 1942 年，美国宾夕法尼亚大学的莫希利和埃克特首次提出了电子计算机的方案。这一方案刚一提出，便得到美国军方的大力支持，并于 1943 年 6 月开始付诸实施。经过三年的努力，这台计算机终于在 1946 年建成。为了检验该计算机的运算速度，美国军方让这台计算机与一门十六英寸口径的大炮较量：在炮弹发射出去的同时，让计算机对炮弹的飞行轨迹和着弹点进行计算。较量结果，炮弹尚未着地，计算机已算出了全部数据。

这便是由科学家和军队共同研制成功的世界上第一台“埃尼阿克”电子计算机。它使用电子管一万八千八百个、电阻七万个、电容一万个、继电器六千个，同时还有五十万个焊接点。其总重量多达三十吨，占据实验室两百平方米。而运算速度每秒则只有五千次。

到本世纪 50 年代，出现了第二代计算机——晶体管计算机。这种计算机用性能优异的晶体管代替了笨拙的电子管，不但体积小——只有两个衣柜那么大，便于维修，而且运算速度从原来的每秒五千次一下提高到了每秒两百万次。

1958 年，美国的科学家们用硅材料做成了一个集成电路。集成电路的发明，是电子技术史上的一次重大突破，导致了电子技术的一次革命。采用这种集成电路做成的计算机，不但体积更小——只有一个手提箱那么大，而且其运算速度最高可达每秒一千万次。这种由集成电路做成的计算机，称为第三代电子计算机。它自 60 年代问世后，很快大量应用于各门科学研究领域，并为人类首次登月做出了巨大贡献。

到了 70 年代，由于大规模集成电路和超大规模集成电路的出现，电子计算机进入了第四代。第四代计算机与第一代计算机相比，体积是原来的几十万分之一，可靠性提高了上万倍，运算速度快了几十万倍，而价格却降低到了原来的几万分之一。因此第四代计算机在社会各个领域应用非常广泛。

汪成为上任之际，正是日本第五代计算机——智能计算机风靡全球之时。世界上不少国家为了追赶这一时髦，竭力效仿日本，纷纷搞起了第五代计算机。一时间里，搞第五代智能计算机成了全世界一大潮流。所以 1986 年 4 月，在中南海召开的 863 计算机专家论证会上，讨论到智能计算机这个主题时，会议一致通过。

但真要干起来，却并不顺利。

“863 计划”实行的是专家制。过去搞科研，都是国家指令性计划，纵有天大的事情，有国家这副铁肩膀扛着，专家们并无多大压力。现在实行专家制后，尽管专家们手里有了权力，但有了权力也就意味着有了责任。权力越大，责任越大。事情做好做坏，全由专家负责。而且在项目实施过程中，所有大小问题，全由专家处理、解决。这对专家个人而言，压力就比过去大多了。难怪有人说，实行专家制后，一下就把专家们放到炉子上来烤了！

比如，智能计算机专家组成立后，汪成为等专家连起码的办公室都没有。由于专家组的专家都是来自于全国各个院校或者某个科研单位，所以每当专家组要开会研究课题时，只有找关系临时借个地方开会——这次可能在清华，下次可能在北大，反正哪儿能找上地方就在哪儿凑合着开会。等会开完了，每个专家再回到原单位。每当这时，专家组便只剩下了光杆司令汪成为一个人。专家们把这种游击队似的会，戏称为“飞行集会”——每次开会，都在空中飞来飞去。

更可笑的是，智能计算机专家组开始连一个账号都没有。过去，中国的专家们没有钱，也从来没有管钱的权力（哪怕是管一分钱）；现在，不但有了钱，还有了管钱的权力。可国家一下拨来几十万，连个账号都没有，汪成为手上攥着这几十万，竟不知道该放在哪里！

最难的还不是这些。汪成为说，最难的是怎么结合中国的国情，在各方面都有限制的条件下求得事情的最优质。比如说，搞中国的智能计算机，国家拿出的钱是有限的，工作条件、技术条件也不可能好，那么如何扬长补短，在有限的条件下把这件事做到最佳。另外，搞智能计算机的大方针虽然定下来了，但中国的智能计算机应该走一条什么样的发展道路，却还是一个需要深入探索的问题。

汪成为心里非常清楚，面对翻云覆雨的世界和险象环生的市场竞争，中国的计算机要想在国际舞台上登台亮相，站稳脚跟，除了他们去学、去干、去拼之外，别无选择。进入 80 年代后，计算机已从一种单纯的快速计算机工具发展成为高速处理一切数字、符号、文字、语言、图像以至知识等的强大手段，其应用领域已覆盖了全社会。尤其是计算机与通信结合后，已成为人类社会巨大的生产力，深刻地影响和改变了人类的生产方式与生活方式。1960 年至 1983 年，全世界通用计算机的装机量由九千台上升为九十万台。1982 年全世界计算机的总产值已近一千亿美元，1990 年达到一万亿美元。1977 年，美国出售电子计算机的商店只有五十家，1982 年便发展到了一万家。1979 年美国销售电子计算机二十五万台，1981 年便增加到七十五万台，1982 年达两百万台，1990 年增加到三千三百万台。1983 年美国拥有电子计算机六百万台，1990 年达到六千万台。日本 1978 年只销售电子计算机一万台，1980 年增加到十一万台，1982 年达六十万台。截至 1986 年，日本已有电子计算机两百万台。仅 1986 年一年，日本计算机的销售额便高达二百五十亿美元!

而中国的现实是，PC 计算机大多是组装，国产计算机工作站则为零；及至 90 年代中期，中国平均一千五百人才有一台计算机。因此以汪成为为首的专家组提出了两个原则：第一，中国的智能计算机必须符合全世界的发展趋势；第二，中国的智能计算机必须符合中国的国情。

总的原则定下之后，汪成为首先带着代表团前往日本进行第五代计算机的考察；同时自己也拼命学习有关智能计算机的知识，了解世界各国智能计算机的发展概况。因为在此之前，他自己也不懂什么是智能计算机。

当汪成为带着代表团到日本考察时，日方根本不把他们放在眼里，其主要人物连面都不露，几个技术人员出面对付一下就完事了，甚至有的技术员的态度还有点傲慢。不料十年后，汪成为再去日本时，日方都主动要和他谈计算机。他却说，我没有那么多时间，只给你三小时，谈不谈？不谈我就走人。日方忙说，谈谈谈，一个小时也谈。而且不光日本要找他谈，连美国摩托罗拉那样的名牌大公司也要和他谈。

汪成为从日本考察回国后，在北京召开了两次全国计算机专家会议。经过认真讨论，汪成为和大家都认为，根据中国的现状，中国搞第五代计算机是不合适的，中国不能走日本的路。

这个观点一经抛出，马上引起哗然。有人说，汪成为也太狂妄了，他到底知道什么？中国不走日本第五代计算机的路，又走什么路呢？

而问题还在于，汪成为他们的头上戴的就是搞智能计算机的帽子，你不搞第五代智能计算机，又搞什么？你不走日本的路，又走哪条路？

1987年，汪成为带领代表团到欧洲对“尤里卡计划”也进行了考察。回来后他仍然坚持认为，中国绝不能走日本第五代计算机发展的道路。为对国家负责，对人民负责，对历史负责，经过深思熟虑，汪成为提出了三点意见：

> 一、所谓的智能计算机是个相对的概念，发展的概念，而不是一个绝对的概念。智能对每个国家来说，都有不同的内涵。中国搞智能计算机的目标，是设计出比现有的计算机更合理、更聪明、更好用的计算机；
>
> 二、中国目前首先要解决好的问题，是人和计算机的关系问题，即尽快建立起和谐的人一机环境；
>
> 三、中国目前首要和迫切的问题，不是追求计算机要有多么高的智能，而是要解决好计算机的推广和应用。只有让计算机先普及起来，才谈得上提高；只有让计算机先运用起来，在运用的过程中发现了什么问题，才能针对这些问题去解决问题。

接着，汪成为和专家们对中国的智能计算机进行了新的定位，确定了中国智能计算机发展的第一个战略目标，即：研究面向智能运用的高性能计算机。

为了实现这一战略目标，汪成为抓住两个关键点不放。一是想方设法把全体专家紧紧团结在一起，用群体的智慧和力量去克服工作中的各种困难和矛盾。他坚持认为，历史是人的群体运动在时空中留下的轨迹。个人的能力是有限的，只有依靠群体的力量，才可能完成宏伟大业。二是为了确保主要目标，对一些不该上和可上可不上的项目坚决砍掉。尽管他知道，中国的专家们都是穷人，某个研究项目一旦上了，就可以获得一笔研究经费，而砍掉某个项目，就等于断了专家们的财路甚至生路；但他更清楚，中国还是一个穷国，如果什么都一哄而上，搞平均主义，一团和气，那到头来什么事情也办不成。而只有集中人力、财力和精力，真正有所为有所不为，中国的计算机才可能闯出一条路来。所以每次开会他都说："我们是来搞计算机的，不是来开分房会的，希望大家以国家利益为重。"而且他首先明确表态：他个人和他的部下，不申请 863 的研究项目。即是说，他搞的科研项目不向国家申请一分钱！尽管这个决定对他来说是痛苦的，但为了保住重点项目，他只能这么做。

几年后，汪成为他们设计研制出了中国第一个计算机工作站，即"曙光"计算机的前身。接着，又搞出了第二个计算机工作站，即"曙光一号"计算机。有外国专家看了后评价说："中国的计算机搞得比我们预想的好得多。"而当年许多效仿日本搞第五代计算机的国家，这时几乎都搞不下去了，甚至后来连日本第五代计算机的主帅也承认，他们第五代计算机的路没有走好，很难再走下去了。

对此，汪成为深有感触，他说："如果我们当初走了日本的路，走了欧美的路，那国家给我们的那点钱，恐怕早就折腾光了。而所谓的第五代智能计算机，很可能连个影子都见不着。"

1991年4月13日，鉴于世界发展的新形势，邓小平发出号召：“发展高科技，实现产业化!”这一号召犹如横空扯响的春雷，让中国科技界再次受到强烈冲击。

1949年后，中国科技界在计划经济体制下，专家们几十年来大都埋头于搞课题研究（在这种体制的束缚下，也只能搞课题研究）。一个课题搞完了，就搞完了，不去广告，不去推销，更不参与市场竞争，搞出的科研项目最后都成了“独生子女”。有的专家教授握了一辈子的笔杆，写了一辈子的论文，到头来身心憔悴，满头白发，却没有一个课题转化成产品，没有一个课题换回一两银子，直到离开这个世界，依然是两袖清风，空空如也。

现在，高科技要产业化了，这对中国的科学家们来说尽管是一条崭新的充满了生机与希望的路，但要从温室样的实验室一下跳进大海般的商场，并不比搞科研本身容易，何况还有风险！比如中国的计算机技术，怎么实现产业化?

这对汪成为来说，又是一次挑战，且这次挑战更强硬。因为历史进入90年代后，计算机不仅仅是一门科学技术，更是一个产业，国际上已经形成了超过一千亿美元的规模。而中国的计算机产业还十分薄弱，每年只有十几二十亿人民币的产值，在世界范围所占份额还不到百分之一。更何况，商场胜似战场，需要招招过硬，步步制胜，倘有一计失策，成千上万的人民币顷刻间便会化为乌有。而用于“863计划”的钱，每一分每一厘，都是人民的血汗钱，如果自己在产业化中不能正确地把握发展战略方向，岂不成了历史的罪人?

经过一段时间的思考，以汪成为、李国杰为首的专家组提出了“顶天立地”的战略方针。所谓“顶天”，就是首先要在理论观念上、关键技术上有所突破，搞出一些在世界上领头的高技术；所谓“立地”，就是要有一支出色的理论队伍和一些关键的技术，以及几个产业基地，在产品和产品的应用上要创造经济效益。因为高技术要想全部产业化，是不可能的；但如果没有高技术去领头，中国要想有更大的发展，也是不行的。所以，一方面要“顶天”，另一方面也要“立地”；一方面要“立地”，另一方面还要“顶天”。只有二者不偏废其一，才能形成“三足鼎立”：第一条腿，以“曙光”计算机为中心的一百五十个科研项目；第二条腿，以年轻人为主的理论攻关队伍；第三条腿，以创造经济效益为目的的商业生产基地。

有了上述战略方针，有关智能计算机的研究开发工作，很快便在全国四十多所大学和三十多个研究所以及若干企业中开展起来。

为了尽快打开市场的缺口，1992 年，汪成为他们率先在深圳举办了“中国智能计算机成果展览会”。这是 863 高科技成果在国内首次公开亮相。许多人看了展览会才知道，原来中国的计算机已经搞出了这么大的成果；而不少国内外的计算机专家对此也给予了高度的评价。与此同时，他们在北京成立了国家智能计算机研究开发中心，在深圳创建了商业化的生产基地和研究所。此后，一系列计算机公司也相继诞生。

当然，在产业化的过程中，汪成为也时时感到步履维艰，阻力重重。比如其中最难的，是机制问题。由于中国的计算机专家过去大多在院校工作，几十年来所有的课题只能在院校的机制下运作，而现在要搞产业化了，所有旧的院校机制便无法适应市场的竞争。

尽管如此，汪成为他们还是正确地把握了战略发展方向，使中国的计算机在产业化的路上避免了不少弯路。最突出的成果，就是成功地研制出了“曙光号”高性能系列计算机。

B. 创新是民族的灵魂

如果我们把汪成为比喻为中国 863 计算机领域一名运筹帷幄的主帅，李国杰便是中国高科技产业化大军中计算机领域一员叱咤风云的大将。

1993年，一个只有几个人组成的科研小组，在直接科研经费不足两百万元人民币的情况下，只用了短短的一年时间，便成功地研制出了后来名扬全国的“曙光一号”计算机，为中国创下了一项价值两千三百万元人民币的知识产权！

带领这个小组创造这个奇迹的人，便是李国杰。

李国杰是“863计划”信息领域智能计算机专家组的副组长、国家智能计算机开发研究中心主任、“曙光”计算机的总设计师。此人外表柔弱平静，书生气很浓，说话细声细气，办事不紧不慢，一副即使天塌下来也胸有成竹、若无其事的样子。只要看他一眼，就知道是那种一辈子老老实实做学问的人。

但是，一旦与他深入交谈，马上便会强烈地感受到，他并不柔弱，也不平静，更不“老实”。在他心灵的草原上，仿佛总有一匹烈马二十四小时都在仰天长啸，狂奔不息。

于是有人说，李国杰给人的感觉好像很矛盾：一方面，他在事业上总是积极创新，利用高技术主动参与国际国内的残酷竞争；另一方面，他在生活中又总是不吭不哈，与世无争。

这是一位什么样的计算机专家呢？

其实，今天看起来非常文静的李国杰，儿时却是个调皮捣蛋的孩子王。

李国杰最淘气的事儿是爬汽车。他常常一人偷偷爬到汽车上去玩，汽车一开动，家里人急得跟在汽车屁股后面使劲地追，他却在车上得意地又喊又叫，又蹦又跳。他不到五岁便上学了，上学后还穿开裆裤。课堂上，同学们纷纷举手向老师提问题；他也频频举手，却是为了上茅房。小学毕业时他才十岁，没资格上初中，就自作主张，把十岁改成十二岁，轻而易举，便进了中学的大门。

1958年，李国杰刚上高一，当教师的父亲被打成了“右派”。从此，李国杰的性格开始发生了很大变化：从外向变为了内向，从多言变成了寡语。高中毕业时，学校把学生分成了三类，李国杰是“右派”的儿子，自然被划进了第三类。本来，他高考时平均得分为九十三分，按当时北京大学的录取线，他完全能被录取。可由于他是三类学生，只能报考三类大学。所以，最后他只能上了湖南农业机械化学院。

更倒霉的是，他刚上了一年大学，学校停办了。他被赶出校门，到湖南一个很偏远的钢铁厂当工人，整天修理小火车。这一年，他十八岁。一年后，领导同意了他再考大学的请求。而他只用了一个星期复习，居然就考上了北京大学物理系。

进了北大的李国杰，这时做起了当科学家的梦。这个梦其实他在小时候就开始做了，只是那个时候还十分朦胧。现在，进了北大这个他梦寐以求的“殿堂”，他感到这个梦开始变得有点清晰了。于是他拼命读书，尤其喜欢读文学和哲学方面的书。可惜家里穷，没钱买书，他便将所有的课余时间泡在图书馆和阅览室；还有一招，就是利用星期天或节假日跑到新华书店去看书，一次看不完，下次再去看，直到把一本书看完。李国杰说，从中学到大学，他一直采取的都是这种看书战术——既不花钱，还长了知识。

李国杰在北大的另一个特点，是习惯独立思考。无论是老师讲的问题，还是某个社会问题，他都喜欢往深处想，而决不人云亦云。那时，北大的学生常常帮着学校搬白菜，每搬一次白菜，有的老师就让谈感想，写感想。李国杰对此很不以为然，认为搬白菜就是搬白菜，哪有那么多的感想。所以每次搬白菜时，有的同学感想最多，白菜却搬得最少；而他搬的白菜最多，感想却最少。

“文化大革命”开始后，李国杰当科学家的梦想又变得缥缈起来，而且他很快就不可避免地卷入了红卫兵运动当中。由于他喜欢讲理，喜欢辩论，加上他喜欢文学和哲学，文字功底也不错，便被红卫兵推选为红卫兵广播台的台长和总编辑。结果，他的第一篇文章《新北大的历史教训》，便锋芒毕露，与众不同。后来毛泽东在接见北大学生代表时，还引用了他这篇文章中的一句话。

但让李国杰受益匪浅、至今难忘的，是他在红卫兵“大串联”中的一段经历。红卫兵“大串联”开始后，李国杰从北京出发，去了狼牙山、大寨、西柏坡、吕梁山、黄河、延安等地，徒步走了一千公里路。这一走，他才亲眼看到，中国的农村，原来竟是那样的落后；中国的老百姓，原来竟是那样的贫穷！而其落后、贫穷的程度，远远超过了他以往的想象。特别是途经狼牙山时，他亲眼看到了一片奇特的墓地，墓地里只有碑石，碑石上却无死者的名字。于是这片墓地引起他极大的好奇，他便去问当地老乡，这究竟是怎么回事。老乡告诉他说，当年八路军的大部队撤走后，剩在这里的人全都死光了！老乡们就把这些死人埋在了这里，然后再为他们立了一块块的碑石。但由于至今也不知道一个死者的名字，所以立起来的碑石，个个都是无名碑！

听了这个故事，李国杰的心灵受到极大的刺激和震撼。他站在那一个个无名碑前，想了很久很久，却只想了一个问题：这些八路军战士浴血奋战了一生，死后居然连个名字都没留下；我们这些活着的人，为什么还要拼死拼命地去争什么权呀名呀利的呢？

今天的李国杰最注重的是实实在在地做事情，而最淡泊的是职权和名利，应该说与他当年亲眼看到的那些无名碑给他的启迪有关。

1968年，李国杰从北大毕业了。由于父亲是“右派”，他也就理所当然地得到了“特殊照顾”——被分配到贵州黄平县军垦农场劳动。他每天出大力，流大汗，前途根本顾不上去想，当科学家的梦在大学期间也已破灭，所以当时他最大的理想用他自己的话来说，就是假如有一天能脱离农场，到县城随便一个什么单位，管管电子元器件什么的，那就心满意足、谢天谢地了！

1973年，李国杰回到湖南家乡的一家工厂，开始自学计算机。1978年，他以优异的成绩考上中国科学技术大学计算机系研究生。三年后，他又去美国普渡大学攻读博士研究生。而这一年，他已年近四十了。

在美国几年时间里，李国杰对计算机的世界算是有了一个真正的认识和了解。尽管他也发表了二十多篇学术论文，但他最注重的还是做最实际的事情。回国前，美国有单位希望他留在美国，他也打算留在美国，而且孩子和母亲的护照均已办好。但后来转念一想，与其留在美国徒有虚名，还不如回国去做点实实在在的事情；自己已经被耽误了整整十年，现在应该到了为国家效力的时候了。于是，1987 年，李国杰回到了北京中国科学院计算技术研究所。

李国杰回国不久，便被聘请为“863 计划”信息领域智能计算机专家组副组长。接着，1989 年，又受命筹建“863 计划”的国家智能计算机开发研究中心。1990 年 3 月，国家智能计算机开发研究中心成立，李国杰被任命为该中心主任。

根据“863 计划”信息领域智能计算机专家组制定的发展战略，中心的主要任务是：承担并组织实施“863 计划”智能计算机主题关键目标产品的研制任务；实现系统集成，开发具有市场竞争力的高性能计算机及其应用系统；进行与关键目标产品有关的高技术基础研究与新产品预研；进行研究开发环境建设与人才培养，建立高技术研究开发基地，培养高技术攻关的“国家队”。

很显然，李国杰要挑起的这副担子，很重很重。

出任中心主任后的李国杰，就他个人而言，其实也谈不上有什么远大抱负，也没想过自己要去获得什么名利；虽然也有一些想法，却都很朴实，很简单。他说：“我不想靠某一篇论文去轰动世界，也不想靠做官发财来留下英名，而只想为国家做点很实际的事情。因为中国太穷，老百姓的日子太苦。”因此他常常想的是：美国在那块土地上才搞了二百年，竟然搞得那么好；而中国在这块土地上已经耕耘了五千年，却还是这么落后。这是为什么呢？是中国人不勤劳吗？不是；是中国人不聪明吗？也不是。相反，他认为中国人很聪明，很勤劳，也最辛苦！那么到底是什么原因呢？

在他看来，一个国家要发展、要富强，有很多路可走。但从周边国家的发展历史和经验来看，走高技术产业化的道路，不失为一条好的路子。也就是说，要用高技术来振兴国家。有人说，中国基础差，资金不足，不宜走高技术产业化的道路。他认为，这不是主要的原因，也不成其为理由，主要的原因是中国大多数科技知识分子在观念上没有得到改变，没有找到一条如何把知识与产业结合起来的发展道路。

因此，这一时期的李国杰如果说有一点“野心”的话，那就是想探讨一条如何把知识与产业结合起来的道路。因为他敏感地意识到，中国即将迎来一个新的科技时代。

但李国杰也深深体会到，要实现真正意义上的高科技产业化，实在是太难了！正如钱学森所说：现在搞高科技产业化，其难度并不亚于我们当年搞“两弹一星”。

的确，当年无论是搞原子弹、氢弹，还是人造卫星，都是中央一声令下，全国一起响应。搞什么不搞什么，由政府部门决定。某个任务该搞不该搞，怎么搞，是上面的事儿，与专家本人没有太大的关系。更何况，科技任务就是政治任务，可以拨专款，可以实报实销。所以那个年代的人，只算政治账，不算经济账。一旦有了什么任务，谁都不讲价钱，不计报酬，上面叫干什么就干什么，全国上下一盘棋，万众一心干革命。而且，无论是氢弹、原子弹，还是火箭、卫星，只要爆炸成功，发射上天，就万事大吉，什么事也没有了。

但现在搞高科技产业化，情况就大不一样了。从选题的论证，到项目的确定；从搞出科研成果，到投放市场，全都由专家决策，专家负责。不光思想上有压力，而且还有经济风险。少则几万、几十万元，多则几百万、上千万元，甚至上亿元！所以，搞出高科技不容易，再把高科技推向市场，让高科技转化成生产力，转化成外汇或者人人喜欢的人民币，更不容易！

李国杰清楚地记得，某年的一个冬天，国家智能计算机开发研究中心的一位工程师专程从北京跑到某省联系合作问题。他到了那里后，找到有关人士，想要一份招标书。对方不愿给他，说正在开会，让他先在门口等着。他就在门口等。这一等，便等了几个小时。对方开完会了，出门一看，他还站在雪天里等。对方先用眼睛瞪了他一眼，然后才说："你怎么还没走啊?"那口气，就像对一个要饭的叫花子说话。

当然，让李国杰感到最难的，还是中国的计算机到底走一条什么路子，如何在技术上做到有所创新，如何找到一个走向市场、走向世界的突破口。

过去，中国多数科技知识分子走的都是一条从学校到论文、从论文到职称的发展路子，不少人理论与实际相分离，学问与企业相脱节。一方面，企业苦于没有适合他们发挥的优良技术；另一方面，专家们辛辛苦苦搞出的技术又找不到用武之地。结果，科学、技术两张皮，两条轨道各跑各的车。有的专家由于在确定选题前，没有结合中国的实际情况，尽管付出了很多的心血和劳动，但搞了几年后才知道，原来这个选题一开始就是一个错误，压根儿就不应该搞；还有的专家甚至搞了一辈子的研究，最大的收获就是终于把外国的某个东西弄明白了。至于这个终于弄明白了的东西对中国到底有没有用，有什么用，对不起，他剩下不多的生命已经来不及或不可能再去"研究研究"了。

李国杰还感到，中国人过去搞科技太老实了，什么都从头学，从头做，连一颗螺丝钉都要靠自己从头做起，结果是累死不讨好，什么也搞不出来；即使等你搞出来了，也太落后了，早就过时了。所以李国杰主张，现在做计算机，要像国家科委高技术司司长冀复生所说的那样，要提倡"麻婆豆腐"哲学。即是说，当你要做计算机这盘"麻婆豆腐"时，只需要你去把"豆腐"买回来，然后加好"佐料"就行，用不着你自己再去做"豆腐"。再一个问题是，过去我们总习惯与国内的计算机进行比较，认为只要现在搞出的计算机比原来的计算机先进，就是"填补国内空白"了。事实上，在大量外国计算机充斥国内市场的情况下，所谓的"国内空白"，早就被国外的计算机给填满了，根本用不着你去"填"。

因此，李国杰认为，高科技要产业化，就要求专家的选题首先必须正确，拿出一个能赚钱的拳头产品来。而要做到这一点，在技术上就必须要有所创新。而且，还不能走老路，迈方步，速度必须要快。因为现在产品更新快，如果你的研制周期要好几年，那等你研制出来后，这个技术早该淘汰了。尤其是计算机技术，更新换代非常之快，若不审时度势，看好行情，必无建树。

在这一时期里，李国杰还常常自己问自己：我们为之奋斗的目标到底是什么？实施863重大项目乃至整个“863计划”，究竟是为了什么？当“863计划”完成后，历史将如何来评价这一业绩？作为这个计划中的专家们，历史和人民又将做出怎样的结论？

经过一个时期的思考，李国杰决定把发展高性能计算机作为一个突破口。在他看来，走老路永远不会有出息。计算机是极活跃的第一生产力，高性能的大规模并行计算机，是一个国家综合国力的代表，它如同核武器一样，有和没有，大不一样。中国的国民经济要实现从粗放型向集约型的转变，就离不开广泛使用计算机，就不能不使用高性能的计算机。欧盟各国为了提高产品竞争力，将“高性能计算机用于工业生产”作为一条关键措施，在汽车飞机制造、冶金化工、新材料等各个行业大力推广，明显地缩短了设计周期，提高了产品质量。而中国的大中企业要挣脱困境，走向世界，也只有走这条路。否则，永远甩不掉落后这顶帽子。

然后，李国杰便开始在国内寻找做高性能计算机的合作伙伴。可由于不少人对高性能计算机缺乏认识，尽管经过了一年的苦苦努力，最后还是没有结果。在走投无路的情况下，李国杰只好背水一战，决定靠自己的力量研制一台“曙光一号”，去为中国的高性能计算机闯出一条路来！其总的原则是：计算机的研制以市场为导向，研制成果一定要具有市场竞争力。计算机核心部分必须自己设计，一些元器件外国有现成的、好的，就买下来直接用，没有必要自己再去生产，而把财力和精力投放到那些想花钱买也买不来的技术上。

1992年3月的一天，李国杰在国家智能计算机开发研究中心门口的黑板上，亲自写下了几个大字：人生能有几回搏！这句话后来醒目地耸立在了智能计算机开发研究中心的门口，成了激发国家智能计算机开发研究中心全体成员斗志的座右铭。

接着，李国杰挑选了五位年轻人，前往美国研制高性能计算机。五位年轻人临走时，李国杰对他们说："记住：人生能有几回搏！我相信你们能搞成功！"

五位年轻人回答说："如果我们搞不出来，就没脸回来见江东父老了。"

五位年轻人去美国后，每天工作十六个小时，整整苦战了十个月。

1993 年 10 月，国家智能计算机开发研究中心成功地推出了中国第一台大型高性能计算机——"曙光一号"！

"曙光一号"计算机是一台采取 90 年代最先进的技术开发出来的全对称多处理机系统，具有运行速度快、储存量大、作业吞吐量大、支持用户数量多等突出优点。它可以广泛运用于银行、保险、财会、税务、邮电、交通以及政府部门，进行大规模的事务处理。若与进口机相比，不仅价格便宜五分之一，而且性能还高出好几倍。不仅缩小了中国与外国在这一领域的差距，还使中国并行处理技术迈上了一个新的台阶。

但李国杰说，"曙光一号"计算机实际上只咬住了当时国外高技术的尾巴。现在看来，搞高技术光咬尾巴不行，还必须要咬住耳朵！

于是，1995 年 5 月，李国杰他们又推出了"曙光 1000"大规模并行计算机系统。

"曙光 1000"并行计算机是继"曙光一号"计算机以后，中国高性能计算机方面的一个里程碑，是当时国内研制的最高水平的计算机系统。它在整体上达到了 90 年代前期的国际先进水平，某些技术还达到了国际领先水平，其运行速度的峰值达到了每秒二十五亿次（"银河二号"计算机为每秒十亿次），实际运行速度达到了每秒十五亿八千万次。同样规模的外国计算机只能求解含六千个未知数的方程组，而

"曙光1000"并行计算机可以求解含一万五千个未知数的方程组。由于"曙光1000"并行计算机具有运算速度快、内存容量大、扩展性能好的特点，特别适合应用于解决大型科学工程技术难题，如气象预报、石油勘探、大分子结构分析、新材料设计以及新药物配方设计等。

然而，令人难以置信的是，"曙光1000"并行计算机的科研人员总共只有十来人，所花时间仅两年，而直接科研经费则只用了五百万元人民币。如果在国外，研制"曙光1000"这样的计算机，投入的资金、人力和时间，是中国的数倍甚至数十倍。所以李国杰说，像五百万元这点资金，实际上只够买材料。

由于经费极其有限，李国杰他们在研制"曙光1000"并行计算机时，材料买回来后，做实验时只允许一次成功，绝不允许反复做实验。因为多一次实验，就得多花一笔钱，而国家也没有力量再拿出钱来让你重搞一次实验；更何况，身处信息时代，竞争激烈，计算机这个行道比哪个行道变化都快，时间上也不允许有半点拖延。否则，还没等你搞出来，别人已捷足先登，砸了你的饭碗。

难怪有人说，"曙光"计算机，是中国的"争气机"!

但是，怎么才能把"曙光"计算机推向市场呢?

不错，"曙光"系列计算机是中国最高水平的计算机，可真要推向市场，却非常艰难!

这难，难在哪里?

李国杰认为，主要难在两个方面：一方面是国外的计算机竞争激烈；另一方面是国内对国产计算机尚未达成共识。

先从第一个方面的情况来看。多年来，国外的各种计算机对中国大陆的渗透非常厉害，工作站以上的高性能计算机，几乎全是外国计算机的天下。也就是说，外国高性能计算机的脑袋，这么多年来全都长在了中国人的肩上。以1995年为例，中国进口的计算机，主要是高性能的计算机，其总额高达二十八亿八千万美元！迄今为止，中国的各项“金字”工程所采用的计算机，主要依赖的都是外国的计算机！像著名的清华大学计算机系门口，就有十几家外国公司每天在那儿想方设法进行渗透，例如办什么计算机学习班啦，搞什么计算机讲座啦，推销什么最新最先进的软件啦，等等。美国的一家公司，还先募捐了两千五百万美元给中国的各大学，让你先免费使用他们的软件，等你尝到甜头之后，接着就让你购买他们的计算机。甚至，有个部门还花了两百万美元请了一个老外写了一份招标书，然后再请中国的专家去评审。该招标书明确规定，凡是前来参加招标的公司，一年必须保证十亿美元的价值。如此苛刻一个条件，一下就把中国所有的计算机公司给拒之门外了！

李国杰认为，如果这种中国人搭台、外国人唱戏的局面不改变，中国的信息化就可能会完全控制在外国公司的手里，国家的经济独立性也将受到严重威胁。设想一下，如果有一天外国人突然卡住了中国计算机领域的脖子，那么中国的信息工业很可能在一夜之间就会毁于一旦。比如，中国有十个城市，使用的都是一家外国公司的软件系统，有朝一日这家公司一旦倒闭，中国这十个城市的信息命脉必将全部瘫痪！在中国历史上，中国人被外国人卡住脖子的例子比比皆是。

过去，国家与国家之间的侵略，比如西方列强侵略中国，靠的是把人打进来。现在，根本用不着把人打进来，而是通过高科技的手段，想法先把你的信息搞垮，就完事了。尤其是在军事方面，信息的安全问题更为重要。所以，如果中国的软件全用外国的，别人一旦要想搞垮你的信息，易如反掌。据有关信息表明，美国成立了一个信息快速反应班子，专门搞别人的信息；澳大利亚也建立了一个信息网，各种信息均可随时反应到它的网上。

对此，李国杰深有感触，他说：“如果我们的民族没有逐级的高技术，只满足于做代理商的话，难免会走上殖民化的科技道路。”而著名科学家王大珩在视察智能计算机开发研究中心时也指出：“信息技术已成为国民经济的中央基础，国民经济信息系统的安全，已经与国防一样重要!”

于是，近几年来，李国杰和不少有识之士都在大声疾呼：必须尽快发展中国的高性能计算机产业，从而把中国国民经济信息化的主动权牢牢地掌握在中国人自己的手里。

然而，呼吁归呼吁，外国的各种品牌计算机依然日复一日、年复一年地占据着中国的主要市场；而中国自己的计算机却始终在极其艰难的夹缝中煎熬着，苦撑着。

再从第二个方面的情况来看，由于中国的计算机起步晚，发展慢；加上管理体制混乱，产品质量不过关，所以国产计算机给各部门和广大用户留下了不好的印象；至于国产的高性能计算机，更是无人问津。尽管国产计算机早就变了，但“国产计算机不好”的印象并没有多少改变，用户总是希望等到国产高性能计算机像国外名牌计算机的质量一样好了之后再去购买。问题是，国产计算机只有更多的人去购买之后才可能成为名牌，若是用户永远不去购买，则永远不可能成为名牌。于是没有鸡就没有蛋，没有蛋就没有鸡的问题便只有如此循环下去。而要打破这种死循环，关键就在于要有一批敢于带头使用国产高性能计算机的有识之士。所以李国杰说：“敢于率先购买使用中国高性能计算机的有识之士的贡献，绝不亚于高性能计算机的研制者。”

但要真正得到国内用户的支持，并不容易，因为对手实在太强大了。比如，国外计算机大公司一般都有几百亿美元的资产，每年都要动用几十亿美元来开发新产品，而中国的人力和财力大概只有外国公司的千分之一。在如此不对等的条件下，让中国的计算机专家们去与国外对手竞争，岂不等于让一个三岁的孩子去击倒泰森！难怪国务委员、国家科委主任宋健说：“要实现高性能计算机产业化，必须有一支‘敢死队’杀到市场去，就像当年刘邓大军挺进中原一样，必须建立一支野战军到市场上去拼杀!”

李国杰率领的“曙光”队伍，正是一支带头杀进计算机市场的“敢死队”和“野战军”!

为了在这场“拼杀”中成为赢家，保证中国的高性能计算机能占有一席之地，李国杰以一种大无畏的精神，率领着他的“敢死队”和“野战军”，左冲右突，四面出击。他对“曙光”公司的全体成员强调说：一个高科技产业，只有在各方面都有所创新，才会拥有属于自己的知识产权，才能出奇制胜。商战，首先是头脑之战，绝不能墨守成规。谋事在人，成事也在人。中国的计算机工业还属于幼稚工业，与外国大公司相比，他们是正规军，我们还只是“小米加步枪”的“武工队”。若不讲创新，不讲策略，不敢于标新立异，不善于“投机取巧”，而是去与人家面对面地硬拼，不但难以立足，而且必败无疑。

因此，李国杰除了号召公司在技术上一定要有创新，要有自己的“一招鲜”之外，在经营策略上也要求要有一系列的创新。他们把产品设计出来后，让国外一流公司来加工生产，这样既可缩短周期，又能保证有强大的新产品及时推向市场。他们不走先做硬件再“配”软件的老路，而是反其道而行之，用应用软件与系统集成来带动硬件的发展；以服务立业，从服务做起，通过中国人为中国人服务的办法来鼓励中国人买中国货。在用户的选择上，他们把心思和功夫用在比较偏远的钱不多的单位或部门身上，用李国杰的话来说，这叫“两头在内，中间在外”，“反弹琵琶，以软代硬”，“先占两厢，‘农村包围城市’”。此外，他们还把服务于社会、服务于用户、用真心感动“上帝”作为自己公司的宗旨。不但和用户站在一起，尽量为用户节省经费，办好事情，还坚持搞好售后服务工作。

李国杰说，在高科技产业化的过程中，最关键的问题是，你到底是想赚钱，还是想把中国的高技术搞起来，再推上去。他明确表示：“我们办企业的目的，是为了对社会有个承诺，是为了通过计算机这个产品，带动中国高技术的发展，是为了把中国的计算机产业搞上去，而不是为了赚钱！我们的身边就有一支队伍在为外国公司开发软件，每月工资比我中心人员高几倍。但金钱瓦解不了‘曙光人’为振兴民族高性能计算机产业而拼搏的斗志，‘曙光人’对自己从事的事业有自豪感。我们的员工深切地感到，中华民族到了每个人被迫发出最后的吼声的时候了，需要用我们的血肉筑起新的长城，去抵御外国产品的入侵。”

1997年，“曙光1000”荣获中国信息领域唯一的国家科学进步一等奖。

这台计算机的实际运算速度，已经超过每秒十亿次浮点运算的并行机。但李国杰并没再去研制更高性能的机器，而是集中精力，花了两年时间去实现已有成果的系列化、商品化和产品增值升级。

在近两年时间里，李国杰们在“曙光一号”和“曙光1000”基础上向“广度”扩展，先后推出了十多种适合市场不同需求的多处理机。这些商品化的高端计算机在市场上很快打开局面。“曙光1000”大规模并行机已在教育、科研、石油、铁道、内贸、税务、邮电等十几个领域销售了两百五十多台，并出口海外。而运行速度每秒可达五百亿至一千亿次的兼顾科学工程计算、网络信息服务与事务处理的通用性更强的“曙光2000”超级并行计算机，将于1998年上半年推出；每秒可达三千亿次的“曙光3000”超级并行计算机，则将在2000年推出。

科技部高技术司司长冀复生对曙光计算机有过这样的评价：

第一，由于曙光作为一个国产品牌，在市场上与国外厂商“同台”竞争，改写了我国高性能计算机市场的游戏规则。在曙光参加的国际招标项目中，所有的厂商都感受到小小的曙光公司的“压力”。由于曙光公司的报价，使得国外公司纷纷调整战略，仅此一项给用户带来的利益，就大大超过了国家对曙光的资助；

第二，曙光的生存发展直接影响了美国对我国的禁运遏制战略。在美国国家审计总署1998年对美国限制高性能计算机出口的评估报告中就把曙光机列为我国自己制造的高性能计算机。与此巧合的是当时美国对我国限制进口的水平与曙光机当时在市场上销售的型号指标相当；

第三，曙光推出的安全服务器已得到国家有关部门的认可，对我国应付网上的信息攻击提供了有效手段。

而国务院研究发展中心顾问马宾研究员考察了“曙光”计算机后，在向中央领导的报告中也明确指出：“‘曙光一号’研制成功的意义，不亚于卫星上天。”

但李国杰并不以此为满足，反而把这看成是一个新的起点，并对走过的路进行认真的反思与总结。为了唱好产业化这台好戏，实现更远大的目标，他每天从早到晚，忙得不可开交，几乎没有一点空闲。因为一方面，他是专家，是863专家组的成员，经常要开专家方面的会议，研究专家方面的事情；另一方面，他又是公司老板，眼睛必须紧紧盯住市场，搞产业化，把高科技变成人民币或者美元。

所以，工作中的李国杰实际上扮演的是两个角色：一个是专家，一个是老板。而且，今天是老板，明天又是专家；今天是专家，明天又变成了老板。一年四季，天天都在转变，时时都在互换。一旦两边的工作有了冲突，他就更难了，一不留神，还会闹出点意见或者惹出点麻烦。如此一来，当然就很忙，就很累。有时回到家里，他往沙发上一躺，全身像瘫了似的，心里有一种说不出的苦，说不出的累，还有一种说不出的痛。

于是，每当这时，他就打开音响，躺在沙发上，闭上眼睛，听音乐。

李国杰听的音乐很怪，既不是西洋美声，也不是中国民歌，更不是流行小调，而是他特意从国外挑选回来的充满了佛教气息的名曲。每当听到这些音乐，疲劳至极的他便有一种解脱后的轻松，沉沉的心灵仿佛顷刻间便游离了滚滚尘世，升华到了一个超凡脱俗、与世无争的明净世界。

然而，即便如此，李国杰真实的内心也不敢有丝毫的松懈与怠慢。他知道，世界上第一台计算机自诞生以来，到 1997 年 2 月 14 日，便已年满五十周岁了。想当初第一台计算机诞生时，笨重的机身占满了整个房间，而现在的计算机，只需放在手掌就可以了。而且，据有关数据表明，全世界 1991 年的计算机硬件总产值为一千零九十七亿美元，1991 年电脑市场总计为三千二百五十亿美元，到 1994 年，个人计算机产量已达四千五百万台，软件与信息首次占领了市场总额的一半。还有人预测，到 2000 年，计算机产业将成为年产值为八千亿美元的世界第一产业！

而更让李国杰感到紧迫的是，人类的脚步即将跨进 21 世纪的门槛，历史不但没有给中国的科学家们留下十年磨一剑的时间，甚至连“等一等”“看一看”“以后再说”的机会都没有了。也就是说，无论是不发展，还是慢发展，结果都一样：自取灭亡。

不过，李国杰坚信，只要中国的计算机专家坚持科技创新，中国计算机的明天就大有希望！

第七章
中国不缺爱迪生

中国改革开放的大门刚刚打开时，一位西方人把中国大陆比喻为“上帝留下的最后一块蛋糕”。于是，随着全球性经济市场的形成，各国厂商纷纷“入侵”中国，谁都想对这块“蛋糕”咬上两口，哪怕蹭上一点“奶油”。比如 1992 年以前，数以万计的程控电话纷纷入住中国大陆千家万户，在中国庞大的通信网上，除了引进的八个国家九种制式的数字程控交换机，居然没有一部属于中国的数字程控交换机！

而通信网络，是一个国家经济和军事的“中枢神经”，倘若某一时刻突然中断，全国必然当即陷入一片混乱。因此有人说，一个国家的通信网上若是没有自己的大型程控交换机，就等于这个国家没有自己的军队！

于是有人发问：中国的现代化单靠外汇就能买来吗？如果中国的通信命脉全部掌握在了外国人手里，如果发生万一，怎么办？甚至有人呼吁：中国的通信技术产业到了必须要奏《义勇军进行曲》的时候了！

面对“洋货”的冲击，面对“八国联军”的再次“入侵”，中国的民族通信工业怎么办？中国的通信命脉应不应该掌握在中国人的手上？中国的信息产业还要不要发展？中国的高科技还要不要自己掌握自己的命运？

历史，推动着新的变革，也呼唤着开创者的出现。

A. “八国联军” 再次 “入侵”

生活在今天这个时代的人们，谁还离得开电话?

说到电话，我们不能不感激一位叫贝尔的美国人。正是这位叫贝尔的美国人，在一百二十多年前为我们发明了电话。

自从贝尔发明电话后，偌大的地球似乎一下就变得小巧起来，电话通信事业的发展十分迅速。早在 20 世纪 30 年代，德国、瑞典、法国、英国及日本就先后研制出了不同制式的交换机，其中最典型的是由交换技术向自动化日趋迈进的纵横制交换机。

而随着计算机的出现，美国于 1965 年首先把计算机技术引入了电话机的交换系统，开通了程控交换机。接着，伴随着微电子技术的出现，法国又率先使程控交换机数字化，并于 1970 年开通了世界上第一台数字程控交换机。此后，各国纷纷开始致力这方面的研究，一个数字程控交换机的时代也就随之诞生。而数字程控交换机的出现，可以同时连接上万部直拨电话，此前每天忙忙碌碌的电话接线员，全部被它取代！因此，数字程控交换机成为当今世界最流行的一种交换系统。

然而，关于中国的电话问题，却是一个沉重的话题。

我们很难忘记这样一个故事：清朝末年，广东人民在抵抗英国侵略者的斗争中连连取胜。为了将这一喜讯尽快报告给清朝政府，便派信使火速赶往京城。然而，当这位信使昼夜兼程赶到京城时，清政府已经在丧权辱国的条约上签过字了。

后来有人说，假如当初能有一部电话，将这一信息及时传到京城，那纸丧权辱国的条约，也许清政府就可以罢签了。

但历史没有假如。中国的通信起步晚，发展慢，是个无法更改的事实。

直到 1904 年，中国的北京才出现第一部电话。此后，中国电信的发展依然十分缓慢；而且不具备任何生产能力，所有技术和设备，依靠的都是“原封”不动的进口。所以截至1949年，中国自己的电话交换机，才只有二万六千部。

1949年后，尽管苏联“老大哥”帮助我们援建了北京、上海、洛阳三大纵横式交换机生产工厂，但由于生产机制、生产方式和经济的落后，这三个工厂对偌大的中国来说，依然无济于事。

到了80年代，作为世界上堂堂第一人口大国的中国，全国通信网上趴着的仍然是早就被国外淘汰了的庞大的机电式交换机。这种交换机由若干根电线连接而成，其反应速度若与程控交换机相比，就像一个人骑毛驴，一个人坐飞机。据有关部门统计，到1978年，全中国电话网的总容量仅有五百七十四万部，电话机只有三百六十九万部，电话普及率只有百分之零点三八；而程控交换机，在1982年以前，则统统为零！

于是，当中国改革开放的大门终于打开时，人们才惊讶地发现，中国的通信与国外相比，不是落后了一年两年、十年二十年，而是落后了整整一个时代！

怎么办？

中国要改革，要开放，要生存，要发展，既要和国内各个行业进行多渠道的沟通，又要与世界各国开展广泛的联系，若是通信业不发展，岂不等于自残耳目?!

更何况，世界早已跨入信息社会，现代通信问题已成为世界各国最为紧迫的大问题。中国不仅在国内要快速交流，在国际上也必须尽快接轨。想想看，一个十二亿人口的泱泱大国，白天夜晚，每时每刻，每分每秒，有多少人正在拨打电话和急着要拨打电话哟！

于是，为解燃眉之急，国家忍痛割爱，咬着牙从微薄的国库中挤出部分外汇，迅速从日本引进了两部万门数字程控交换机，而后在北京和福建率先落户。之后，全国各大城市，竞相效仿，纷纷开始从国外购买数字程控交换机。

这种掏钱买现货的做法固然实用，问题是，国家的外汇毕竟有限，国人对电话的需求量远远超过了国家有限的外汇量，若不另辟蹊径，自寻出路，中国的通信始终是个问题，而且是个大问题!

终于，有人提出：引进外国的先进生产线，共同开发中国的通信市场。

其实，对中国这个世界上最庞大的程控交换机市场，早在我们尘封已久的国门刚刚打开时，敏感的外国厂商们便已经盯上了。所以中国刚有意欲合作的愿望，信息灵通的外国厂商们立即闻风而动，纷至沓来!

最先“登陆”的，是瑞典爱立信公司；

随后，是日本 NEC 公司和松下公司；

接着，是阵容庞大的泰国正大集团；

再接着，是美国哈瑞斯公司、国家半导体公司和 MD 公司；

…………

不难想象，当无数外国公司的厂商们怀揣着金钱的梦想，带着先进的生产流水线和成箱成捆的保密图纸，满脸微笑地进入中国的海关时，其内心的冲动与狂喜绝不亚于当年的哥伦布登上了美洲的新大陆!他们在经济杠杆的撬动下，凭着多年来征战商场的丰富经验，以及灵通的信息和善于把握机会的本领，很快在中国站稳了脚跟，找到了自己的市场；那些已经关闭或将要关闭的工厂，很快成为他们再好不过的“合作伙伴”。

从 1986 年起，中国先后引进了日本、美国、英国、法国、瑞典、意大利、加拿大、比利时八个国家九种制式的程控交换机的生产线。于是“八国九制”的格局很快形成，五百多万门外国的程控交换机在中国的通信网上开始了疯狂的运行，上百亿美元的资金源源不断地流进了外商们的口袋；而“合资企业”这个新时代的“怪胎”，也随着世界经济大潮的来临应运而生。

对此，有人不无感叹地说，当年的八国联军是用洋枪洋炮轰开了中国古老的城墙；而今天，“八国联军”只用高新技术的一把钥匙，便轻轻松松地捅开了中国紧闭的大门。

由于大量外国程控交换机生产线的引进，国内大量的工厂纷纷倒闭，工人大批失业，上百万线的国产纵横制交换机“躺”在库房的墙角“呼呼大睡”。据统计，仅1982年，中国被淘汰的纵横制交换机工厂就有上百家，失业工人及家属近千万。甚至连全国最大的机电交换机生产基地的产量，也由“七五”期间年产三十万线，一下跌为二十二万线，最后竟跌到了八万线！直至最后工人开不起工资，产品严重积压，工厂摇摇欲坠。

实事求是地说，从国外引进先进的程控交换机生产线，对缓解当时中国通信领域出现的尴尬与困境，是起到了一定作用的，或者说在一个时期内起到了相当大的作用；同时对中国通信技术的发展也是一个刺激和促进。从这个角度说，在特定的历史条件下，有计划的适当的引进，是必要的。

但是，一个国家、一个民族要想有大的发展，要想实现真正意义上的现代化，光靠引进是靠不住的，光靠金钱是买不来现代化的。因为任何一个先进的国家都不是个傻瓜，都不可能把自己最先进的技术卖给你。中国作为一个大国，最终只能靠自己；尤其是在高科技上，必须自己掌握自己的命运。

而要自己掌握自己的命运，就得靠创新；只有创新，才能超越别人。如果没有自己的创新，没有自己的知识产权，就只有跟在别人的屁股后面亦步亦趋，听人差使，永远忍受受不完的窝囊气。更何况，通信这个东西不同于别的技术，它是一个国家军事和经济的重要“枢纽”，倘若全都掌握在别人手上，怎么了得！

于是，中国原有的民族通信工业要不要发展，怎样发展？中国庞大的通信市场要不要自己去占领，怎样占领？中国的通信命脉要不要中国人自己掌握，怎样掌握？这一系列的问题便成了当时中国通信专家们亟待思考和解决的问题。

B. 中国不缺爱迪生

正当“八国九制”的外国程控交换机主宰着全中国的市场时，1987 年的某一天，有中原重镇之称的郑州突然爆出一个冷门：中国邮电工业总公司的一位企业家看中了位于郑州的解放军信息工程学院的一位青年教授，并与之签订了开发大型数字程控交换机的一揽子合同。该合同设想，先在国内率先开发中国自己的两千门程控交换机，而后再与国外合作，开发一万门大型数字程控交换机。

消息一经传出，相当鼓舞人心，也很为中国撑了面子。但问题是，解放军信息工程学院这位青年教授一直是搞计算机的，而有点常识的人都知道，计算机和程控交换机完全是两码事。那么，让这么一个“外行”来搞程控交换机，能搞出名堂吗?

正当人们还在惊叹、怀疑和猜测之际，又传来一个更令人吃惊的消息：这位青年教授决定，不搞两千门的程控交换机，而直接搞一万门的大容量程控交换机!

行家们一听便知，这个决定一步就跨越了好几个阶段，好比一个刚上初一的学生，一下就要拿下大学文凭！于是有人讥笑，有人怀疑，有人不屑一顾，有人干脆坦言相讥：一个无名之辈，却要来攻克世界性的难题，真是不知天高地厚！甚至还有人连连质问：这个胆大妄为的青年教授，到底是何方圣贤?

这个人叫邬江兴。

邬江兴出身于军人世家，其父是一位老红军。而他本人，也是一位至今仍穿着军装的军人。关于这位军人，有不少军味很浓的小故事。

天生好奇，是邬江兴的一大特点。五岁那年，有一天邬江兴偶然发现了父亲枕头边上的一支手电筒，举手一推，竟然发出了黄黄的光。“这玩意儿怎么会发光呢?”邬江兴瞧着瞧着就动开了“手术”。结果，夜半时分，当军务在身的父亲急着要用手电时，伸手抓到的竟是一个已被拆得七零八落的破手电。

邬江兴有了这次“犯规”，父亲开始对他警惕起来，凡是估计他会动手动脚的东西，都统统锁进抽屉。但有一次，匆忙离家的父亲还是“大意失荆州”——随身携带的收音机忘了锁进抽屉。六岁的邬江兴当然不会丧失这次“战机”，他当即动手拆开了收音机，目的就一个，一定要瞧瞧“匣子”里整天说话的叔叔阿姨到底长得什么样，躲藏在哪里。可收音机拆开了，连叔叔阿姨的影子也没见着。等他再对收音机复原时，被拆开的电阻电容等零件却再也装不上了。

两天后，父亲回到家里，看到自己的“宝贝”又被“剖”开了“肚子”，马上便对他进行了严厉的“审讯”：“这是谁干的？说！”

“是我。”邬江兴说。

“为什么要乱拆乱动？”

“我给你装好不就行了。”

“你能装好吗？你装给我看看！”

邬江兴一言不发，拿过收音机就装了起来。一个下午过去了，最后收音机倒是装起来了，可无论旋钮如何拧来拧去，收音机就是不出一点声音。望着一脸认认真真的儿子，父亲只好再一次饶恕了他。但邬江兴并未忘记对父亲的这次承诺。五年后，刚上初一的他参加了学校的“无线电小组”，在老师的指导下，他把自己组装成功的一台小收音机骄傲地递到了父亲的手上。

邬江兴不仅从小好奇，而且好斗。他的弟弟邬晓明说，我哥哥从小学到中学，都是学校的孩子王，出了名的“调皮蛋”。比如老师不让孩子下河游泳，他偏偏领着一帮孩子偷偷去游泳。我哥哥还特别的好斗，喜欢打架。我每次在外边被大同学打了，就找我哥哥告状，我哥哥立马就去帮我打回来，从不含糊，从不拖延。可每次打了别人，别人的家长就找我父亲告状，我哥哥就得被父亲揍上一顿。于是久而久之便形成了这样一种循环：别人揍我，我哥哥揍别人，我父亲再揍我哥哥。但我哥哥最大的优点是聪明，学习成绩特别好，所以从小学到中学，一直被老爷子树为全家的“学习标兵”。

也许出身于军人之家的缘故，邬江兴从小的理想就是开飞机、造军舰大炮、驾驶航空母舰，反正与“军”字有关。于是，像父亲一样当一名驰骋沙场的将军，成了邬江兴从小的理想。

“文化大革命”开始后，邬江兴心目中神圣的父亲被打成了“军内一小撮走资本主义道路的当权派”。看着成天遭受批斗的父亲，十五岁的邬江兴怎么也想不明白：干了一辈子革命的父亲，到底错在哪里？为什么会遭到批斗？由于没法再上学，他只好被迫去当了兵。

由于父亲的原因，邬江兴被分配到深山里打坑道。小小年纪，加上一无体力，二无经验，打坑道时总是吃亏，甚至有好几次还被埋在了坑道里。打坑道太苦，后来不少有关系的战友都调走了，邬江兴的父亲这时已官复原职，也完全可以把他调走。但父亲不但没把他调走，同样在连队当兵的哥哥和弟弟也没调走。后来弟兄三个，都是靠自己苦干出来的。

70年代末，邬江兴到了解放军郑州信息工程学院从事计算机的研究工作。他参加过中国第一台一百万次计算机的研制任务，但他并不满足，中国计算机的落后状况令他十分着急。1982年，他仅是解放军信息工程学院的一名计算机工程师，就大胆提出要搞中国的五亿次大型计算机。五亿次计算机的运算速度是当时国内计算机最快的运算速度，从他这样一个小小的工程师嘴里说出，很快便在学术界引起一片哗然。

但邬江兴坚持要搞。结果，他和几位战友花了两年时间对五亿次计算机进行了总体设计，最后因为种种原因，项目还是下马了。他和几位战友都成了“失业者”。

“失业”后的邬江兴在学院的处境显得多少有些尴尬，一时不知干什么是好。1985年，学院领导找他谈话，说有两条道路供他选择：一是像别的部门那样，引进外国的程控交换机；二是让他重整旗鼓，搞出中国自己的程控交换机。

邬江兴一直搞计算机，程控交换机不但从未接触过，甚至连基本概念都搞不清楚。但中国通信极其落后的现实又常常令他心急如焚。这种落后不仅长期折磨着十亿中国人，而且连他自己都深受其害。他曾在学院给北京挂过一次很急的长途电话，那天，他先在自己的办公室请学院总机给挂，可连挂了几次也挂不通，后来他就干脆跑到学院总机班去挂。可总机班的女兵为他挂了无数次，线路总是占线，因为从郑州到北京，途中要经四道总机的接转。那天的电话最终还是没有挂通，但他的心却被深深刺痛。他想，一个堂堂的解放军信息工程学院连一个电话都挂不通，中国其他地方的通信落后到什么样子就可想而知了。而此期间，他总是想起父亲曾不止一次地对他兄弟三个说过的话——父亲说，世界上没有现成的路，也没有平坦的路。世界上的路都是走出来的，平路走不通，就翻山！

所以他最终下定决心：翻山！他想，也许风景就在山那边。

于是他领着几个青年科技人员很快干了起来。

邬江兴最先做的第一件事情，就是把自己办公室桌上的拨盘式电话拆开，琢磨半天后，明白了什么叫送话器，什么叫受话器；接着他找到一个装有手摇电话机的学校，从学校老掉牙的总机房里第一次认识了什么是磁石电话交换机；再接着他跑到邮电部郑州设计院找来一本国外的电话广告资料，看了几个通宵，搞懂了什么叫程控交换机；然后他从书店买了《HJ921》和《921 纵横交换机原理及维修》两本书，认认真真地研读了三个月，终于吃透了交换机的基本原理。

之后，他去武汉，到洛阳，上北下南，东奔西跑。一方面拜师求教，搜集资料，一方面寻求合作伙伴，渴望在经济与技术两方面得到援助。然而所到之处，不但没人愿意与他合作，而且他发现，不少厂家正忙着打报告，想方设法向国家申请巨额外汇，好从国外引进程控交换机生产线。

邬江兴被激怒了！他想，要是程控交换机继续这样一窝蜂地“引进”下去，民族产业肯定完蛋，国家利益肯定受损。于是他暗暗下定决心：不再求人，自己干；即使倾家荡产，也要干！

邬江兴决定，发挥自己的专业优势，从计算机的角度走进交换机的世界，在行业、学科和技术三个方面进行大交叉，研制一台由计算机控制的交换机。他很快向学院领导汇报了这一想法，学院领导当即表示支持，并从有限的资金里拨给他十六万元的研制经费。

十八个月后，即 1986 年 6 月，邬江兴和他的战友终于研制出了一台由计算机程序控制的实现了电话交换机功能的模拟交换机。

为了给这个“新生的婴儿”有个合法的说法，邬江兴怀着忐忑的心情请河南省科委的专家们进行考核鉴定。那天，专家们检测样机时，发现样机的性能指标非常好，不敢相信是事实，怀疑检测仪本身有问题，便换了一台检测仪重新测试，结果指标一样。但专家们心里还是不踏实，又换了好几台检测仪反复测试，结果指标还是不变。专家们这才高兴地在鉴定书上写下了检测意见：该机达到了国内先进水平。

正因为有了这样一段经历，所以当中国邮电工业总公司与解放军信息工程学院签订了开发大型程控交换机的合同后，邬江兴才决定抛开两千门的方案，直接搞一万门的大型程控交换机！

C. 一步跨越十五年

有人说，大容量程控交换机是当今世界信息技术的心脏。有了这个“心脏”，一个民族的生命便会充满朝气，充满活力。

难怪，进入信息时代后，这个“心脏”成了世界各国急需的抢手货。

然而，要研制出这样的“心脏”，别说对通信技术落后的中国而言是个大难题，就是对领先世界先进技术的国家来说，同样是个大难题。

当年，世界著名的贝尔实验室为研制出这一“心脏”，曾动员了欧美十二个国家的数千名科学家，花费了五年时间，耗资七亿美元，最后好不容易才取得成功；而其他一些国家尽管同样耗资巨大，费力不小，却始终未获成功。

那么起步晚、实力差，从未搞过程控交换机的中国，行吗？

其实，邬江兴的压力也是蛮大的。但他是军人，军人一旦领受了任务，只有进取，没有退路。何况，身为军人的他深深懂得军事机密和国防安全的重要。由于在中国通信网上运行的是国外的程控交换机，所以国家与国家之间一旦发生冲突，人家只需远隔重洋输入一个密码，立即就可以让中国的通信网络陷入瘫痪；若是对方要想窃听中方的核心机密，在电话网上做点手脚，也是易如反掌。虽说现在是和平年代，但风云多变，世事难料，明天或者后天将会发生什么，谁都不是神仙。

邬江兴曾经算过一笔账，中国如果不搞出自己的大型程控交换机，每年将有数亿美元的外汇悄无声息地流入外国人的腰包。而且，由于程控交换机的使用周期一般都是十至十五年，所以外国的程控交换机一旦占领了中国的市场后，就意味着这个市场至少要被外国占领十年。也就是说，中国下个世纪的电信市场都已经提前“预支”给外国人了。他还听说过两件事：一件是有家外国公司，卖给东北某省的程控交换机初装时，一线价格为八十五美元，一年后扩大容量时，价格便增加到一百二十六美元；还有一件是某个城市，电话号码由六位数升为七位数时，本来只需在程控交换机的软件上做点小小的变动即可，但这家外国公司硬是开出了几十万美元的价码。而更让邬江兴无法接受的还有这样一个现实：全世界每一百人中，就有三十部电话；少数经济发达国家每一百人中，就有一百一十部电话；但中国，每一百人中，仅有三部电话！

所以他坚持认为，中国的经济要腾飞，必须首先实现通信设施的现代化；而数字程控交换机，是通信设施现代化中的关键。现在，电信产业的发展一日千里，几年之后，电信局需要安装的肯定不再是千门、万门程控交换机，而是数万门的程控交换机。中国的步子本来已经迈得太迟了、太慢了，如果现在还不大胆跨越，即使把两千门的程控交换机研制出来，也只能锁在仓库陪老鼠睡大觉。

于是，邬江兴靠着中国邮电工业总公司资助他的三百万元启动资金，真枪实弹地干了起来。虽然三百万元的经费与国外相比不过是杯水车薪，油盐酱米，但较之几年前那十六万元的家底，简直可以称得上是阔佬了。

有了启动资金，总体设计方案是关键。邬江兴首先把战友们召集一起，躲在一间小屋里研究讨论设计方案。没有任何框框的束缚，反而给邬江兴们留下了天马行空般的思维空间。可搞大型程控交换机毕竟是第一次，所以他们苦思冥想了七天七夜，方便面吃了几大箱，茶叶喝了几大包，烟头扔了一墙角，方案还是一张白纸，白纸一张。

为了尽快搞出设计方案，邬江兴几乎什么也不顾了，什么也顾不上了。岳母去世，妻子离家处理丧事，他不得不为儿子做饭。可因每晚加班熬夜，实在太累，正做着饭的他竟打起了瞌睡。等一觉醒来，锅底烧出了洞，饭也成了焦炭。甚至，后来儿子出疹住院，高烧六天六夜，他也顾不上去看一眼，一揽子事情全扔给了妻子，以致妻子对此很有意见。

在那段最苦恼的日子里，邬江兴几乎夜夜失眠。每晚一躺下，一闭眼，眼前浮现的全是名目繁多的外国货。什么奔驰、宝马小轿车，尼康、佳能、美能达照相机，松下、索尼、日立音响，皮尔·卡丹、金利来、贝纳通服饰，还有伊露姿、贝佳斯化妆品，等等。特别让他很不服气的是一些乱七八糟的小玩意儿，比如像什么传真机、打印机、复印机，甚至连全中国的大街小巷到处都在狂呼乱叫的BP机，也几乎统统都是“洋货”！而且他听说在中国的医药市场上，最畅销的五十种药品中，居然有四十种都是“洋药”！

进口外国货当然无可厚非，但问题是，“洋货”未必都是上等货，“洋货”未必全是货真价实的货；而最关键、最要命的问题是，如果让“洋货”一直粉墨登场，长驱直入，那中国的民族工业将来怎么办？

“能不能把咱们原来搞的五亿次计算机的方案移植到程控交换机上来呢？”一天深夜，有人突然提议。

邬江兴心头为之一亮。他想，如果把计算机上的各种处理部件都换成交换机部件，不就是一台巨型交换机吗？沿着这一思路，邬江兴又经过了十四个白天夜晚的苦思冥想，终于拿出了后来震惊世界的万门大型程控交换机即04程控交换机的设计方案。

1989年11月，中国邮电部组织04程控交换机的设计方案论证会。那天，邬江兴怀着异常激动的心情第一次当众宣读自己的设计方案。当设计方案宣读到一半时，他便发现，台下不少专家开始向他投来复杂的目光。这目光中有怀疑，有信任，有忧虑，有期盼，还有种种说不清道不明的复杂意念；但邬江兴脑海里，除了国家、民族四个字眼，没有一丝杂念。

邬江兴宣读完设计方案后，会议主持人、中国著名电话交换机专家解晓安说，邬江兴的这个设计方案，是一种与国际上目前流行的程控交换机模式完全不同的结构；如果搞成了，我们的产业从这个高点上起飞，就可以一步跨进世界先进行列。

最后，经过专家们激烈的争辩、论证，会议一致通过了邬江兴这个设计方案。

1991年11月，经历了两年的风风雨雨，邬江兴他们研制的中国第一台大型程控交换机，终于诞生了！国家科委给该机命名为HJD04程控交换机。

1991年12月，中国邮电部组织召开04程控交换机的技术鉴定会。除国内不少通信权威专家外，北京邮电局总工程师纪征仪先生也光临会场。这位早年曾留学法国、为改变中国落后的通信面貌而奋斗了一生的老人，早就盼望着中国能有自己的大型程控交换机。所以当他终于看到了中国的第一台大型程控交换机时，心情非常激动。

鉴定会上，为了对产品负责，专家们几乎调用了所有可调用的模拟呼叫系统，来轮番“刁难”04程控交换机，甚至让04程控交换机每小时处理两百万次的电话接转交换。也就是说，让04程控交换机在每小时内必须顺利地完成两百万次电话的接转任务，其间不允许出现电话中断、等候、忙音等情况。结果，04 程控交换机不但没被这些专家难住，反而还给专家们开了个玩笑：当模拟呼叫系统再也无法增加呼叫量时，04 程控交换机却依然还在轻松地运转着。于是最后专家们在填写鉴定意见时，只好这样写道：04 程控交换机忙时最大呼叫处理能力可达两百万次以上。

两百万次已经是世界最先进水平了，这“以上”又该是多少呢？后经专家们的理论计算，04 程控交换机的呼叫处理能力可达三百五十万次，最大容量已达六万四千门，话务处理能力超过了号称世界最先进的美国五号程控交换机的六倍。尤其是在逐级分布式控制的大型程控机体制和全分散复制式 T 交换网络这两大体系上完全属于创新，是对世界通信交换技术发展的一大贡献。它不仅打破了西方“中国搞不出万门程控交换机”的预言，而且让中国的通信技术一步就跨越了十五年的技术差距，缩短了十五年的历史。

是的，04 程控交换机的研究人员只有十五个，研究经费只有一千万人民币，时间只用了短短两年。所以邬江兴最欣慰的是，总算为中国人争了一口气。

但是，拥有了自己的高科技产品，并不等于就拥有了自己的市场。

D. 打出“中华”牌

对中国的电话通信市场，有人曾作过如下预测：到 20 世纪末，中国将建成以数字程控交换机为主的电信网，程控交换机的容量将超过一亿二千万线，每年平均需增加一千万线以上，年销售额可超过十亿美元，从而形成 21 世纪全球最大的电信市场。而外国人则把中国这一市场，称之为世界上“最后的一座金矿”；并且都知道这座“金矿”谁都想来抢占，谁都想来开采。

邬江兴当然知道这个市场，这座“金矿”。他不仅知道，而且更清楚中国人首先应该去抢占这个市场，去开采这座“金矿”！中国的邮电通信网每年都有七八百亿甚至上千亿元的投资，如果这上千亿元的市场能让中国人自己去占领，自己去开采，那该多好！因为中国人不能总是靠给外国人打工过日子，一个民族光靠打工是永远不可能富强的。

所以，当 04 机诞生后，以邬江兴为首的一群科技精英们进行了深刻的反思，认为绝不能让 04 机成为一种标本陈列在科技馆里，而只有将其产业化，才能发挥它固有的价值。邬江兴说，历史走到今天，我们这个民族必须要有一点精神。一个民族的精神所在，就是一个民族的力量所在。一个民族只要精神不死，就大有希望。振兴民族精神，就让我们从振兴民族产业开始。

但振兴民族产业，从哪儿入手呢？

邬江兴和企业打过多年的交道，他知道中国的大中小型企业最要害的问题，是多年来拿不出过硬的有竞争力的产品去占领自己的市场，所以大量的外国产品乘虚而入，使本来就难以生存的中国大中小型企业雪上加霜；另一方面，中国过去搞的一些科研项目，目标总是盯在从无到有上，好像什么东西只要搞出来了就行了，就一有百有了，就心安理得到此为止了。但有了后怎么办？似乎就很少考虑了。而现在，市场竞争越来越厉害，越来越残酷，光有不行，还必须要好；光好也不行，还必须推向市场，占领市场。高科技产品只有从无到有、从有到好、从没有市场到占领市场，才能转化为第一生产力，才不寄人篱下，受制于人。否则，像天上的风筝，水中的浮萍，有而无用，徒有虚名。

然而严重的现实是，1991 年底的中国，“八国九制”的程控交换机早已越过黄河、“打”过长江；不仅“占领了”大半个中国，而且还先后控制了多个“要塞”和“制高点”，大有“横扫千军”、势不可挡、长期“霸占”“统治”中国电话通信市场之势。在如此“大兵压境”的危急情况下，04 程控交换机要挺身而出、“深入敌后”“发起反攻”“夺回据点”，无疑是一件相当艰难甚至不可能做到的事情。

于是，打出 04 程控交换机这张“中华”牌，夺回属于中国人自己的市场，便成为邬江兴战略计划的第二步。

当然，邬江兴也非常清楚，他的这一“反攻计划”，等于虎口夺食，甚至自投罗网。因为要让04程控交换机马上投产并推向市场，最大的难处是没有人民币！邬江兴算过一笔账，首次若按一般规模投产，至少也得几千万！而他一个穷当兵的，到哪儿去拿这几千万呢？

这好比一个孩子，好不容易生下来了，自己又没钱来养；抱给别人养吧，感情上又割舍不得，也不放心；再说了，多年来好不容易就生了这么一个孩子，将来还靠这孩子养家糊口、光宗耀祖呢，若是抱给别人，岂不自绝后路，断了血脉！

就在邬江兴发愁之际，嗅觉灵敏的外商们很快截获了04程控交换机要投产的信息。于是美国、瑞典、加拿大等数家公司的代表不辞辛苦，远涉重洋，相继来到郑州，与邬江兴进行洽谈，纷纷表示愿意投资，愿意合作；甚至就连一向目空一切、财大气粗的日本松下公司也千里迢迢专程赶来郑州，向邬江兴表示敬意，表示诚意，表示愿意携手并肩，大展“宏图”，共创“伟业”！

面对外商们一次次热情的“捧场”，慷慨的“承诺”，邬江兴第一次感受到了一个中国人在外国人面前挺起腰杆说话的骄傲与分量。但是，邬江兴不光是个科学家，还是一位有战略眼光的军人。他非常清楚，04程控交换机产业化一旦投产成功，绝不是捞回几个钱的问题，而将标志着中国一种新的形象。所以不管外商们的条件如何优惠，价码如何高昂，他制定的“自己的孩子自己养”的政策始终坚定不变。谈到最后的结果是，他怎么安安全全地把外商们从机场接到学院，又怎么安安全全地把外商们从学院送回机场。

后来，困境中的邬江兴想到了一个人：洛阳电话设备厂厂长柏富栋！

柏富栋是一位既有经营头脑，又有战略眼光，还有胆魄的企业家。当初邬江兴搞04程控交换机时，他就狠狠地助过一臂之力。04程控交换机研制成功后，他也想到了如何尽快投产的问题。所以当邬江兴要找他时，他也正想要找邬江兴呢。

两人一见面，邬江兴就开门见山："老柏啊，04程控交换机必须尽快投产，而且要缩短走向市场的周期。否则，地盘就被别人给抢光了。"

"你这不是虎口夺食吗?"柏富栋说。

"对，我们就是要虎口夺食！外国人可以来中国抢占我们的地盘，我们为什么就不能到他们嘴里去夺食呢？何况这食本来就属于我们中国人的。"邬江兴说，"我的计划是，今年10月就一次性投产十二个局五万线，这样可以加快产业化的进程。"

"想法当然很好，可是你算过需要多少启动资金吗?"柏富栋反问了一句。

"我估算了一下，至少得几千万吧。老柏呀，这启动资金的问题，你看……"刚说到这儿，邬江兴的声音一下小了不少。他看了眼柏富栋，话到嘴边，又打住了。

柏富栋也不出声了。

作为一名搞电话设备的老厂长，柏富栋对国内的电话通信市场了如指掌。但他和邬江兴一样，最头疼的仍是一个钱字！一下要拿出几千万，这绝不是一笔小钱，万一有一点点闪失，他个人倒霉甚至坐牢不要紧，要紧的是他手下的几千名职工会全部砸了饭碗！所以他心里非常清楚，这是一步险棋，必须慎之又慎！

"这样吧，我先考虑考虑，过几天再答复你。"柏富栋说。

几天后，邬江兴接到了柏富栋的电话："我决定贷款三千万，行吗?"

"行、行，当然行了!"邬江兴高兴得一下蹦了起来。

"伙计，你可得记好了，我这可是贷款呀!"电话那头的柏富栋几乎是大声吼叫道。

"放心吧，有我在，阵地在；有我在，钱就在!"说完，邬江兴竟忍不住大声笑了起来。后来他的一位战友说，这是两年来第一次听到邬江兴笑。

此后不久，04 程控交换机列入了国家“863 计划”，而邬江兴则被正式聘请为国家“863 计划”信息领域的通信专家。有了国家的大力支持和三千万贷款，邬江兴和他的团队很快行动起来。

他们率先在河南武陟县顺利开通了第一个 04 程控交换机试验局。之后不久，即 1992 年 5 月，五万线 04 程控交换机便成功地实现了批量生产，并在十二个不同特点的电话局同时开通。接着，他们又挥师北上，“血战辽沈”；再率队南下，直抵深圳。几经磨难，最后终于开通了中国南大门的第一个电话局——横岗局。

横岗局刚开通那几天，正赶上深圳股市火热爆炒之际。邬江兴们唯恐自己刚刚装上去的 04 程控交换机出现问题，因为过去的深圳只要遇上股市风波，交易所的电信网就会死机，其根本原因就是交换机的负载能力不够。而这次，他们的 04 程控交换机是第一次在这么关键的时刻、如此重要的网上运行，一旦出现一点问题，顷刻间他们必将“身败名裂”，前功尽弃！

谢天谢地，一连几天过去了，04 程控交换机运行正常，安然无恙。

于是，深圳舆论界一片哗然，用户对国产程控交换机交口称赞，04 程控交换机一夜间名声大噪！深圳市政府、深圳电信局还将锦旗亲自送到横岗，希望邬江兴他们再为深圳另外几个局也装上中国自己研制生产的 04 程控交换机。

…………

就这样，邬江兴们以平均每十天开通一个局的速度，在古老的华夏大地上刮起了一股强劲的现代“04 旋风”。在短短两年多时间里，他们利用自己的技术优势和技术特长，直接在几个大中型企业中投入批量生产，并与洛阳、北京、深圳、杭州、重庆、长春等城市的相关企业组建了七个 04 机的生产厂家。1993 年 9 月，04 程控交换机率先获得在中国的入网许可证。1993 年底，04 程控交换机的产量达八十五万线，占全国程控交换机市场份额的百分之九。1994年底，04程控交换机的产量达四百万线，占市场份额的百分之十五以上，创下累计产值二十亿元！到了1995年，除安徽、河南、西藏以外，04程控交换机已在全国二十八个省市自治区的电话网上运行，并出口国外，实现了国产大型程控交换机出口“零”的突破，从而让04程控交换机这张“中华”牌在短时间里便享誉世界。

然而，中国高科技产业化的发展道路，没有这么简单。

E. 筑起新的“长城”

中国04程控交换机的横空出世，对蜂拥而至的“八国九制”的外国程控交换机无疑是个沉重的打击；它不光成功地阻止了外商们快速推进的步伐，也大大削减了他们目空一切的锐气。

但商场如战场。外商们绝不是一触即溃的“儿童团”，而是一支经验丰富、实力雄厚、很难对付的老牌“正规军”。所以当外国公司眼睁睁地看见中国的04程控交换机如同天兵天将般突然占领了一个又一个的地盘后，开始着急了，眼红了。他们紧急行动起来，争先恐后，采取了一系列争夺市场的对策。

他们先是向中国的用户慷慨贷款：一时给不起的，可以延期付款；不想一次给的，可以分期付款；“老子”付不起的，可以让“儿子”偿还。总而言之，想法先套住你再说。接着，又忍气吞声，采取“挥泪大甩卖”甚至“跳楼自杀”式的倾销手段，大幅度地压价：每线的价格，由原来的一百五十至一百九十美元，压到一百二十美元；一看不行，又从一百二十美元压到一百美元；再看还不行，又从一百美元压到八十五美元、八十美元……如此一压再压，最后竟压到了每线四十美元！

例如，德国的一家公司以每线八十五美元的低价在山西、陕西抢占了近一百万线的市场，而它的实际成本价格却是每线九十四点四美元；美国的一家公司给东北某省的价格是每线八十五美元，而它在国内的价格却是每线两百美元；甚至日本的一家公司在江苏的报价，竟低于每线四十美元！

当这些“情报”摆在邬江兴的办公桌上时，身为军人的邬江兴一看便知，这样的价格连本都不够。中国的04程控交换机的成本应该是世界上最低的了，每线还要五十一美元呢。外商们之所以不惜血本，用如此残酷的“自杀”方式快速“出击”，纯粹是为了和中国的04程控交换机争夺市场，其暗藏的“杀机”显而易见：先占领你的市场，以后再让你掏腰包；今天多扔给你几粒芝麻，为的是明天多抱回几个西瓜；等有朝一日挤垮了04程控交换机，我再抬高价格秋后算账！

面对如此“硝烟滚滚”“明枪暗箭”的险恶局势，邬江兴们当然感到了从未有过的压力。尽管04程控交换机眼下还不至于被对手一口吃掉，但若继续就此发展下去，肯定凶多吉少。而这时，内部也有一些困惑和不同的意见：有人对04程控交换机的前景不太乐观，担心多过信心；有人建议把技术转让出去；甚至有人还提出，干脆与外商联手，走一条合资的道路。

很快，美国、日本、加拿大等十几家大公司派人专程来到郑州，与邬江兴反复商谈。有的愿意合资，有的愿意出高价收买技术，总之条件优厚，价格诱人。

邬江兴再次陷入新的困境，也面临新的选择。

把技术转让出去，当然轻松；与外商合资，也省力气。但邬江兴想的是，明明是中国自己搞出的产品，为什么要让它姓“外”不姓“中”呢？经过一番痛苦的挣扎，邬江兴最后痛下决心，中国搞出的产品不能姓“外”，只能姓“中”！所以在研究04程控交换机的销售战略会议上，他坚决表示：“我们决不能为了眼前的利益，而不顾民族的利益，去走什么合资的道路。表面上看起来是合资，等将来人家凭经济实力形成控股局面后，04程控交换机就再也不是我们的了！”

接着，邬江兴们针对性地制定了三条对策：第一，以农村包围城市；第二，提高性能价格比；第三，尽快完善售后服务网。

如此这般，04 程控交换机暂时脱离险情，站稳了脚跟。但邬江兴仍然感到，04 程控交换机的生产企业规模小，专业化生产水平低，而且很分散，缺乏综合配套能力，无法与国外跨国公司长期竞争下去；加上资金投入不足，手段落后，很不利于后续技术的开发。若仅靠目前这支“游击队”，是不可能取得最后胜利的，而必须组织起一支有一定规模的“正规军”。于是，他不厌其烦地上书国家有关部门，提出各种建议，强烈呼吁对 04 程控交换机给予优惠政策和大力支持！

1994 年 6 月 27 日，朱镕基在看了国家有关部门根据邬江兴的建议写成的一份关于加强对 04 程控交换机产业化扶持力度的一份报告后，作了如下批示：

泽民、李鹏、家华、岚清同志：

在国有企业纷纷与外资合营或被收买兼并后，04 机送来了一股清风。即使性能比国外进口货还差一点（**报告是说性能相当**），也比用价格昂贵的进口机器好，因此我赞成按“华录模式”并以专项贷款方式扶持国有程控产业。如你们赞成，按国务院分工，建议请家华同志主持研定。

很快，几位领导人先后对此作了圈阅。李岚清还作了专门的批示。

1994 年 7 月 29 日，解放军信息工程学院、邮电部洛阳 537 厂、513 厂、北京京信交换系统设备厂、深圳信诺公司、郑州通信设备公司六家研制和生产 04 程控交换机的主要单位挺身而出，在郑州签署了共同发起组建“中国巨龙通信（集团）股份有限公司”的协议。六家单位在《发起书》上这样写道：

目前全世界的电话平均占有率为百分之十五。电话是信息传递的硬环境，是发展经济的资源。数字程控交换机是信息传递的心脏，电话占有率提高一个百分点，就意味着要扩容一千二百万门的电话交换机，甚至更多。根据邮电部的规划，到2000年全国电话总量将突破一亿门，也就是说，在今后几年内每年以平均增长一千至一千五百万门的速度发展。这样，我国的电话新增加量便会是世界的三分之一。

04程控交换机的诞生，标志着我国在当今信息时代这一高技术领域的先进水平，标志着这个过去被严格限制向社会主义国家出口转让的高技术已经被中国人所掌握，这就从根本上打破了发达国家独占我国通信市场的局面。从这一重大科技成果出发，依靠自己的力量来探索一条民族产业发展的新路子，振奋民族精神，所产生的深远的政治意义和巨大的社会经济效益是无法估量的。

此后，组建中国巨龙公司的计划，在紧锣密鼓中开始实施。

邬江兴一个接一个的行动，震撼了大洋彼岸的美国人。1994年8月，美国三十多家公司联合向04程控交换机的主要研制者邬江兴和罗兴国发出访问美国的邀请。于是正想去美国考察的邬江兴和罗兴国欣然前往。在美国，邬江兴一行受到了特别的款待，美方不仅为他们安排了豪华的五星级宾馆，还为他们租来了接待国家元首才用的加长豪华林肯牌轿车。这种轿车不仅可以在车上布置会议室，甚至连洗澡用的浴缸等也应有尽有。邬江兴所到之处，尽是鲜花、笑脸、宴会，第一流的实验室和研究所也敞开大门，各大公司全体人员还在公司门口列队欢迎，并破例升中国国旗、奏中国国歌。

美方如此热情，一方面是因为邬江兴为人类的通信事业做出了突出的贡献，另一方面则是希望邬江兴能留在美国工作。其工作条件和个人待遇，当然是相当丰厚。甚至有的公司还对邬江兴直接表明：如果愿意合作的话，可获利润数千万美元！

但邬江兴还是谢绝了美国多家公司的好意。他说：“我可以出国考察访问，但不能‘出售’民族的利益和尊严。”何况，这次访美期间，他亲眼所见的现实令他深感心酸：在美国的一些大商场里，他看不到中国的高技术产品，而有的只是诸如服装、刺绣、丝绸、古董、茶叶等小玩意儿。每当看到这些，他总是愁肠百结，感慨万端。因为他深知，这些小产品都是靠中国人加班加点、一针一线辛辛苦苦地做出来的，而能换回去的只能是几张皱皱巴巴的钞票。但美国不同，只靠一块小小的、薄薄的硅片，便可换回大把大把的成千上亿的美元！所以他的民族自尊心受到很大的打击。此外，他获得的一份数据也深深刺痛了他的心：日本高技术产品的出口份额，占全世界的百分之十八，韩国占百分之六至百分之七，印度占百分之三，而堂堂中华大国，却只占了百分之零点八！

因此，回国后他不但没有动摇和退缩，反而增强了他要为国争光、进军世界的信心和决心。

1994 年 9 月 17 日，邬江兴们再次向国人发布了一条振奋人心的消息：04 程控交换机 7 号信令系统研制成功！

7 号信令系统是目前国际上很流行的一种最新的电话信号传输方式，它具有信号速度快、功能强、灵活可靠等优点。对通信中的这一核心技术，西方各国多年来一直对中国实行封锁禁运，并曾经断言：“中国人不可能研制出这种多功能的复杂系统！”近年来，国家有关部门曾试图引进或者联合开发这一技术，但均未成功，致使这一技术成为中国通信事业向现代化迈进的一大障碍。现在，邬江兴们终于打破了这一技术垄断，并让它在中国的通信网上开始运行。

1995 年 3 月 2 日，中国巨龙通信设备有限公司在北京正式成立。在新闻发布会上，邬江兴即兴说道：“巨龙公司从今天成立起，目标就是要打入国际市场，就是要同世界较量。巨龙公司是国家和民族的意志与利益的体现者。04 程控交换机作为一个高技术产品，可能还有它的发展阶段，也有它寿终正寝的时候，但我相信，中国最终是会走向世界的！”

但作为国家“863 计划”通信主题组的专家、巨龙公司的董事长，邬江兴并未被暂时的胜利冲昏头脑，他很快又为公司制定了下一个战略目标：同时伸出两个拳头，一个拳头在国内生产过硬的产品，同“洋货”较量；另一个拳头则伸向国际市场，到国外去打擂台，同世界上最强硬的对手对抗。

但蛋糕做大了，压力也就大了。而最大的压力，还是缺钱。国家资助的那点资金，就像一床小小的被子，盖得了胳膊，却遮不住腿。要想把产品打入国际市场，除了提高技术水平，必须争取更多的贷款。

于是，巨龙公司全权负责海外市场的副总裁邬晓明，这位曾经当过飞行员、装甲兵、坦克兵的青年军人，为了早日把中国的04程控交换机打入国际市场，竟用一辆专车，专门跑贷款，最后把车都跑烂了。直到1996年11月5日走出人民大会堂的大门，才终于跑下来十二亿元人民币的贷款。他的司机一算公里数，竟跑了两万八千公里，比当年红军长征走过的路还长！

邬晓明说，我们今天所做的一切，实际上就是和平年代的军人在进行一场新的长征。为了跑贷款，我一个穷当兵的，到处求人，光是中南海大门的登记簿上，我就签了几十次的名。此外，我还像个“救火队”，公司哪儿需要应急，我就赶到哪儿。我哥让我办事情，从来只告诉我要办什么事情，却从来不告诉我要怎么去办，反正必须把事情办成、办好、办漂亮！

的确，为了在高科技领域筑起一道新的“长城”，巨龙公司的全体同仁为此付出了巨大的努力；而邬江兴和他的弟弟邬晓明，头发几乎全白了。兄弟俩由于常年不顾小家，以至于他俩的妻子每次打电话都是抹着眼泪笑着问：“你们那个巨龙公司什么时候才垮台呀？”

巨龙公司当然没有垮台。不但没垮台，反而组建仅半年，便开始了大兵团作战。1995年8月，04系列机累计销售超过五百万线，开通了两千四百多个电话局，销售总额达三十五亿元，直接为国家节省外汇四亿多美元，并迫使“八国九制”的进口机型纷纷大幅度降价。到1996年6月，04系列机生产能力居全国首位，累计销售近八百万线，累计销售额高达五十多亿人民币！在中国的电信网上，目前已有一千万线的04程控交换机在昼夜匆忙运行。

而且，为了尽快把04程控交换机打入国际市场，巨龙公司还与朝鲜、俄罗斯、乌克兰、缅甸等达成了三万五千线的意向合同。而1996年秋，针对俄罗斯的电信标准，邬江兴们对04程控交换机又做了适应性修改，在俄罗斯经过三十天的考验，顺利通过了俄罗斯邮电部严格的性能和功能测试，从而与俄罗斯电信网顺利连通！

1997年1月22日，巨龙公司在人民大会堂隆重举行了04D数字程控交换机获得俄罗斯电信网入网证的新闻发布会。会上，邬江兴正式宣布：巨龙公司已于1996年12月19日正式获得俄罗斯通信部颁发的俄罗斯电信网入网许可证。接着，俄罗斯驻华使馆高级参赞冈恰洛夫先生向巨龙公司总裁施继兴颁发了入网证书。

历史就是如此的有趣：四十年前，苏联来中国给予技术援助；四十年后，中国又向俄罗斯输出程控交换机。

而接下来发生的一件事情，更让国人为之一振：1997年10月10日11时，在北京解放军总参谋部大楼里，随着总指挥“割接”一声令下，北京军网上原来担任一级汇接局的美国5号程控交换机正式退出网络；取而代之的，是邬江兴们研制生产的04程控交换机！

这次用04程控交换机替代美国5号程控交换机的军网改造工程，是经过有关专家的反复论证和认真筛选之后做出的选择。04程控交换机问世以来已在军网大量使用，本次工程军网共有八个新局、六万多线全部采用，涉及北京军网三十七个局、二十多万线，从而使04程控交换机成为北京军网的主力机型。

这一革命性的举措，既让中国的国防信息安全获得了可靠的保证，又使中国的通信命脉基本掌握在了中国人自己的手里，在通信领域筑起了一道新的“长城”！

然而面对鲜花和掌声，邬江兴的头脑依然清醒。他知道，商场就是战场，信息通信领域里的竞争更是一触即发的“火药桶”。如果没有危机感，不能独立潮头，便注定折戟沉沙。通观中国改革开放二十年来国有企业走过的创业历程，不难发现，许多崛起于80年代的大企业都在90年代纷纷倒下，成为明日黄花。原因何在？英特尔总裁葛鲁夫说：“华人这个民族对财富几乎有一种与生俱来的创造力，但华人似乎对组织的运作缺乏足够的热情与关注。”为此他开始反思，在反思中开始着手一系列的“改造”工程。他认识到，“不是变，就是死。”他说：“我们的事业才刚刚开始，但我们有信心把事业发展壮大。巨龙公司将在五年内让04程控交换机达到年产一千万线、年综合销售额一百亿人民币，让大多数中国人时刻都能享受到04程控交换机带来的方便和好处。我们将继续用事实证明，中国不是懦夫，中国的明天是充满希望的。”

愿中国这条“巨龙”，能早日实现真正意义上的“腾飞”。

结 语
强国终将不是梦

一转眼，“863 计划”已进行了十一年。

十一年来，“863 计划”所设定的生物、航天、信息、激光、自动化、能源、材料七个领域均不同程度地取得了一批具有世界先进水平的重大成果，突破并掌握了一批关键技术，缩小了同世界先进水平的差距，极大地带动了中国高技术及其产业的发展，让中国的现代化有了实实在在的内容。在七大领域中，仅生物、信息、自动化、能源、材料五个民用领域取得的研究成果便有一千两百多项，其中有五百四十多项都达到了国际水平；而另一部分成果还实现了商品化、产业化，从而使中国的高技术领域从跟踪起步进入蓬勃发展，对中国的国民经济建设和社会的发展产生了重大的推动作用。

当然不可否认的是，在“863 计划”实施过程中，也存在着不少问题和矛盾。比如，经费短缺问题，始终是个大问题。“863 计划”十一年所花的经费，还不如美国的某家大公司的研究开发费用。此外，很多矛盾也无法避免，如：领导与专家、专家与专家彼此观念和认识之间的矛盾；中国与外国交往之间的矛盾；国内同行与同行竞争之间的矛盾；研究成果与市场转化机制之间的矛盾；科技体制与管理机制之间的矛盾；长远基础研究与追求短期经济效益之间的矛盾；个体、部门利益与国家、民族利益之间的矛盾等。

然而，“863 计划”的专家们十一年来所干的事情，不少都是史无前例的；尤其是用最少的科研经费，取得了最多而又最有成效的科技成果，恐怕全世界也是绝无仅有的。因此，如果说中国过去的高科技如氢弹、原子弹和人造卫星等，主要是为了国防的需要和民族的尊严，离我们的实际生活多少还有些距离的话，那么“863 计划”所实施的高科技则与我们今天的生活息息相关，与我们明天的日子紧紧相连。它如同阳光和空气弥漫在我们的四周，渗进了我们的生活，让我们在不知不觉中便改变了生活方式、工作方式以及生活观念，从而使千百年来无数仁人志士追求的强国的梦想不再仅仅是梦想，而变成了实实在在的行动。

当然，今天的中国正处于日新月异的大变革时代，机遇和风险并存，希望与危机同在。虽然我们已经取得了不少可喜的成果，却依然潜伏着危机，面临着挑战。更何况，中国的现代化进程较之发达的工业国家，本来就晚了几百年；再加上中国人口多、底子薄等不利因素，现代化的进程必然充满曲折与艰难。无数事实早已证明，如果不记住历史，历史只有被迫重演；若是不着眼未来，未来永远等于梦幻。所以，未来并不是蒙着眼睛的大跳跃，而是始于脚踏实地的当下，始于埋头苦干的现在。

现在，无视科学、践踏科学的时代早已过去，兴国之道在于科技已被各国的发展历史所证明。在五光十色、变幻多端的科技蓝图上，每个民族都在寻找、校正、确立自己的发展战略坐标，科学精神正在逐渐深入人心，而科学技术也获得了自人类诞生以来唯一堪与上帝平分秋色甚至一争高下的神奇力量，一个科学社会化、社会科学化的时代正在到来。

不可忽视的是，由于高科技受到了世界各国空前的重视，以及它自身的飞速发展，科学技术的大较量已在全球展开，各国间的竞争愈演愈烈。整个亚洲乃至整个地球，就像一个巨大的赛场，每个国家特别是亚洲新兴的工业化国家和地区，都在和时间赛跑，都想力争在高科技产业重心东移到亚洲时能最先抵达终点。如，在亚太地区，新加坡正朝着“智能岛”的全网络化社会迈进；韩国目前是仅次于美国、日本的第三大记忆晶片出口国；日本正千方百计力保科技革新大国的头衔；连印度也是全世界最大的电脑软件出口国之一。这对正在崛起的中国来说，无疑都是严峻的挑战与考验。

然而，在全世界的高科技竞争中，在中国改革开放的紧要关头，中国毕竟大胆地举起了“863计划”这面高科技的大旗，成功地跨出了关键的一步，并取得了进军世界的入场券。因此，面对明天的世界，只要我们继续高举“科教兴国”这面大旗，只要科学技术这个源泉不被截断，我们便有足够的理由相信，古文明的太阳迟早会从东方再次升起，中华民族的强国梦终有一天不再是梦想！

地中海已成过去，
大西洋只是现在，
太平洋却是未来。

相信，这一预言将不会是预言。

1997年12月6日写于北京

后 记

书写完了，从书里“走”出来，与读者朋友们聊聊天，也许是一件比写作更愉快的事情。

说实话，这是我写得最苦的一部书。苦到什么程度？其间有好几次都想罢笔了。

为什么呢？

一是采访太难。此书的采访线索，就像大海捞针，全得靠自己一点一点地去“捞”，自己去找。而采访对象又都是大专家、大科学家，他们工作忙，时间紧，实在没工夫约谈。比如有一位科学家，我从第一次联系他到后来与他见面，经历了十个月。还有，有的科学家不愿接受采访。不愿意的有两类人，一类是几十年来默默无闻、埋头苦干已经习惯了，发自内心不愿接受采访，一辈子甘当无名英雄；一类是愿意接受采访，但又害怕被宣传，担心一旦被宣传后会招致很多麻烦，所以犹豫不决，左右为难，能闪就闪。

二是题材难啃。高科技知识浩瀚无边，别说每个领域的深奥内容和专业特点，光是把七大领域的名词概念、基本知识搞清楚，就不容易。比如，某个高科技领域和国家的发展战略是什么关系？它为国家和人民带来的好处是什么？这个科学家是干什么的？他干的事情有什么价值？其历史意义和现实意义又是什么？为搞清这些看起来很简单的问题，我就学习、查阅了几百万字的专业书籍和相关背景材料。否则，就无法在作品中做到深入浅出，通俗易懂；就无法将深奥枯燥的科学技术和创业历程转换成生动形象、饶有意味的文学叙事。

三是与科学家对话不易。本书写到的科学家，都是中国顶级的科学家。他们不仅在自己的专业领域均是翘楚，而且在人文学方面也相当了得，有的对文学还非常喜爱，且功底不浅。要想采访 863 七大领域的科学家，我自己首先就得具备七大领域的专业基础、认知水平。不然，凭什么去和这些科学家对话？怎么和他们对话？你手上没有珍珠，怎么可能换回玛瑙？这就逼着我必须老老实实地学习，硬着头皮啃资料。报告文学是选择的艺术，但这个选择，不单单是作家选择写作对象，写作对象反过来也要选择作家。也就是说，对方若瞧不起你，就不愿意跟你谈，或者不好好给你谈。所谓没有金刚钻，就别揽瓷器活，这话讲的是很有道理的，否则你想揽也揽不了。这当然就很难，就很苦。

四是带病写作很苦。1997 年的北京，夏天奇热，写作中我不幸得了颈椎病。颈椎病很痛苦，让人半死不活，甚至有时自杀的念头都有了。但一想到 863 这段历史还没写完呢，就安慰自己说：等写完了再自杀吧！于是就一边跑医院一边写，就把颈椎牵引器架在脖子上写。可天气太热，每次牵引器架在脖子上，都是一脖子的汗。

好在这本书总算写完了，尽管留下了不少缺陷和遗憾。

事实上，一个作家写什么，能写什么，能否写好什么，并不完全取决于作家本身，冥冥中似乎还有一种所谓的“天意”在左右着你，主宰着你。至于这种“天意”是什么，我不知道，也说不清楚。

但我清楚地知道的是，“民主与科学”是“五四”时期就提出的口号，尽管过去快一百年了，我认为今天的中国依然适用；不但适用，而且很实用。再说了，1949 年至今，快五十年了，一说中国的科学家，除了钱学森、钱三强、李四光、邓稼先、陈景润这几位，人们似乎就很难再说出谁谁谁来了。好像中国只有这么几个科学家，只有这几个人才是科学家。号称“四大发明”故乡的中国，走到今天，怎么会是这样呢？怎么可以是这样呢？

就坚持写完了《中国 863》。

其实我写《中国 863》只想告诉国内国外的读者朋友们，中国不光有钱学森，还有“吴学森”，不光有陈景润，还有“张景润”；中国不光需要金钱物质，也需要科学精神；不光需要 GDP，更需要科学真理！今天的中国，假的东西横行霸道，甚嚣尘上，倘若再没有一点实打实的真东西，行吗？

至于我写的这本书，严格说来还是一个半成品。如果是十分制的话，我最多打八分。主要的问题是，有些问题不便写，不好写，不能写。

比如，我们的科技体制有没有问题？中国科学界是否是一片净土？最神圣的地方有没有肮脏的东西掺和一起？最聪慧的领域有没有最愚昧的东西混杂一团？

再比如，有的科学家贡献很大，却当不了科学院院士，为什么？此外，不少留学生不愿回国的问题，大量人才流失的问题，人才与钱财的矛盾问题，年轻科学家与老科学家的冲突问题……这些问题究竟是什么问题？体制，观念？还是传统意识，门户之见？中国科技界需不需要反省？我们科学家需不需要反省？全社会需不需要反省？文学作品除了正面给予肯定和颂扬外，还应不应该有批判的锋芒以及挖掘真相、揭示矛盾的责任？

最后，有必要说明一点，“863 计划”是系统工程，是群体行为，它所取得的成就，并非是几个、几十个科学家所为，而是群体智慧的结晶，是成千上万个有名的和无名的、前台的和后台的科技工作者通力合作、共同努力的结果。书中写到的人物，只是这个群体的代表而已。由于种种客观原因和文学作品本身的局限，许多有成就的 863 专家都未能写进此书。如航天领域的闵桂荣、材料领域的吴锋、信息领域的钟义信、能源领域的王大中以及曾汉民、谈大龙、贾培发、陈大海等。这让我感到很是遗憾和惴惴不安。

因此，借《中国863》出版之际，我谨向参加“863计划”的所有专家和科技人员，致以诚挚的敬意！

李鸣生

1997年12月8日　北京

附　录

科学家、评论家对《中国863》的评语

《中国863》是第一部反映中国当代高科技领域发展历程的纪实作品。作者有胆略，也有超前意识，采访了“863计划”的各个领域，成功地塑造了一批具有时代精神和战略眼光的新型科学家。作品写得真实，客观，既有文学性，又有科学性，读后令人感动、震撼。我相信对提高我国的国民科技素质和促进高科技事业的发展，很有帮助。

——中国科技部原部长朱丽兰

《中国863》写得很好，是一本很好的科普读物，也是历史的见证。作家妙笔生花，我很爱看，不觉得它是科学内容而感到枯燥。文章有趣味性，也很有章法，前前后后，的确很好。我很赞许这本书，我相信读者也会表示高度的赞许。

——“中国光学之父”王大珩

我很欣赏苏联电影导演的宏大手笔，即不是反映某个具体的小事，而是气势磅礴地反映一个问题，既表现了群体，又体现了个性。李鸣生的《中国863》就有这个气魄，这很难得。一代文学巨匠，留下的作品不仅仅属于个人，而将影响一代甚至几代人。现在不光要给学生的身体补钙，精神上也要“补钙”。《中国863》就是给现在这一代青年进行精神“补钙”。

——“863计划”专家邬江兴

一个作家只有抓住了时代最核心的问题，才能写出最有力的东西。雨果写了法国大革命，马克·吐温写了美国的社会变化。《中国863》抓住了科技是全球生存与发展竞争的焦点和核心这一当代主题，以艺术形象演绎了一个道理：走科教兴国之路是我们民族唯一的选择。科教兴国很重要的一点是全民族科技素质的提高，而全民族科技素质的提高在很大程度上要靠作家。李鸣生在科学与文学的结合上走出了成功的一步，把科学家的工作用普通人能理解的语言艺术地表达了出来，为全社会和科教兴国做了一件非常有意义的事，这是个了不起的成功。

——中国科技部高技术司原司长冀复生

李鸣生的《中国863》为我们作了一次高科技的普及教育。我读后感到气舒神旺，有一种从狭隘的眼界中解放出来的感觉。它对我的启蒙和激励作用，可以和徐迟的《哥德巴赫猜想》给予我的影响相比。

——中国社科院研究员、著名文学评论家曾镇南

科学随时在改变我们的生活，从衣食住行到人类文明的每一个进步，都是科学在起作用。《中国863》所反映的是这个时代的重大主题。这使我联想到有关文艺的现代化问题。我认为文艺的整体有一个是否现代化的问题。我们看美国的一些影片，其高科技不仅渗透在制作技术上，而且渗透在理性和科学的思维里。而我们的作家的思维是长期从政治化、人情化、道德化产生的。这没什么不好，但科学理性的东西在我们作家身上比较稀薄。我们在新世纪面临着重新定位整个文学的问题。生活的形态发生了变化，文学形态不可能不发生变化。《中国863》的意义就在于它作为一个开端，更进一步提醒了我们的文学怎样才能体现社会最敏感、最突出、最关系到人类社会进步和发展的问题。

——中国作协创研部原主任、著名文学评论家雷达

读《中国 863》给我留下的印象是作者张扬的科学精神、献身精神和民族精神。高科技实际上是整个科技事业的最前沿，每一个进展、每一个突破都需要张扬科学精神。而民主作为一种现代精神，是与现代科学精神相伴而生的，民主精神本身就是一种科学精神。李鸣生在突出这种精神上是相当自觉的，是很有科学眼光的。所以这本书有相当的认识价值和启蒙价值。

——中国社科院研究员、著名文学评论家何西来

《中国 863》是在报告文学创作缺乏生机、成果稀微的时候出现的一部优秀之作。它的出现，无论对李鸣生个人还是对当前整个报告文学的创作，都是一个重要的收获。

——中国作协创研部研究员、著名文学评论家李炳银

《中国 863》是一部题材新、思想新、人物新的适时之作。它提供了许多独特的新思想，其中最令我感兴趣的，就是科学家与政治家的完美结合对一个国家发展的巨大影响，即政治家与科学家若能想到一起，中国就大有希望。

——《中华文学选刊》原副主编、著名评论家刘茵

我欣喜地读到了李鸣生的《中国 863》。这是一部撼人心弦、催人振奋的大作品。这样宏大的作品尚不多见。我被作品中那如同《史记》笔法下的人物描写所感染和鼓舞。谈到这部作品的艺术性时，不能不谈到它的抒情与议论。它的充满激情的抒情是基希所说的那种“强烈的社会感情”，这种抒情与生动朴实的描绘相结合，形成了强烈的艺术感染力；它的议论充满了理性精神和思辨色彩，又常常是揭示作品深刻内蕴的画龙点睛之笔，让人强烈感受到思想的冲击力。正是抒情与议论的融合，使得这部作品极富审美价值。

——鲁迅文学院原副院长、著名文学评论家孙武臣

《中国863》是近年报告文学中题材重大而又感人至深的一部力作。我们应该正视李鸣生创作追求的意义。李鸣生这些年主要涉足高科技领域，代表作是具有较大影响的“航天四部曲”。他有志于高科技题材，又擅长于高科技题材。他所思考的、着力的，是社会生活中越来越重要而又是许多报告文学作家所不熟悉或不看重的。过去在这方面还有一个老作家徐迟，现在这方面好的作家寥若晨星。所以李鸣生的追求不是个人行为，而是一种题材的延伸，一种趋向的发展，一种方向的坚持。

——中国社科院研究员、著名文学评论家白烨

《中国863》在高视野的人事叙述及精神展现中给人留下的真实感或现实感，是对现代报告文学特质的一种接近。或者说，那种平实朴素的描述，恰恰因了其中的真实而更富动人的魅力。正是在忠实护卫报告文学的真实性这一原则问题上，《中国863》既显示了表达的成熟，也表现出一种感受对象的诚恳，或一种创作态度的真挚。

——著名文学评论家周政保

报告文学的新突破

李保初

70年代末，徐迟发表了报告文学《歌德巴赫猜想》，探讨“新时期”中国知识分子的命运问题，当时就引起轰动效应。以此为滥觞，形成报告文学的又一个高潮，涌现出了《大雁情》《人妖之间》《一封终于发出的信》等一大批佳作。80年代，报告文学在改革开放大趋势的催拥下，感应社会变革的脉搏，反映中国社会在蛰起后的波动，记录中国人民心灵微妙的变化。这一时期的代表作有《公共汽车咏叹调》《中国的小皇帝》《阴阳大裂变》等。

90年代以来，在文坛上报告文学的创作多少显得有点沉寂，突出的作者、作品并不多见。究其原因，主要与传播媒介的迅速发展有关。电视在中国逐渐普及，进入寻常百姓家，报纸、杂志迅速发展，数量也飞速增长；广播网的覆盖率也大大增加。快速的传播把社会最新动向及时地报告给广大人民群众，它们势必一定程度地代替了报告文学及时而大量反映社会生活的功能。而在较为寂寞的文苑中仍坚持默默耕耘，努力寻找新领域、新突破，继续着前辈创作的报告文学作家，较为突出的就是李鸣生了。他选择宏大的题材，以科技领域为创作对象，从全新的思维角度切入，先后出版了十余部报告文学作品，做出了突出贡献。

《中国863》是李鸣生的一部新作。书中所写的“863计划”是关系我们国家、民族在20世纪末以及新世纪命运的大事，是我国领导人所做出的一项重大决策，也是有着传统的新老科学家们的崇高奉献的结晶。这样一项重大的社会生活内容，当然要有相应的文学作品加以书写。可是正如作者所言，它是一项系统工程，是一块“难啃的骨头”，其中包含的挑战是显而易见的。

《中国863》有很多闪光之处。它超出了80年代的所谓“宏观全景报告文学”。作者运用宏观思维，不再是单写几个人或几件事，而是综观整个计划，写出一个群体、一系列紧密相联的事件，既有对“863计划”必要的历史回顾，记述其形成的过程，又有对“863计划”背景的淡出，使读者清楚地看到它的现实意义。

书中所写的作为社会实践主体的人，是颇有特色和新意的，他们是以一个群体或整体的形象出现的。有英明果断的国家领导人，如邓小平高瞻远瞩的宏大气魄，李鹏给水稻专家袁隆平以关心与支持；有实施“863计划”的领导干部，如国家科委主任宋健和精明果敢的副主任朱丽兰；有勤奋实干钻研攻坚的科学家，如水稻专家袁隆平，生物学专家陈章良。表面看，这些个性鲜明的科学家是以一个个的人物小传的形式出现的，但他们是在系统内即“863计划”的框架中出现的。成功地表现他们很有意义。首先，“863计划”是一个系统工程，它的成功是许多科学家的成功，没有他们的成功也就没有这个计划的实现。其次，这些人只是代表，只是网络上的点，他们的风采是科学家群体的风采。再次，报告文学不是消息，不是事件的通讯，而是纪实基础上的文学，因此写好这些科学家的典型，其意义就远远超出“863计划”本身。

作为《中国863》这样重大题材的报告文学，真实性要求是不言而喻的，艺术性、形象性也是要引起高度重视和努力追求的。《中国863》在艺术上的追求也是值得称道的。首先，从整体看，它以动态描写为主，在回顾中展示了“863计划”的全过程，记叙了它的起步艰难和振飞，给读者清晰的定位，使读者易于把握对象的影响与价值。要知道，在纷繁的事件中，在多维的网络中，要处理好并写好，做到清晰，是很不容易的。这体现出作者驾驭题材和剪裁事件的能力。

其次，作品的结构安排得简明、巧妙，在有限的篇幅里，基本上完成了对事件的形象化传达。作者并未按照“863计划”本身的特点，将七大领域逐次写来，而是打破了这种束缚，先整体构架，再微观刻画，人物是以“类”的特征显示的。如《越过传统的围墙》一章从知识分子改变观念，勇敢走出校园，走出书斋，走出传统禁锢的角度寻找突破，从而塑造了一类人：北京大学的陈章良、清华大学的吴澄。这就克服了事件本身可能造成的刻板，使作品富有了艺术上的灵动之气。

总之，《中国863》追求创作的大气魄，颇具匠心地探索、创新，堪为报告文学在90年代的突破性进展。

挥笔见从容

邢利宇

从历史上看，作家在社会文明的发展进程中常常扮演清醒的预言家的角色。他的职业特点决定了他与社会、与现实一定程度上有着不可调和的矛盾。他的思想常常具有预见性、超前性，而这种超前意识一般情况下也基于对生存环境、社会现状的思考。对于以反映历史真实为创作基础、直接生长于现实土壤的报告文学家来说，这种意识尤甚。作为这一群体中思维极为敏捷的一位——李鸣生，他的超前意识决定了他的作品的前瞻性，如刚刚获得第二届鲁迅文学奖的《中国863》。

20世纪80年代初，美国的“星球大战计划”出台，掀起了全球高科技浪潮。面对可能落后于世界潮流的严重形势，1986年3月3日，中国四位德高望重的老科学家向中央提出了《关于跟踪研究外国战略性高技术发展的建议》。此建议经邓小平专门批示后，涉及生物、信息、航天、激光、自动化、材料、能源七大领域的“863计划”便正式启动。《中国863》便是对这一计划十一年运作过程的全景式的文学报告。

正如希望通过“航天四部曲”来呼唤一种“航天意识”，以让中国人抬起头来面对未来一样，《中国863》的诞生也是基于作者超前的呼唤意识。虽然惨烈的中国近代史曾用暗红的血色将“落后就要挨打”六个字深深烙在了中国人的心上，但没有硝烟的科技革命与战争仍然蒙蔽着人们的神经，让人忽视它的重要性和严峻性。而李鸣生通过对历史和现状认真地分析思考，较早而清醒地认识到了这一点。也因此，《中国863》自诞生之日起，便备受关注。著名文学评论家曾镇南在一篇文章中说："李鸣生的《中国863》为我们作了一次高科技的普及教育。我读后感到气舒神旺，有一种从狭隘的眼界中解放出来的感觉。它对我的启蒙和激励作用，可以和徐迟的《哥德巴赫猜想》给予我的影响相比。"

李鸣生说："我写《中国863》，就是想呼唤一种高科技意识。早在80年代初，高科技便令人眼花缭乱，幸福无比，可中国到了90年代甚至今天，国民的高科技意识依然淡漠如水。这是一件令人痛心而又遗憾的事情。"显然，作者试图通过《中国863》引起更多的人对世界高科技竞争的关注和中国高科技发展的重视。而且，长期以来对知识分子的生存状态、人物命运的深切关注，使李鸣生在《中国863》中不满足于仅对事件过程的叙述，而是不惜笔墨以独立的段落章节为科学家度身立传，从而将整部书构筑于科学家的人物群像的塑造上，以文学的方式张扬着蕴藏于人物身上的科学品格与科学精神。这也是贯穿于李鸣生创作始终的科学理性与人文精神交错相融的基本内容主线。

钱锺书曾经讲过，能把科学与文学艺术结合起来，才是大科学家乃至大艺术家的精髓所在。除却意识超前的题材选择外，语言的运用是《中国863》成功的重要因素之一。《中国863》的语言，精粹、干练又带有清爽的现代气息。比如章目名，"举起中国一面旗"，"让你活得更好"，"守住国人最后的遗产"等，从语体风格上很明显地体现着"注意力经济"的特征，仿佛广告标牌语，仅一句话就产生"触目"而"惊心"的效果。

此外，书中的叙述语言、人物对白乃至后记，几乎无一句不简洁精当。而且，速捷的语速也和题材结构搭配得严丝合缝，既避免了精描细画容易给报告文学的真实性带来的瑕疵，又留给读者无限的阅读空间。一如古代文论所言，“绚丽之极始平淡”，“渐老渐熟乃造平淡”。据此，《中国863》可以说是李鸣生语言运用的一座高峰。

好的作品总是令人手不释卷，一读再读。文学批评家朱向前早在十年前就断言：“李鸣生具有吞吐与消化大吨位题材的气魄和潜能。”此次《中国863》能再度获得鲁迅文学奖，无疑就是一个最好的证明。力举千万而挥洒自如，这样的文学艺术家，古今不多。让我们翻开《中国863》，共同去体会作家那挥笔的从容吧！

2000年9月6日